本书受国家民委重点学科、宁夏回族自治区一流建设学科重点培育学科"中国语言文学"平台及北方民族大学青年人才培育项目"托尼·莫里森小说中的美国南方建构"（2022QNPY03）资助。

托尼·莫里森小说中的南方地理空间与政治想象

张银霞 ■ 著

中国社会科学出版社

图书在版编目(CIP)数据

托尼·莫里森小说中的南方地理空间与政治想象 / 张银霞著. —北京：中国社会科学出版社，2022.11

ISBN 978 – 7 – 5227 – 0381 – 7

Ⅰ.①托… Ⅱ.①张… Ⅲ.①莫里森(Morrison,Toni 1931 –)—小说研究 Ⅳ.①I712.074

中国版本图书馆 CIP 数据核字(2022)第 109997 号

出 版 人	赵剑英	
责任编辑	刘　艳	
责任校对	陈　晨	
责任印制	戴　宽	

出　　版	中国社会科学出版社	
社　　址	北京鼓楼西大街甲 158 号	
邮　　编	100720	
网　　址	http://www.csspw.cn	
发 行 部	010 – 84083685	
门 市 部	010 – 84029450	
经　　销	新华书店及其他书店	
印　　刷	北京明恒达印务有限公司	
装　　订	廊坊市广阳区广增装订厂	
版　　次	2022 年 11 月第 1 版	
印　　次	2022 年 11 月第 1 次印刷	
开　　本	710×1000　1/16	
印　　张	15.75	
字　　数	223 千字	
定　　价	86.00 元	

凡购买中国社会科学出版社图书，如有质量问题请与本社营销中心联系调换
电话：010 – 84083683
版权所有　侵权必究

目　　录

绪　论 ·· (1)
　　一　问题的提出：家园困境与莫里森小说中的地理现象 ········· (1)
　　二　研究现状及研究意义阐述 ·· (11)
　　三　理论基础与研究路径 ··· (25)

第一章　体验南方：身体实践与种族身份建构 ························· (35)
　　第一节　女性主体性建构：《秀拉》中的身体实践 ················· (37)
　　　　一　界域化空间：梅德林"底部" ··································· (38)
　　　　二　女性身体实践与主体性建构 ··································· (42)
　　　　三　解域化身体实践的意义 ··· (53)
　　第二节　塑造南方与文化身份认同：论《所罗门之歌》 ········ (55)
　　　　一　先天不足：种族身份与价值观的断裂 ······················ (56)
　　　　二　沙理玛：非洲和美洲的共生体 ······························· (60)
　　　　三　黑人文化英雄再造 ·· (70)
　　小结 ·· (75)

第二章　回忆南方：历史记忆与政治理想 ································ (77)
　　第一节　《宠儿》中的记忆政治 ·· (79)
　　　　一　回忆"甜蜜之家"与奴隶身份确证 ··························· (81)
　　　　二　一百二十四号鬼魂与奴隶制遗产 ··························· (86)

三 "林间空地"仪式与黑人的自由之路 …………………（91）
　第二节　南方乌托邦实验：《天堂》中的政治实践 …………（97）
　　一 黑文的创立及其前现代乌托邦形态 …………………（99）
　　二 鲁比：现代化进程中的黑人城镇 ……………………（107）
　　三 女修道院：种族融合的政治样板 ……………………（115）
　小结 ……………………………………………………………（121）

第三章　超越南方：全球化时代流散群体的伦理关怀 ………（124）
　第一节　《柏油娃娃》中流动的地域与身份 …………………（126）
　　一 加勒比海骑士岛与文化身份的错位 …………………（127）
　　二 纽约与黑人文化身份重塑 ……………………………（132）
　　三 埃罗和"局外人" ……………………………………（136）
　　四 巴黎及其他与身份漫游 ………………………………（139）
　第二节　《恩惠》：殖民时期的种族景观及种族主义生产 ……（144）
　　一 从"弃儿"到"主人"：欧洲白人移民的身份转变 …（146）
　　二 "本土的背井离乡者"：印第安人主体性的失落 ……（151）
　　三 非洲黑人奴隶的"他者化" …………………………（156）
　小结 ……………………………………………………………（162）

第四章　回归南方：现代性视野下的地域构想 ………………（166）
　第一节　《爵士乐》：音乐、小说形式与政治 ………………（167）
　　一 爵士乐与小说形式 ……………………………………（169）
　　二 移民潮、北方都市和爵士乐 …………………………（176）
　　三 南方经验与爵士乐 ……………………………………（184）
　第二节　危机与救赎：论《家》的反现代性叙事 ……………（191）
　　一 战争与人性的失落 ……………………………………（192）
　　二 人体医学实验、"斗狗"：种族迫害与伦理 …………（197）
　　三 南归：塑造乌托邦和文化救赎 ………………………（202）

小结 …………………………………………………… (209)

结　语 …………………………………………………… (212)
　　一　作为虚构和象征的南方 ……………………………… (212)
　　二　南方与非裔美国人的家园 …………………………… (217)
　　三　保守退避抑或野心勃勃？ …………………………… (221)

参考文献 ………………………………………………… (225)

后　记 …………………………………………………… (240)

绪　　论

难道不会跌倒？
不，是因为没有地方失足。
在这个宽广的世界上，
我竟然没有一块栖身之土。

——詹姆斯·肯《灵歌与布鲁斯》[1]

梦的主体是做梦人

——托尼·莫里森《黑暗中游戏》[2]

一　问题的提出：家园困境与莫里森小说中的地理现象

2019年7月14日晚间，美国总统特朗普在社交媒体上连发三条推文，对"民主党进步女议员"开火，要她们"回到自己国家去"。美国有线电视新闻网（CNN）在后来的报道中指出，这四名"进步女议员"是"小队"的亚历山德里娅·奥卡西奥－科尔特斯（Alexandria Ocasio-Cortez）、伊尔汗·奥马尔（Ilhan Omar）、拉希达·特莱布（Rashida

---

[1] James Cone, *The Spirituals and the Bluess: An Interpretation*, New York: Orbis Books, 1992, p.105.
[2] Toni Morrison, *Playing in the Dark*, New York: Vintage Books, 1992, p.17.

Tlaib)和阿亚娜·普莱斯利(Ayanna Pressley),她们都是2018年中期选举进入政坛的新人,均为有色人种。除了伊尔汗·奥马尔出生于索马里,其他三人都出生于美国本土。为什么特朗普会对有色人种女议员发出口头"驱逐"?她们的家园难道不是美国吗?以政治家们的党派斗争来理解相关事件是合情合理的,但这看似合理的政治日常昭示着美国社会的深刻问题:种族、移民、边界和权力问题。

尽管美国是个移民国家,但权力阶层从没放弃过针对少数族裔的基于种族主义逻辑的非正义行为。1816年,一些美国名人如亨利·克莱和布什罗德·华盛顿(乔治·华盛顿的侄子),他们组织了一个"美国殖民协会",设法在西非弄到了一块土地并建立了利比里亚(英文就是自由)国家,把它作为美国自由黑人的天堂。该协会提供资助把黑人运送到那里,帮助他们定居。[①] 帮助自由黑人建立家园并不是白人的慈善行为,而是他们出于对自身血统纯洁性和社会安定的考虑。1857年,最高法院在臭名昭著的德雷德·斯科特诉桑福德案(简称"斯科特案")的判决中作出裁决,自由黑人斯科特不是《美国宪法》中的公民,无权在联邦法院提起诉讼。首席大法官罗杰·坦尼代表多数派宣称,只有白人才能称为美国公民。[②] 由此可见,美国少数族裔尤其是非裔群体长期遭受着白人根深蒂固的种族歧视和体制性的不公平待遇。

与此同时,黑人群体也从未停止对边界和家园的探索。美国历史上著名的"地下铁道"就是南部黑人奴隶不堪奴隶主的虐待和役使,在废奴主义者的帮助下前往自由州、墨西哥、加拿大等地的秘密通道。著名的废奴小说《汤姆叔叔的小屋》中就记录了哈里斯夫妇在废奴主义者的帮助下逃亡的故事。一路逃亡的哈里斯始终有一个愿望,就是能够回到非洲老家,但叙事在他安全抵达加拿大后就结束了。历史上,非洲

[①] [美]詹姆斯·M. 麦克弗森:《火的考验:美国南北战争及重建南部》,陈文娟等译,商务印书馆1993年版,第60页。

[②] [美]埃里克·方纳:《美国历史:理想与现实》,王希译,商务印书馆2017年版,第614页。

黑人奴隶几乎是与欧洲白人同时到达美洲大陆的,而19世纪的哈里斯已经是土生土长的美国人了(尽管没有法律身份),但他还是执意地要回到非洲。问题是,作为非洲奴隶的后裔,非洲还是他们的家园吗? 1861年奴隶解放后,成为一个非裔美国人意味着什么?

时至21世纪,这些问题还存在吗?显然,特朗普对"有色人种"议员的口头"驱逐"直接明了地暴露了包括非裔在内的少数族裔在美国的政治地位,这种毫不遮掩的态度显示出美国根深蒂固的种族歧视与排斥。对当代非裔美国人来说,到底哪里才是他们的家园?非裔美国文学史上,敏锐的作家已经意识到这个问题并在文学创作中表现出了突出的地理意识。[①] 在早期的非裔美国文学中,叙事更注重对南方苦难生活的描摹和对自由的向往,大多数文学作品都表现出黑人奴隶对北方自由州的渴望。当代非裔美国文学则调转方向,把南方作为他们的精神家园并表现出某种回归倾向。非裔作家尤金尼尔·科利尔(Eugenia Collier)认为,"南方是黑人的祖籍。当然,北方确实存在奴隶制,黑人从一开始就生活在这个国家的各个地区。但总体而言,南部是美国黑人血统的核心。正是在这里,奴隶制遗产的痛苦创造了尚未被书写的历史。正是南方把它的文化传播到了北方的城市,从某种意义上说,南方是美国黑人的神话景观"[②]。此外,很多当代非裔女作家也把包括美国南方沿海地区作为疗救与恢复自己传统的中心。可见,把美国南方作为家园是很多当代非裔美国作家的共识。

美国南部(Southern United States)也经常被简称为美南、迪克西,或直接称为南部,构成了美国南部至东南部的一片广大地区。依据美国人口调查局的定义,美国南部包括16个州,可细分为三个区域:第一个是南大西洋州部分,包括佛罗里达州、佐治亚州、北卡罗来纳州、南卡罗来纳州、弗吉尼亚州、西弗吉尼亚州、马里兰州、特拉华州在内的

---

① 王玉括:《非裔美国文学中的地理空间及其文化表征》,《外国文学评论》2009年第3期。
② Angelyn Mitchell, "'Sth, I Know That Woman': History, Gender, And the South in Toni Morrison's *Jazz*", *Studies in the Literary Imagination*, Vol. 31, No. 2, 1988.

八个州。第二个区域是中央东南州部分,包括阿拉巴马州、肯塔基州、密西西比州、田纳西州在内的四个州。第三个区域是中央西南州部分,包括阿肯色州、路易斯安那州、俄克拉荷马州、得克萨斯州在内的四个州。

  历史上,美国的"南部"通常指北起"梅森-迪克逊分界线"(Mason-Dixon line)南至墨西哥湾、西起得克萨斯东至大西洋之间的地理区域。① 在殖民年代,这条线将奴隶殖民地和自由劳动的殖民地分开来;在19世纪上半叶,这条线将自由州和奴隶州隔离开来。"南部"指各蓄奴州,北部指各自由州。在南北战争期间,由于四个"边界州",即特拉华、马里兰、肯塔基和密苏里未脱离联邦,所以也包含在北部。这个四个边界州,再加上弗吉尼亚、北卡罗来纳和田纳西,有时也称之为"上南部",其他蓄奴州称为"下南部"或"植棉南部"。"新英格兰"和"中西大洋洲"(纽约、宾夕法尼亚和新泽西)统称为"东北部"。"老西北部"或1846年获得俄勒冈领土之后的"中西部",都是指阿巴拉契亚山脉以西和俄亥俄河以北的各个州。"东南部"指阿巴拉契亚山脉以东的各蓄奴州。"老西南部"指阿巴拉契亚山脉以西的蓄奴州。

  美国南方的社会性质和历史发展在此时就走上了与北方工业化模式不同的发展道路,建立起以种植园经济为中心的农业社会。从1610年,弗吉尼亚开始试种烟叶以后,为世界市场种植原料作物的生产方式就一直支配着南部的经济生活。在1776年以前,从南部各殖民地运往英国的出口量占总数的4/5:弗吉尼亚和马里兰州出口烟叶;卡罗来纳和乔治亚出口稻米和靛蓝原料。② 棉花和甘蔗种植园主的平均投资收益与北部工业企业家相当,而且高于北方的农场主。上南部的许多奴隶主也是有利可图的,他们向西南部的兴旺的棉花种植园提供了他们多余的奴

---

① Charles Moore, "Southerness", *Perspecta*, No. 15, 1975.
② [美]詹姆斯·M. 麦克弗森:《火的考验:美国南北战争及重建南部》,陈文娟等译,商务印书馆1993年版,第35页。

隶。南北战争前夕，南部经济落后于北部的一个原因是对单一经济作物——棉花——的高度依赖。到18世纪末，美国60%的奴隶在从事棉花的种植。①

在美国中西部的南方人，大部分是蓄奴州的移民后裔。中西部南方的"灰胡桃居民"组成了另一个反对现代化的特殊文化群体。美国向西移民的路线大致与纬度并行，所以中西部南方的居民大多来自上南部和宾夕法尼亚州，北方的大多来自新英格兰和上纽约州。这两股移民在中西部中部的俄亥俄州、伊利诺伊州、印第安纳州会合。他们之间的关系如同油与水的关系。"灰胡桃居民"大多是来自南部的卫斯理会教徒和浸礼会教徒。他们发展了以种植玉米、养猪和酿制威士忌酒为主的农业经济。这里的交通网与向南流的俄亥俄河和密西西比河的支流相连接，所以他们在经济和文化上倾向于南部。在南部，白人通常较大程度地保留了早期欧洲移民的传统观念，要求发展工业的呼声常被那些指责企业家伦理观为新英格兰人庸俗的实利主义的声音淹没。

奴隶制构成南部独特的社会体制的基础。虽然有些历史学家认为，南部经济的基本制度是种植园农业，不是奴隶制本身。然而，究其根本，这不过是同一说法的两种形式。奴隶制与种植园在17世纪就不可分割地联系在一起了。在1850年代，从事采矿、交通、建筑、伐木和制造业的奴隶只占奴隶总数的10%；家奴和从事其他非农业劳动的奴隶占15%；其余占75%左右的绝大多数奴隶是从事农业劳动的。② 截至1825年，美国拥有的奴隶数目居西半球各国之冠，占整个西半球奴隶总数的1/3以上，绝大部分生活在美国南部。

1776—1783年的独立战争创建了美利坚合众国，随后诞生的《1787宪法》是世界上第一部比较完整的资产阶级成文宪法，于1789

---

① ［美］托马斯·索威尔：《美国种族简史》，沈宗美译，中信出版社2011年版，第107页。
② ［美］詹姆斯·M. 麦克弗森：《火的考验：美国南北战争及重建南部》，陈文娟等译，商务印书馆1993年版，第42页。

年正式生效。它奠定了美国政治制度的法律基础，迄今继续生效。该宪法强调加强国家权力，又在权力结构中突出"分权与制衡"的原则，既避免了权力过于集中，也体现了一定的民主精神。就在这样一部奠基性的法律制度中，它不但默许了奴隶制度的存在，同时也保留了种族歧视的条款，不承认黑人、印第安人、妇女具有和白人男子相等的权利。尽管在此后近八十年后的1865年才提出关于废除奴隶制度的第13条修正案，但奴隶制造成的影响是至深至广的。人们持续地利用制度的漏洞为种族主义大开方便之门，"平等但隔离"的状况尽管经过进步人士和黑人群体多年的斗争，如民权运动、"小石城事件"等，但是种族歧视和潜在的隔离依旧存在于现在的美国社会。

　　奴隶制不仅是一种法律的和经济的制度，也是一种人际制度。在奴隶主与非奴隶主白人之间，存在着一种最重要的纽带，即种族联盟。尽管他们之间存在潜在的阶级矛盾，但族群归属是处理所有问题的首要前提。因此，美国南部社会的两大对立阵营不是富人和穷人，而是白人和黑人。黑奴解放了，他们的白皮肤就没有意义了，他们的优越地位也就消失了。在内战前的南方，防止奴隶逃跑的办法是使奴隶处于无知、依附和恐惧状态，奴隶主的规训和惩罚使奴隶彻底失去人的基本权利并牢牢依附于他们的白人主人。蓄奴制与现代化最背道而驰的是禁止奴隶学文化，奴隶中至少有90%是文盲。文化程度低是奴隶与自由民之间最大的差异，也是南北之间最大的区别。

　　在奴隶制度被废除之前，甚至在被废除后的很长时间里，作为被奴役的群体，美国的黑人奴隶逐渐形成了基于母国文化传统的社群行为规范，这些规范在没有官方支持或没有行政机构强制实施的条件下，也发挥着重要的约束作用。在诸多规范中，种族团结是基础，向白人出卖同族是不可饶恕的行为。奴隶中违反乱伦禁忌的程度普遍低于当时的白人，第一代堂表亲婚姻在白人中很常见，黑人奴隶中却很罕见。为了更好地维持对黑人奴隶的控制，白人奴隶主通常会让自家的奴隶与附近农场上的奴隶结婚以迁就黑奴严格遵守的禁忌。但是由于不受法律保护，奴隶家庭经常会被奴隶主破坏，被拆散出售的夫妻或兄弟姐妹不计其数。

奴隶社群还逐渐形成了自己的文化。尽管长期处于被奴役和被歧视的状态，黑人群体中还是涌现出许多精神领袖，他们不顾禁令，避开白人，带领黑人秘密集会和礼拜，使得该群体逐渐形成了自己的群体文化。此外，值得一提的是，奴隶们创作的《黑人圣歌》是内战前美国最早的和最感人的音乐，它既反映了黑人无可奈何地忍受痛苦的状况，也表达了他们对自由的向往。南北战争后这种音乐演变成为伤感民歌，最后又发展成爵士音乐，从而为美国流行音乐的发展构建了基本框架。某些黑人民间音乐还被世界交响乐团采用。班卓琴就是奴隶制时代的一位自由黑人制作出来的。黑奴的寓言故事和民间传说成为彼时和后世非裔美国人的精神食粮，也为文学创作提供了素材，成为非裔美国文学发展的重要土壤。

在美洲被发现、殖民、移民及美洲国家建立并逐步完成其现代化进程的历史背景下，移民独特的地理环境和蓄奴历史造就了其不同的生活方式，生活于广袤美国南部的黑人祖先及其后裔开创了一种异于其他群体的生活和文化。在不同历史时期，美国黑人文化以不同的方式和轨迹发展着，尽管是被压抑的非主流文化，是一种长期处于边缘的文化形态，但也构成了美国南部文化不容忽视的一个方面。对广大的非裔美国人来说，这种文化就真真切切地存在于他们的日常生活中，奴隶制遗产也持续地影响着非裔美国人，这些对个体主体性和群体民族性的形成和塑造都产生着鲜明而深远的影响。与此同时，这样的文化面向也塑造着该群体之外的美国其他群体的历史意识、心理构成和生活方式，并渗透进每一个非黑色面孔的日常行为之中。

托尼·莫里森（Toni Morrison，1931—2019）是美国第一位获得诺贝尔文学奖的少数族裔作家，被誉为改变美国文学面貌的伟大作家。[1]

---

[1] Emily Langer, "Toni Morrison: Nobel Laureate Who Transfigured American Literature, Dies at 88", *Washington Post*, August 6, 2019.

自1970年来，莫里森推出了《最蓝的眼睛》（The Bluest EYE，1970）、《秀拉》（Sula，1973）、《所罗门之歌》（Song of Solomon，1977）、《柏油娃娃》（Tar Baby，1981）、《宠儿》（Beloved，1987）、《爵士乐》（Jazz，1992）、《天堂》（Paradise，1997）、《爱》（Love，2003）、《恩惠》（A Mercy，2008）、《家》（Home，2012）和《孩子的愤怒》（Gold Help the Child，2015），共十一部长篇小说；作家先后创作了三出戏剧作品，近年来又与其子合作出版了几部儿童绘本作品。除了文学创作之外，莫里森还编辑出版了黑人丛书、《种族正义，性别权力：论安尼塔·希尔，克拉伦斯·托马斯以及社会现实的建构》（Rac-ing Justice, En-Gendering Poewer: Essays on Anita Hill, Clarence Thomas, and the Construction of Social Reality，1993）以及《烧掉这本书：笔会作家用文字的力量说话》（Burn This Book: PEN Writers Speak Out on the Power of the World，2009）等书籍；著有文学批评文集《在黑暗中游戏：白人性与文学想象》（Playing in the Dark: Whiteness and the Literary Imagination，1992）；1989年和1993年分别发表了两篇重要演说：《不可言说之不被言说：美国文学中的非裔美国人》（Unspeakable Things Unspoken: The Afro-American Presence in American Literature）和《手中之鸟》（Birds in Hands）；2017年《他者的起源》（The Origin of Others）一书出版，该书收录了莫里森关于美国奴隶制、书写他者及外来者的家园等方面的演讲文章。

　　莫里森作品的文学性和思想性是毋庸置疑的，更重要的是，她持续地为美国黑人群体的政治境遇而思考和创作，提供了一个认识美国黑人及黑人与其他群体交往的历史和族群关系的重要窗口。她曾在访谈中表示，"为我的人民写的农民文学，它是必要的，也是合法的"①。在后来的诸多采访中，当被问及为什么只写黑人的生活，她都表示她要"写自己熟悉的生活"。作为一个女性黑人作家，她所观察和写作的对象就

---

① ［美］托马斯·勒克莱尔：《"语言不能流汗"：托妮·莫里森访谈录》，少况译，《外国文学》1994年第1期。

是自己的家人、邻居、朋友等组成的黑人群体，而构成历史和文化的点滴就在他们的日常生活和记忆之中。因而，莫里森十一部小说的核心人物都是黑人，作品书写了他们的个性、情感及生存困境，最终织成一张记录了社会历史进程的艺术之网。

综观莫里森的创作，美国南部是其黑人群体叙事的主要地理固着点，或是作品的叙事空间位于南部，或是涉及由北至南的空间流动，亦有人物回忆中的南部地区。从这个叙事偏好可以看出，莫里森的创作既鲜明地延续了非裔美国文学中关于南部地理书写的传统，同时也清晰地表明了她对美国南部的认识和立场。本书将探究这种叙事背后的文化内涵，从美国的种族问题和现状出发，进一步探讨莫里森文学叙事的意义，评价其对世界文学的影响。为了叙述的方便，本书在总体谈及小说的地理空间时将小说里涉及的具体南方村镇统一称作"南方"，在各章节具体论述时则以相应的村镇名称标识。

托尼·莫里森十一部作品中的叙事空间分布

作品	出版时间	叙事时间	叙事地点		
			地点1	地点2	地点3
《最蓝的眼睛》	1970年	二战前	俄亥俄州		
《秀拉》	1973年	民权运动前夕	俄亥俄州	梅德林镇	弗吉尼亚州
《所罗门之歌》	1977年	民权运动前夕	北卡罗来纳州	匹兹堡 丹弗	弗吉尼亚州 沙理玛
《柏油娃娃》	1981年	20世纪70年代	加勒比海 骑士岛	佛罗里达 埃罗镇	纽约/巴黎
《宠儿》	1987年	19世纪废奴前后	肯塔基州	俄亥俄州 辛辛那提	
《爵士乐》	1992年	20世纪20年代	纽约	弗吉尼亚州	
《天堂》	1997年	19世纪末到 20世纪70年代	俄克拉荷马州		
《爱》	2003年	20世纪50年代	美国东海岸	丝克镇	

续表

作品	出版时间	叙事时间	叙事地点		
			地点1	地点2	地点3
《恩惠》	2008年	17世纪80年代	弗吉尼亚地区		
《家》	2012年	20世纪50年代	佐治亚州洛特斯	芝加哥	
《孩子的愤怒》	2015年	20世纪90年代	纽约	加利福尼亚州	

从上表中可以看出，每部小说都有相对清晰的地理空间坐标，而且大部分地理空间位于美国南方各州或南北交界处及南部北迁黑人的聚居地。还有一部分是北方的州和城市，比如纽约，但主人公的经历都与南方有着深刻的关联，叙事在对城市生活书写的同时也穿插了对南方黑人村镇景观的描述，如《爵士乐》中的南部小镇维也纳。莫里森小说中的地理空间实践还呈现出一个突出的特征，即对以纽约等大都会为代表的北方的逃离和对以沙理玛、洛特斯和鲁比等南方地理空间的深情书写和回归。尽管这些南方乡村或小镇闭塞、落后，但叙事并没有显示出鄙夷或者失望的态度（《柏油娃娃》中的埃罗是例外，叙事显示出犹疑并以女主人公的离开暗示了某种否定，这个问题会在第四章的论述中详细讨论），反而在这些看似停滞的地方具有突出的温情和暗流涌动的活力，初来乍到者不易发现，但进入当地的文化语境后，往往能感受到生机勃勃的活力。与此相反，光鲜亮丽的北方都市则显示出了其残酷的一面，在城市中的南部黑人难以融入快节奏的生活，人物或多或少都带有卡夫卡笔下格里高利的影子。

综上，莫里森创作中明显的地理倾向是基于美国深刻社会问题和黑人群体突出的政治诉求的，其创作走向及文化立场也符合非裔美国文学的发展历程。作为当代美国最重要的非裔知识分子，莫里森是一位有担当和民族使命感的作家，她认为作品必须有政治性。[①] 基于此，莫里森试

---

① Toni Morrison, "Rootedness: The Ancestor as Foundation", in Mari Evans, ed., *Black Women Writers 1950–1980: A Critical Evaluation*, New York: Anchor Press, 1984, p.344.

图在其创作中表达怎样的政治诉求？面对南方实际落后的局面，作家怎样处理传统与现代之间的关系？类似前现代的南方农业社会形态是否真的可以抵御现代性进程带来的负面影响？如何处理南方奴隶制遗产？面对发达的北方都市和落后的南方乡村，当代黑人的选择是否会与小说中的深情回归一致？作为虚构和象征的南方，它的重要意义在哪里？总而言之，看似单一的地理问题实际上囊括了美国社会生活的众多复杂向度，包括种族冲突与融合、作为文化记忆的奴隶制遗产、黑人民族文化和传统的传承等。探究莫里森小说中的南方地理与政治想象之间的关系是理解美国当代社会问题的一把钥匙，也是理解作家艺术世界的重要突破口。

二 研究现状及研究意义阐述

1. 托尼·莫里森研究述评

莫里森自20世纪70年代创作起就因其突出的政治立场和鲜明的创作风格而引起了国内外学界的广泛关注，这种关注热情随着作家在国内数次获奖和1993年诺贝尔文学奖的获得而持续高涨。在其创作的同时，莫里森多次受邀进行访谈和讲座，这些资料都被整理成册出版，或者收录于各类访谈集及相关书籍中。学界对莫里森的研究也呈现出经久不衰的态势。

莫里森初登文坛就受到了褒贬不一的评价，这种情形一直延续到《所罗门之歌》出版前后。在非裔作家中，斯坦利·克劳奇（Stanley Crouch）把《宠儿》视为一部旨在迎合"感情用事的女性主义意识形态"的闹剧，说莫里森"缺乏真正的悲剧意识"，未能勇敢地面对"超越了种族的人类灵魂的善恶含混性"。[1] 并且以克劳奇为代表的部分评论家在莫里森获奖后发表评论说，她获奖是因为"政治正确"，是对一个来自边缘，但是迎合主流文化趣味的作家的褒奖，是由于她

---

[1] ［美］克劳奇：《评〈爱娃〉》，转引自王守仁、吴新云《性别·种族·文化：托妮·莫里森与二十世纪美国黑人文学》，北京大学出版社1999年版，第195页。

背弃自己作为黑人作家的文化之根而采用欧洲小说模式进行创作的结果①；而以林登·皮奇（Linden Peach）为代表的一部分人认为莫里森的创作不仅挑战了对黑人文化和民族的传统理解，而且挑战了小说的本质及其潜能。②

早期评论主要集中在莫里森与女性主义方面。由于《最蓝的眼睛》和《秀拉》写到了女性的成长历程，所以此时的评论多关注作品中的女性形象、价值观等方面。芭芭拉·克里斯琴（Barbara Christian）在《黑人女性小说家：一个传统的发展》（*Black Women Novelists: The Development of A Tradition*, 1892—1976）中总结了1970年前的女性形象："专横，喜剧化的妈咪形象；混血儿形象及混合种族的妇女，其生命必须是悲剧的；撒菲勒（Sapphire）形象，她主宰并阉割了黑人男性。"③评论认为莫里森的创作，尤其在女性形象塑造方面有所突破，强调黑人女性的友谊和文化。其后，相对重要的研究有马乔里·普赖斯与霍顿斯·斯皮勒斯（Marjorie Pryse and Hortense Spillers）共同编辑的《魔术：黑人妇女、小说与文学传统》（*Conjuring: Black Women, Fiction and Literary Tradition*, 1985），苏珊·威利斯（Susan Willis）的《特定化：黑人女性书写美国经验》（*Specifying: Black Women Writing the American Experience*, 1987），梅·格温多林·亨德森（Mae Gwendolyn Henderson）的论文"用多种语言说话：对话体、辩证法与黑人女作家的文学传统"（*Speaking in Tongues: Dialogic and Dialectics and the Black Women Writer's Literary Tradition*, 1989），以及芭芭·拉希尔·里格尼（Barbara Hill Rigney）的《托尼·莫里森的多重声音》（*The Voices of Toni Morrison*, 1991）等。

进入90年代后期至今，学术界对莫里森的创作和定位逐渐统一，且研究日趋深入和多样。评论主要集中在三个突出的方面：一是从种

---

① 王玉括：《莫里森研究》，人民文学出版社2005年版。
② Linden Peach, ed., *Toni Morrison*, New York: St. Martin's Press, 1998, p. 9.
③ Missy Dehn Kubitschek, "Toni Morrison: A Critical Companion", *African American Review*, Vol. 35, No. 2, 2001.

族、历史等社会学领域对莫里森的创作进行研究。随着莫里森持续地创作和影响力的扩大，学界逐渐认识到她的创作已经超越了单纯的"黑人女作家"的写作范畴，进而把她置于美国文学的大背景下进行研究，较多关注到英美文化与非裔美国文化之间的关系，文学表征与政治、种族之间的关联。在《危险的自由：托尼·莫里森小说的融合与分裂》（*Dangerous Freedom*: *Fusion and Fragmentation in Toni Morrison's Novels*，1995）一书中，菲利普·佩奇（Philip Page）把莫里森小说放到美国文化、非裔美国文化中加以审视，认为莫里森忠实地传达出非裔美国人的"双重意识"；吉尔·梅特斯（Jill L. Matus）的《托尼·莫里森》（*Toni Morrison*，1998），在政治和历史语境中聚焦黑人的集体创伤和历史书写。简·弗曼（Jan Furman）在其著作《托尼·莫里森的小说》（*Toni Morrison's Fiction*，1999）中，探索了莫里森哲学体系中常见的人物、主题和场景及其对于当代文学的重要影响；格鲁沃尔（Grewal）的《忧伤不绝，抗争不止》，认为莫里森在作品中重新审视个体和社会政治之间的复杂关系，确立作品的疗伤和政治功能（2000）。杜瓦尔（John N. Duvall）在《托尼·莫里森的标志性小说：现代主义的真实性和后现代的黑人性》（*The Identifying Fictions of Toni Morrison*: *Modernist Authenticity and Postmodern Blackness*，2000）中关注的依旧是莫里森的历史书写，认为她的作品不属于典型的后现代主义作品。姆巴利亚（Doreatha Drummond Mbalia）在《托尼·莫里森递进的阶级意识》（*Toni Morrison's Developing Class Consciousness*，2004）中，认为莫里森的创作展示了非洲后裔如何遭受剥削和压迫，对遭遇的书写表明了作者不断发展的社会意识。费古森（Rebecca Hope Ferguson）的《重塑黑人身份：托尼·莫里森小说的转变和置换》（*Rewriting Black Identities*: *Transition and Exchange in the Novels of Toni Morrison*，2007），一方面通过女性主义、后结构主义和种族理论等，探讨美国黑人身份问题的复杂性；另一方面突出了莫里森作品的历史和文化变迁主题。

另一个突出的方面就是注重从文化层面进行批评。凯瑟琳·马科斯

（Kathleen Marks）在《托尼·莫里森的〈宠儿〉和典仪想象》（*Toni Morrison's Beloved and the Apotropaic Imagination*，2002）中，梳理了从古至今的典仪历史，指出《宠儿》中塞丝的杀婴和萨格斯在林间的集体行为具有典仪特征，黑人的集体创伤在仪式中获得治疗。福尔茨（Lucille P. Fultz）的论著《托尼·莫里森：与差异做游戏》（*Toni Morrison: Playing with Difference*，2003），将莫里森的系列小说作为精心建构的整体加以审视，揭示了差异间的互动关系——爱与恨、男性气质和女性气质、黑人与白人、过去与现在、富裕和贫穷等；莫里森营造了一个充满意象和文字游戏的差异矩阵，将其他众多差异纳入种族问题中进行宏观考量，显示差异标志对小说人物和叙事进程的决定性影响，从而在意识形态层面与种族主义和性别主义展开对决。莫布利（Marilyn Sanders Mobley）的著作《莎拉·奥恩·朱厄特与托尼·莫里森的民俗之根与神话之翼：叙述的文化功能》（*Folk Roots and Mythic Wings in Sarah Orne Jewett and Toni Morrison: The Cultural Function of Narrative*，1991）从文化方面讨论莫里森与其他女作家的关系。

此外，评论界还常常把莫里森和经典白人作家进行比较研究。大卫·科沃特（David Cowart）比较了莫里森与福克纳和乔伊斯之间的关系；哈罗德·布鲁姆（Harold Bloom）认为莫里森继承了伍尔夫与福克纳的传统。斯特拉马里斯·科泽（Stelamaris Coser）的《跨越美洲：托尼·莫里森、葆拉·马歇尔与盖尔·琼斯的文学》（*Bridging the Americas: The Literature of Paule Marshall, Toni Morrison, and Gayl Jones*，1995）把莫里森的作品置于泛美写作的背景中，特别强调了加西亚·马尔克斯的魔幻现实主义对莫里森的影响。

国内对莫里森的研究始于20世纪80年代，这时的研究大部分都是概述性的介绍。从90年代开始，理论界关注到美国黑人文化、文学批评，程锡麟、王晓路和嵇敏等学者对其研究成果、特征作了介绍和述评。例如，翁乐虹对莫里森的《宠儿》和《爵士乐》的叙述策略做了研究。此外，一些研究者进行了有意义的比较研究，如田详斌的《南美洲交相辉映的两朵艺术奇葩——论〈所罗门之歌〉和〈百年孤独〉的成功与魅力》；亦有学者把莫里森放在非裔文学的背景中进行研究。这些研究对象的选择反映了研究者进行比较研究时关注范围的独特性，即对第三世界文学共同命运的关注和对少数群体文学特征及其差异的敏感。这阶段对莫里森创作进行全面、系统和深入研究的是王守仁、吴新云著的《性别、种族、文化：托妮·莫里森与二十世纪美国黑人文学》（1999）一书，该论著把莫里森的创作放在了黑人文学传统中，关注其性别、种族和黑人文化，并结合文本进行分析，使得国内对莫里森的研究更加全面和系统。

步入21世纪后，伴随作家持续地创作和相关研究的不断推进，对莫里森的研究日趋全面和深入。代表性著作有：2004年出版的朱荣杰的《伤痛与弥合：托妮·莫里森小说母爱主题的文化研究》、胡笑瑛的《不能忘记的故事》。2005年有王玉括的《莫里森研究》，该书运用新历史主义理论方法，把莫里森置于美国文学传统中考察其文化立场，引入身体政治、戏仿、虚构等术语对文本进行分析，阐明了莫里森对白人文学传统的解构并重新书写了非裔美国人的形象、历史和文化。2006年有唐红梅的《种族、性别与身份认同》、章汝雯的《托妮·莫里森研究》、毛信德的《美国黑人文学的巨星》和王泉的《拉康式解读莫里森的三部小说》。2008年有焦小婷的《多元的梦想——"百衲被"审美与托尼·莫里森的艺术诉求》、蒋欣欣的《托尼·莫里森小说中黑人女性的身份认同研究》、赵莉的《托妮·莫里森小说研究》。2009年有田亚曼的《母爱与成长》。2010年出版的相关著作包括曾梅的《托尼·莫里森作品的文化定位》、王烺烺的《托妮·莫里森〈宠儿〉、〈爵士乐〉、〈天堂〉三部曲中的身份构建》、朱晓琳的《回归与超越——托尼·莫里森小说的喻指性研究》、王玉的《在差异的世界中重构黑人文化身份》、李美芹的《用文字谱写乐章：论黑人音乐对莫里森小说的影响》。曾梅的论著从后殖民背景下的文化批评理论来分析莫里森作品的文化定位，把研究焦点从文学和种族问题转向文学外部研究，探讨了非洲黑人文化、美国黑人文化和欧洲文学，突出了莫里森文学创作的多重文化内涵。论著中非洲传统文化对莫里森的影响部分最为突出。朱晓琳的著作借美国黑人文艺批评家亨利·路易·盖茨（Herry Louis Gates）的喻指理论对莫里森的小说的语言、意象喻指进行了分析，并把莫里森的创作置于非裔和欧洲文学传统中讨论其改写性、继承性喻指。2011年出版的赵莉华的《空间政治：托尼·莫里森小说研究》探讨了种族"空间表征"的构想性以及"空间表征"下黑人的"表征空间"和"空间实践"。2012年有胡妮的《托妮·莫里森小说的空间叙事研究》、田亚曼的《弗洛伊德精神分析视域下的莫里森小说研究》和孙艳芳的《莫里森小说的修辞艺术》。2014年有荆兴梅的《托妮·莫里森作品的后现代历史书写》，该论著从新历史主义视角对莫里森的小说进行了充分的解读，认为其创作是对官方的宏大叙事的颠覆和重写，彰显了少数族裔的话语权和内心诉求并以此获取文化身份和社会认同。2015年有赵宏维的《托妮·莫里森小说研究》和修树新的《托妮·莫里森小说的文学学伦理学批评》。2016年有熊礼伟的《托妮·莫里森小说创作与伦理批评》。2018年有吴胜利的《托尼·莫里森小说导读》、毛艳华的《托尼·莫里森小说中的母性研究》。2019年有马粉英的《托妮·莫里森小说的身体叙事研究》。2020年有龚玲的《托妮·莫里森小说的悲剧意识研究》和马艳的《性别视域下的托妮·莫里森小说的身体研究》两部。

  除了国内作者研究的著作，我国还原版引进、翻译了一些国外学者的研究成果，包括史密斯（Valerie Smith）主编的《〈所罗门之歌〉新论》，罗伯特·W. 汉柏林、克里斯托弗·瑞格主编（康毅、王丽丽等译）的《从福克纳到莫里森》等。前者收录了包括从口头记忆、声音和对话结构、名字、政治身份和方言等层面对《所罗门之歌》的研究文章；后者收录了包括中国在内的多国专家学者就福克纳和莫里森作品分析和比较研究的论文。他们运用后殖民理论，从美学视角、文化视角就种族、性别、社会经济以及叙述策略等方面展开对两位作家的互文性研究。

2. 托尼·莫里森小说中的南方地理相关研究述评

近年来还有大量的博士学位和硕士学位论文共同促进了莫里森研究热，如张宏薇的《托尼·莫里森宗教思想研究》、陆泉枝的《托尼·莫里森的叙事艺术与政治》等。无论国外还是国内，托尼·莫里森都是一个研究热点，每年都有大量的研究成果出版和发表，本书无法一一列举。在此基础上，笔者发现莫里森小说中的地理空间现象异常突出而关注者相对较少，本书就此方面的研究进行了详细梳理和概括，试图从文学地理空间视角推进莫里森研究。

莫里森作品中的"南方"或者相关南方地理空间问题，也引起了部分学者的关注。卡罗琳·琼斯（Carolyn M. Jones）的《托尼·莫里森小说中作为精神空间的南方景观》一文认为，美国黑人形成了美国南方景观。美国南方景观，一开始在法律上和经济上与非洲奴隶都是不相容的，但后来在精神层面上逐渐变成了他们自己的。尽管身处那片大陆，但南方的黑人们并没有真正的归属感。莫里森的小说正是通过景观隐喻表现了这种亲近与疏离。在她的创作实践中，通过记忆和想象力重新强调了这种景观。莫里森在《宠儿》和《所罗门之歌》中揭示了南方如何既作为断裂之处，又作为自我重新统一之处发挥作用。[①] 凯瑟琳·凯尔·李（Catherine Carr Lee）的研究文章《〈所罗门之歌〉中的南方：成长、治疗和家园》讨论了南方地理空间与奶娃自我身份及文化记忆问题。在文章中，作者认为莫里森在小说中颠覆了西方成长小说的模式，进而揭示出拭去了南方记忆的极端个人主义导致了精神毁灭和道德身份丧失。[②]

格罗瑞亚·格兰特·罗宾逊（Gloria Grant Roberson）的《托尼·莫

[①] Carolyn M. Jones, "Southern Landscape as Psychic Landscape in Toni Morrison's Fiction", *Studies in the Literary Imagination*, Vol. 31, No. 2, 1998.

[②] Catherine Carr Lee, "The South in Toni Morrison's *Song of Solomon*: Initiation, Healing, and Home", *Studies in the Literary Imagination*, Vol. 31, No. 2, 1998.

里森的世界：小说中的人物和地方指南》提供了关于莫里森前七部小说的人物和场景索引，没有具体分析，相当于一部研究指南或工具书。① 英国华威大学泰莎·凯特·罗伊侬（Tessa Kate Roynon）的博士论文《转型美国：托尼·莫里森和古典传统》通过对莫里森的前八部小说的分析，探究了其创作和希腊罗马经典的关系，认为莫里森对古希腊罗马的崇拜是她政治投射的基础。论文的第二部分写到了"南方、奴隶制、内战和重建"涉及了对南方的阐释。她认为，莫里森作品的多重回声逐渐形成了她对殖民、新国家建立、奴隶制及其后果以及民权运动重建中的主导文化立场和文学表征。② 克里斯托弗·沃尔什（Christopher J. Walsh）在他的文章《"黑色遗产"：南方文学中的哥特式破裂》中指出，哥特风格在美国南方文学中存在断裂，而作为"黑色遗产"的美国南方奴隶制、种族、历史等因素成为哥特在当代文学中的表现内容。其中谈到了莫里森的《宠儿》，认为这部作品对南方哥特传统有显著贡献，并对哥特的当代化很重要。③

法国学者恩东戈·奥马尔在他的文章《莫里森和她早期作品：寻找非洲》中认为，莫里森和福克纳是美国当代最重要的两位作家，他援引莫里森的访谈录提出其文章的主要观点：莫里森是以"南方"为主要地理空间进行书写的。论文提炼了莫里森早期作品中的一些主题和文学手法来追踪或者强调其对非洲大陆的展现。文章认为，"莫里森在访谈中提到的'村庄'可以认为是非洲的代表；同时可以理解为那片大陆和神话起源在南方及它在奴隶制中的象征性再现"④。2018 年，宾夕法尼亚大学的赫尔曼·比弗斯（Herman Beavers）出版了一部研究著

---

① Gloria Grant Roberson, *The World of Toni Morrison: A Guide to Characters and Places in Her Novels*, London: Greenwood Press, 2003.

② Tessa Kate Roynon, Transforming America: Toni Morrison and Classical Tradition, Ph. D. dissertation, University of Warwick, 2006.

③ Christopher J. Walsh, "Dark Legacy: Gothic Ruptures in Southern Literature", *Critical Insights: Southern Gothic Literature*, No. 4, 2013.

④ Oumar Ndongo, "Toni Morrison and Her Early Works: In Search of Africa", *Sciences Sociales et Humaines*, Vol. 9, No. 2, 2007.

《托尼·莫里森小说中的地理与政治想象》，该书是近年来较为重要的莫里森研究著作。作者同样关注了莫里森小说中的地理空间，分别从"北方"和"南方"两部分研究地理空间与政治想象之间的关系。①

在国内的相关研究中，也有学者注意到了莫里森作品中突出的南方地理空间现象。曾竹青在其论文《〈所罗门之歌〉中的记忆场所》中谈到，南方和布鲁斯是《所罗门之歌》的记忆场所。在作品中，莫里森将南方梦幻化和神圣化，为美国黑人打造了一个祭奠黑人集体记忆的殿堂和安抚黑人心灵的精神庇护所。②王玉括的文章《非裔美国文学中的地理空间及其文化表征》中认为，地理空间在非裔美国文学中具有强烈的意识形态特征。作者通过不同历史时期的代表性文本包括《所罗门之歌》在内，分析了美国黑人从追求自由到追寻自我身份确认的过程中地理空间的隐喻作用和文化表征。通过对这些地理空间的认同、反思和反讽，非裔美国人不断地追求真正的自由和自我。③

还有一部分学者倾向于把莫里森的小说看作是南方文学的代表，并把其与美国南方文学作家和传统联系起来进行研究。曾利红、黎明在《南方哥特小说中的幽灵意象——兼评〈押沙龙，押沙龙!〉和〈宠儿〉》中认为，《押沙龙，押沙龙!》和《宠儿》是美国南方小说的重要作品。两部作品都具有哥特小说的幽灵意象，而这些意象深刻反映了美国南方的社会问题和文化特性。④高卫红、张旭华在《解析〈宠儿〉及其南方文学特征》中强调了莫里森文学作品中的南方文学特征，即南方文学作品中的历史情节、家庭主题和哥特传统。⑤王秀梅在《历史

---

① Herman Beavers, *Geography and the Political Imaginary in the Novels of Toni Morrison*, Cham: Palgrave Macmillan, 2018.
② 曾竹青:《〈所罗门之歌〉中的记忆场所》,《当代外国文学》2015年第1期。
③ 王玉括:《非裔美国文学中的地理空间及其文化表征》,《外国文学评论》2009年第2期。
④ 曾利红、黎明:《南方哥特小说中的幽灵意象——兼评〈押沙龙，押沙龙!〉和〈宠儿〉》,《当代外语研究》2015年第5期。
⑤ 高卫红、张旭华:《解析〈宠儿〉及其南方文学特征》,《吉林师范大学学报》2007年第3期。

记忆与现实世界的冲突——威廉·福克纳与托妮·莫里森的对比研究》一文中认为，两位作家在对南方历史表达方面具有很大的相似性，福克纳的创作表现了美国20世纪南方的现实，而莫里森代表了黑人和女性声音，展现了南方文学的不同侧面。[①]

3. 研究意义阐述

第一，将作家晚期创作囊括在内，研究莫里森小说中的南方地理空间和政治想象之间的关系，对理解作家的完整创作轨迹、思想发展历程及其文化立场具有重要意义。首先，大部分国内评论主要集中在作品的主题方面，比如莫里森对南方奴隶制的书写。她在文学作品中试图展示黑人的生活和他们的情感，把读者带入到当时的历史环境中。但作品对南方的书写不仅仅是在展示历史，更表明了作家对这个地理空间赋予的价值，同时呈现出其鲜明的文化立场。另外，很多研究认为莫里森在艺术方面承袭了以福克纳为代表的美国南方文艺复兴时期的哥特式风格、家族生活、孤独意识的描述等。不可否认，莫里森对南方的书写确实与美国南方文学在美学风格上有一定的近似之处，但其创作又有着迥异之处。作家也曾经表达这样的观点："我不是乔伊斯、福克纳……"为什么莫里森如此推崇这些作家却又有意拉开距离？仅仅是因为不想被打上"后继者"[②]的标签？为什么她作品中的鲜明特色令人着迷但却不被很多人认可？所以，仅仅从主题和艺术风格方面对莫里森的创作进行研究，在力度和深度方面显然是不够的，不足以展现莫里森的整体创作风貌及其在整个美国文学中的地位和意义。

其次，在众多代表性研究成果推出之后，莫里森仍以每三到五年一部小说的频率持续写作，包括各类演讲、访谈等。进入21世纪，作家又出版了几部重要小说，包括2003年的《爱》、2008年的《恩惠》、

---

① 王秀梅：《历史记忆与现实世界的冲突——威廉·福克纳与托妮·莫里森的对比研究》，《山东外语教学》2009年第6期。

② 日本学者久藤田认为莫里森的创作明显受到了福克纳的影响，并认为她是福克纳的后继者。参见 Hisao Tanaka, "Modes of 'Different' Time in American Literature", *The Japanese Journal of American Studies*, Vol. 15, 2004。

2012年的《家》和2015年的《孩子的愤怒》。其中,《恩惠》和《家》可以说是其晚期作品中最重要的两部,前者在美国第一位非裔总统就职期间出版,叙事回溯至美洲被殖民时期,历史地呈现了美国种族主义产生之前的种族景观,这在一定程度上提振了少数族裔的民族自信。2012年《家》的出版则揭示出莫里森文学叙事的某种回归,与《所罗门之歌》形成了呼应关系。此外,还有一部重要的演讲集《他者的起源》在2017年出版。这部集子涵盖了《成为陌生人》《色彩崇拜》《塑造他者》《外来者的家园》等文章,作品集中阐述了作家晚年对美国社会问题的深刻认识以及对其创作和个人立场的阐述等。就已有的研究来看,大部分整体性研究没有涉及近几年的作品,也就无法获得作家创作的完整思想轨迹。实际上,早期的"南归"再一次呈现在叙事中,同时带上了浓重的对现代社会的批判意味。所以,后期作品对理解作家整个创作历程和叙事逻辑来说是必不可少的环节。

第二,莫里森小说中的南方地理空间叙事充分而立体地展示了非裔美国人四百年来在美洲的生活画卷,包括个体体验、民族历史、政治理想等,有效地丰富和修正了白人文学中对"南方"的呈现。早期相关文学创作都是白人移民以"外来者"的眼光来写美国南部生活的,包括时任弗吉尼亚詹姆斯敦的首领约翰·史密斯(John Smith)所写的《弗吉尼亚通史》、奥古斯都·鲍德温·朗斯特里特(Augustus Baldwin Longstreet)的《佐治亚即景》等。19世纪出现了两位闻名世界的作家,一位是埃德加·爱伦·坡(Edgar Allen Poe),另一位是马克·吐温(Mark Twain)。爱伦·坡的《厄舍屋的倒塌》《怪异故事集》等作品以哥特式风格,癫狂、阴郁、奇特的想象在其文学作品中创造了一个光怪陆离的、暴力和恐怖的世界,确立了南方文学的审美走向之一。爱伦·坡在其作品中也表现出对"纯洁"种族观的质疑和颠覆。[1]马克·吐温的小说以南部小城镇、乡村作为其故事背景,对狩猎、男女间的爱情婚

---

[1] 卢敏:《黑白之间:爱伦·坡的种族观》,《解放军外语学院学报》2011年第6期。

姻、葬礼、家庭聚会等日常琐事进行描写。同时，他还以孩子的视角描写美国的奴隶制和种族歧视。

内战后的"新南方"作家开始以新的眼光审视南方和整个美国的未来。在这新一代作家当中，乔治·华盛顿·凯布尔（George Washington Cable）和乔埃尔·钱德勒·哈里斯（Joel Chandler Harrris）成就最为突出。凯布尔是较早意识到黑人问题严重性的作家，他的《寂寞的南方》和《黑人问题》就是有关这一问题的两部严肃题材的小说作品。哈里斯塑造的"莱姆斯大叔"（Uncle Remus）是美国文学中三位最"显赫"的黑人形象之一。南方文学在20世纪二三十年代迎来了大规模的复兴，产生了一大批作家、诗人、戏剧家、学者、文学理论家和批评家。其中成就最突出的是福克纳，他的"约克纳帕塔法世系"的文学系列呈现出的"南方"是由个人史、习俗、信仰、神话、幻想等构成的复杂世界，秩序残破，人物孤独、扭曲、挣扎，充满悲情色彩。

美国文学中关于南方的叙事，大部分是基于白人生活的，极少把黑人群体作为叙事中心进行书写，即使作品中有黑人出现或者种族冲突，人物或者被类型化，要么事件本身也无足轻重，都是以背景被嵌入白人的生活中。南方作家们创造了一系列"神话"：奴隶主普遍都被美化成善良而仁慈的人，他们尽力照看自己的黑奴，而奴隶们则对主人忠心耿耿并为之辛勤劳作，比如斯托夫人的《汤姆叔叔的小屋》（尽管评论没有确指这是一部南方小说，但其涉及的问题却离不开南方的背景）中的汤姆。与"神话"相对的是一类丑恶黑人形象，如野兽、荡妇、小丑之流。此外，尽管有一部分作家意识到了种族问题，但始终是以一种"他者"的姿态看待种族问题和黑人生活，提供了一个经过白人眼光"过滤"和想象的黑人生活画卷，比如爱伦·坡、福克纳等作家。在莫里森建构的"南方"世界里，黑人群体始终是叙事的中心，作家也是以"人民"的身份对其进行观察和书写的。故此，莫里森的创作在一定程度上补充了白人文学中对南方的呈现，修正了"他者"眼光中的"南方"，展现了作为主体的黑人眼中的"南方"及其生活画卷。

第三，莫里森关于南方地理空间的叙事揭示了作家对美国当代黑人困境的深入思考并试图提供某种解决路径。早期非裔美国文学有两个基本主题：对基督教博爱精神的深信不疑和对自由平等的现实追求。被视为美国国家文学和非裔美国文学的经典之作的《弗雷德里克·道格拉斯：一个美国奴隶的生平叙事》叙述了以美国南方为背景的个人生活经历，道格拉斯最终成功逃到北方，摆脱了残酷的奴隶制对人的压迫。它奠定了非裔美国文学中地理书写的基本方向："南方"是深重苦难的现实之地，而"北方"成了自由的代名词，逃亡北方成了一种希望。

20世纪20年代，哈莱姆文艺复兴（Harlem Renaissance）开创了非裔美国文学的新纪元，此时非裔美国作家才真正具有自我意识，代表作家主要有克劳德·麦凯（Claude McKay）、琼·图默（Jean Toomer）、沃尔特·怀特（Walter White）、康蒂·卡伦（Countee Cullen）、阿莱恩·洛克（Alain Locke）、兰斯顿·休斯（Langston Hughs）等。到了40年代，以理查德·赖特（Richard White）为代表的非裔作家开始在作品中集中反映各种社会问题，如大迁移、第一次世界大战、经济大萧条等，同时突出了种族抗议，非裔美国文学逐渐走向成熟。1940年，赖特的小说《土生子》的出版轰动了美国文坛。该书描述了非裔美国人的恐惧、仇恨和暴力及其被种族歧视和种族偏见扭曲的心灵，同时揭示了"坏黑人"被充斥着种族主义的社会"制造"出来的过程。

二战以后，非裔美国文学蓬勃发展。虽然非裔美国人摆脱奴隶制已经一个多世纪，但种族压迫和种族隔离依旧存在。这时的非裔美国作家主要展现他们在美国艰难的生存环境，抨击种族偏见和社会不公。詹姆斯·鲍德温（James Baldwin）的小说《向苍天呼吁》描写了黑人青年的生活经历，探索美国黑人的身份危机。拉尔夫·沃尔多·埃里森（Ralph Waldo Ellison）的《看不见的人》揭示了非裔美国人在充满种族歧视和种族压迫的社会氛围里追求自我的悲哀和无奈。民权运动时期，非裔美国文学的思想特征是要求做人的尊严，获得平等民权，倡导黑人民族主义、种族平等和社会正义。80年代以来，非裔美国文学描写的重点是黑人社区经历并致力于阐释黑人身份的意义。这个时期的文学不是倡导以牺牲黑人文化为代价的种族融入，而是提倡他们以非裔美国人身份进入美国社会，保留自己的民族文化特征，推动美国多元化的民主进程，托尼·莫里森、爱丽丝·沃克、玛雅·安吉娄等作家成为这一阶段的代表作家。

莫里森的十一部小说清晰地呈现了她的创作轨迹，从个人成长到社会理想以及宗教观念，无不透露出作者的鲜明文化立场。莫里森继承了非裔美国文学中突出的地理空间书写传统，并将这种书写赋予鲜明的时代特征和深刻的政治内涵，将这种书写当代化。约翰·伦纳德评价《爵士乐》时指出，读莫里森的作品发现，她迟早要去南方。[1] 正是通过对想象中的"南方"地理空间的遥望和书写，作家表达出鲜明的文化立场并号召自己的人民坚守民族文化。回归南方就意味着回归民族，回归群体，南方被塑造为非裔美国人的精神家园。莫里森曾说，"有成千上万的像梅德林一样的小城，那儿是大部分黑人的聚集地，是黑人的精神源泉，就是在那儿我们构建了自己的身份"[2]。

美国学者格里森将"'南方'看作一种'文化建构'，认为'南方'是美国的'内部他者'——尽管是民族身躯的'固有组成部分'，却'被割裂于整体之外，遭受另眼相待'；于是，'我们的南方'与'美利坚合众国'之间构成了一种'既结盟又背离的关系'，而这种关系在文化政治学的视野中又被进一步表明，对于现代民族而言，那些在物质意义上身陷边缘的因素恰恰在象征意义上成为了中心元素"[3]。美国"南方"就是这样一个地理空间，它成了一种象征。在这个地理空间中，当代非裔美国人可以在一定程度上治疗根深蒂固的种族偏见带来

---

[1] Carolyn C. Denard, ed., *Toni Morrison: Conversations*, Jackson: University Press of Mississippi, 2008, p. 182.

[2] Robert Stepto, "'Intimate Things in Place': A Conversation with Toni Morrison", *The Massachusetts Review*, Vol. 18, No. 3, 1977.

[3] Jennifer Rae Greeson, *Our South: Geographic Fantasy and the Rise of National Literature*, Cambridge: Harvard University Press, 2010, pp. 1, 2.

的情感伤害，也可以缓释源自现代资本社会和消费社会带来的诸多问题和困扰，最终与社会达成和解并安放现代人漂泊的灵魂。

三　理论基础与研究路径

1. 理论基础

人文主义地理学家段义孚在1977年出版的著作《空间与地方》中从经验的视角对"空间"和"地方"进行了研究。他说："在西方世界，空间往往是自由的象征。空间是敞开的，它表明了未来，并欢迎付诸行动……开放的空间既没有人们走过的道路，又没有路标。它不存在已经成型的、具有人类意义的固定模式，而是像一张可以任意书写的白纸。封闭的人性化的空间便是地方。与空间相比，地方是一个使已确立的价值观沉淀下来的中心。人类既需要空间，又需要地方。人类的生活是在安稳与冒险之间和依恋与自由之间的辩证运动。"[①] 空间和地方既相互交叉又有所区别，被赋予了价值的空间就是地方，人往往能够在地方获得意义感和安全感。在人地互动中，人类的欲望、经验和情感都被投射到地方上，制造了种种面貌不同的文化空间。在这个意义上，地方超越了作为背景的人类活动场所，是一种历史性的、变化的、复杂的文化载体。

基于人类历史经验，麦克·克朗在其《文学地理学》中就地理与文化之间的关联做了深入论述。他谈道："文化地理学具有两层意思：一是文化利用地理使特定空间被赋予特定意义；二是这些文化的地理分布。"[②] 他在对英国园林景观与权力和排外性、中国皇家景观和政治权力以及印度尼西亚通过地理景观将空间民族化的几个实例的研究中得出

[①] ［美］段义孚：《空间与地方：一个经验的视角》，王志标译，中国人民大学出版社2017年版，第44页。
[②] ［英］麦克·克朗：《文化地理学》，杨淑华、宋慧敏译，南京大学出版社2003年版，第40页。

结论:"不能把地理景观仅仅看作是物质地貌,而应该把它当作可以解读的'文本',它们能告诉居民及读者有关某个民族的故事,他们的观念信仰和民族特征。它们不是永恒不变的,也并非不可言喻,其中某些部分是无可争议的日常生活的一部分,而有些则含有政治意义。""解读某一地理景观并不是发现某个典型的'文化区',而是研究和发现为什么地理景观对不同的人具有不同的意义以及它们的意义是怎样改变的又是如何被争论的。"①

麦克·克朗提到了"双重编码"的现象,认为地理景观经常被另外一种表征形式包裹,文学、电视或者绘画都是这种表征形式的范畴。关于文学中"主观"的地区感受和人们对地区的理解,克朗从以下几个方面阐释了文学中的地理景观和现象。

第一,人与地理之间充满了感染力和激情的关系。文学作品首先会描绘地理景观。在文学作品中,作家展现了充满情感的地理空间实践,因而对地理景观的描述往往被认为是带有"主观性"的。然而,这种看似非真实的描述其实更具真实性。克朗援引波科克的观点:"小说中的真实是一种超越简单事实的真实。这种真实可能超越或者是包含了比日常生活所体现的更多的真实。"② 有关地区的写作,作家们对地理空间的描述首先建立在"对地区意识的理解"的基础上,如劳伦斯对诺丁汉矿区的描述,透过小镇里阶层团结的景象和乡下的自由景象展现了工人阶层的生活。部分文学中乡村景观预示了社会的某种衰退,如《德伯家的苔丝》中地理景观的描写揭示了金钱对土地的控制力,戈德史密斯(Goldsmith)的诗歌则显示了田园生活在现代化进程中的衰败。文学作品也塑造景观。作家通过对具有情感投射的地理空间的描述,塑造了现实生活中的景观,如英国湖区因华兹华斯的描述而闻名,许多人

---

① [英]麦克·克朗:《文化地理学》,杨淑华、宋慧敏译,南京大学出版社2003年版,第51页。

② D. Pocock, *Humanistic Geography and Literature*,转引自麦克·克朗《文化地理学》,杨淑华、宋慧敏译,南京大学出版社2003年版,第57页。

去那里感受他所描述的美。原本没有意义的自然地理景观被赋予了一定的审美特质，因而也构成了现实景观的文化意义。"描写地区体验的文学意义以及描写地区意义的文学体验均是文化生成和消亡过程的一部分……它们是历史发展过程中空间被赋予意义的时刻。"① 斯瑞夫特的论述被用于解释文学创作的历史性特性，其中的地理空间也是有具体的历史语境的，并且这种历史感也造成了题材和体裁及审美风格的变化。

第二，文学作品不仅描述了地理，而且作品自身的结构对社会结构也作了阐释。文学作品如何反映人与空间和流动性的关系？作品如何赋予空间关系不同的意义？首先，家与外面世界体现了空间描写的结构化。创造家或故乡的感觉是写作中一个纯地理的建构。西方经典作品中对家的构建都是通过空间结构来实现的，如奥德赛、俄狄浦斯们对家的向往和追求一定是通过离开家到再次回到家这样的空间结构来实现的。其次，地理空间也揭示了两性之间的关系。从古典作品到当代小说，流动性、自由、家和欲望之间转变的关系说明了一个非常男性的世界。包括奥德赛、凯鲁亚克诗集中的流浪主人公们的行为都揭示出空间的性别范畴，两性通过地理表达出各自的欲求。这说明了地理体验（the experience）与自我（personal identity）之间的紧密关联。因此，"在文学作品中，社会价值与意识形态是借助包含道德和意识形态因素的地理范畴来发挥影响的。文学作品或多或少揭示了地理空间的结构，以及其中的关系是如何规范社会行为的。这样的关系不仅体现在某一地区或某一地域的层面上，也体现在家庭内外之间，禁止的和容许的行为之间，以及合法的与违法的行为之间"②。

第三，文学作品的"主观性"言及了地点与空间的社会意义。文学描述城市和城市景观的意义是什么？克朗认为，城市空间和景观揭示

---

① ［英］麦克·克朗：《文化地理学》，杨淑华、宋慧敏译，南京大学出版社2003年版，第58页。
② ［英］麦克·克朗：《文化地理学》，杨淑华、宋慧敏译，南京大学出版社2003年版，第59—62页。

了一种深刻的权利关系。雨果将贫民区与城市外表的规划与建设进行对照性描写揭示了一种知识地理即政府对潜在威胁的了解和掌握，同时也揭示了政府权力的地理。侦探小说揭示了知识与权力的关系，以及知识、性别与经济如何以不同的方式相互作用。对城市生活的描写，可以建构起现代生活的情感结构。文学作为一种社会实践也经历了城市生活空间的转变，"流浪汉"与一些作家的自身经历非常相似，如福楼拜和波德莱尔。这些相似点更多地体现在写作的风格和对城市的描写中。"文学作品中对空间和时间的处理出现了重要的转变，城市地理空间开始碎片化，随着城市生活的节奏加快，时间似乎也在加速，人们感到了20世纪的来临。"[①] 普鲁斯特、乔伊斯、伍尔夫的写作都昭示了这种变化，并带来了文体上的革新。

文学中的地理空间或者地理景观不仅是艾勃拉姆斯文学四要素中的环境，它更是一种主观情感和体验的表达方式。作家通过艺术手段将个体经验及欲望融合进具有象征意义的地理空间中，从而建构出一个想象的、艺术的基于某个具体空间的地方，用以传达他对生存之境的态度与政治意图。美国斯坦福大学弗朗科·莫雷蒂（Franco Morretti）的《欧洲小说地图集 1800—1900》是一部从地理角度关注文学的著作。书中第一部分介绍了文学中的地理。莫雷蒂谈到了地理对文学的作用："地理不是一个惰性容器，不是一个文化历史'发生'的盒子，而是一种积极的力量，渗透文学领域，并深入地塑造了文学，使地理和文学形态之间具有了深度关联。"[②] 接着，作者辨析了文学中的空间和空间中的文学："在第一种情况下，占主导地位的是一个虚构的空间：巴尔扎克版本中的巴黎，殖民浪漫主义目光下的非洲，奥斯丁的英国重构等。在第二种情况下，它是真正的历史空间：维多利亚时期英国的省图书馆，

---

① ［英］麦克·克朗：《文化地理学》，杨淑华、宋慧敏译，南京大学出版社 2003 年版，第 70 页。

② Franco Morretti, *Atlas of European Novel 1800 – 1900*, London and New York: Verso, 1998, p. 3.

或唐·吉诃德和布登勃洛克一家的生活空间。"根据莫雷蒂教授对文学地理的两种模式的划分,我们认为,文学中的空间有两个突出的特点:一是空间的虚构性。文学中的空间即文学作品中呈现的空间,它不能完全等同于现实空间。二是文学中的地理空间是建构的。在文学地理空间被塑造的过程中,作家不仅仅对非实存性地理空间进行描述,而是创造性地塑造,这个过程隐含了作家介入地理空间的角度、目的和立场,等等。

文学不仅仅是反映世界的一种艺术形式,它本身更是一种社会的历史性表征。同样,"文学作品中的地理不只是简单地对地理景观进行深情的描写,也提供了认识世界的不同方法,揭示了一个包含地理意义、地理经历和地理知识的广泛领域……文学是社会的产物,事实上,反过来看,它又是一个具有重要意义的社会发展过程。它是一个社会媒体,人民的意识和信仰创造了这些作品,反之也被它们影响,作家们也不例外。文学作品的存在影响了作家的写作动机和写作方式。文学作品不是一面反映世界的镜子,而是这些复杂意义的一部分"[1]。

莫里森在其小说作品中反复涉及南方乡村或者城镇,这是她写作的一个支点,由此出发,我们可以获得进入莫里森诗学世界的一重门径。莫里森笔下的南方乡村世界大都坐落在远离经济政治中心的僻远角落,与现代世界间或发生交流和沟通,显得闭塞与疏离,群体社会的自足性质比较突出,基于地域和种族的民族文化也生生不息,异常鲜活。但这些"小世界"或"地方"又不是静止不动的,它们整体地被卷入到世界的现代化进程中,急遽发展的工业入侵和族群间的交流与融合改变了最早的乌托邦式的群居形态,使得传统南方黑人村落出现了形形色色的新事物,原有的单一文化面貌被打破并趋于多样化和复杂化。在以南方村落和小镇为代表的地方与全球空间的错综复杂的互动中,我们可以从

---

[1] [英]麦克·克朗:《文化地理学》,杨淑华、宋慧敏译,南京大学出版社2003年版,第72页。

文本中看到莫里森对地方与世界关系的态度，感受到莫里森对民族文化与身份的固守、纠结与改变，以及文本传递出的传统与现代之间的重重张力。

　　莫里森的南方地理空间书写在一定程度上属于"想象的地理"。她本人出生在俄亥俄州，自称为"一个中西部人"，但她在一次访谈中谈道："最近，我开始把我写的东西称作乡村文学，即真正为乡村、为部落写的小说。"① 这个访谈是在80年代末，也就是在作者完成了第四部小说《柏油娃娃》之后。然而，这个时候莫里森的父辈早已逃离了南方，作为离开南地的第二代或者第三代黑人，莫里森实际上脱离了大部分"人民"生活的南方，远离了该群体生活的日常。尽管如此，莫里森还是生活在由黑人群体构成的社区当中，并从父辈和伙伴们的生活中感知和了解了黑人的生活方式和文化传统，包括黑人民间歌谣、传说和民间故事等。与此同时，莫里森早期着迷于西方古典文学及现代派文学，硕士论文研究的是福克纳和伍尔夫。毕业后曾到得克萨斯南方大学和霍华德大学任教。这段工作经历使莫里森深入到南方，和自己的"人民"有了更深的接触，逐渐促成了莫里森创作的走向。所以，莫里森说："我意识到（黑人的价值）直到很晚才清晰，我想，因为我离开家……去上学，我所学的东西是西方的，而且你知道，我当时对这一切都很着迷，那时来自任何我自己家人、亲戚的信息对我来说仿佛都很粗俗、愚昧。"② 1966年，她在纽约兰登书屋任高级编辑期间编辑了《黑人之书》，该书记叙了美国黑人三百年的历史，被誉为美国黑人历史的百科全书。这段工作经历加深了莫里森对美国南方历史的了解。尽管经历了一个复杂的认知历程，莫里森最初对黑人文化传统的记忆和实践以及后来的认识，都被作家珍视并作为最重要的精神遗产被保留，最终呈

---

① ［美］托马斯·勒克莱尔：《"语言不能流汗"：托妮·莫里森访谈录》，少况译，《外国文学》1994年第1期。
② Danille Taylor-Guthrie, ed., *Conversations with Toni Morrison*, Jackson: Unversity Press of Mississippi, 1994, pp. 173, 174.

现在其文学世界中。所以，在这个意义上，莫里森笔下的"南方"是一种想象的"南方"，是建构起来的南方。

2. 研究路径

雅克·朗西埃在《文学的政治》中提出了一种假设，即在作为集体实践形式的政治和作为写作艺术制度的文学之间，存在一种特殊联系。他通过福楼拜、托尔斯泰等作家的创作验证了这个假设，揭示了文学作为一种特殊的制度其自身的独立性以及它对社会进程的深刻影响。在谈到具体创作时，朗西埃说："作家们必须与意指过程（significations）打交道。他们把词语当作交际工具来使用，而且不管是否情愿，他们借此介入建构一个共同世界的任务。""文学是识别写作艺术的新制度。一种艺术的识别制度是一个关系体系，是实践、实践的可见性形式和可理解性方式之间的关系体系。因此，这是对感性的分割进行干预的某种方式，而这种分割确定着我们所居住的这个世界：世界对我们来说可见的方法，这种可见让人评说的方法，还有由此表现出的各种能力和无能。"[①] 也就是说，作家在创作过程中必然会受到包括语言、文化、政治等诸多方面在内的复杂时代环境的影响，他会不自觉地遵循写作艺术制度的内在逻辑，进而生产出与时代精神相吻合的文学作品。

莫里森把她的作品描述为"一幅文学批评地图……旨在开辟更多空间，有新发现，进行知识冒险和探索"[②]。可以说，南方地理空间叙事是探究作家知识冒险的一个恰切视角，它在一定程度上呈现了她的文学探险路径。莫里森关于南方地理空间叙事的逻辑起点是作家的"北方"站位，小说人物与"南方"发生关联，叙述者在人物自身和他者之间来回变换，视角也随之切换。基于此，其文学作品大致构成了一条环形路线，从"体验"开始，到"回忆"历史、"超越"叙事，以及最后的"回归"南方。本书在安排这几个主题时大致与作家创作的时间顺序相

---

① [法]雅克·朗西埃：《文学的政治》，张新木译，南京大学出版社2014年版，第6—8页。
② Toni Morrison, *Playing in the Dark*, New York: Vintage Books, 1992, p. 3.

吻合，当然，这样的编排从根本上是由于历史赋予文学创作的内在逻辑和面向。同时，这样的编排也清晰地呈现了作家的思想轨迹和文化立场。

论著的第一章主要关注南方与女性的身体实践及黑人青年的文化身份建构，着重强调了人物对南部地理空间的"体验"，这种体验与主体性建构和文化身份认同有着密切的关联。20世纪60年代风起云涌的民权运动、妇女解放运动等留下的遗产深刻地改变了美国社会生活，种族平等、性别平等的观念开始被大多数白人接受，少数族裔和女性也用自己的行动迎来了新的局面。无数少数种族成员开始跻身主流社会，包括白人妇女在内的所有女性，她们的地位和权力也得到了历史性改变。受到时代精神的鼓舞，莫里森以文学创作呼应并延续了黑人民权运动和女权运动的核心议题。出版于1973年的《秀拉》强调了黑人女性的独立，作品中鲜明地突出了人物的身体实践，这种身体实践成为界域化南方空间"梅德林"的女性建构其主体性的一种主要方式。与此同时，1977年的《所罗门之歌》塑造了典型的非洲与美洲在场的共生体——南方小镇沙理玛。生活在北方的民族文化缺失的黑人青年通过南归破译了家族秘密，同时在了解了自己的民族历史文化后走向认同，进而完成了自我重塑。

第二章探究了南方地理、黑人群体的历史与政治诉求之间的关系。20世纪80年代初，美国产生了一场由传统自由主义方法无法解决的经济危机，人口和资源开始向南部和西部的保守派大本营迁移，保守主义思想逐渐隆盛。与此种历史状况同步，莫里森的创作开始进入历史小说的写作阶段。回溯历史的常见手段之一就是回忆，时间的穿梭与变换成为小说连接历史与现在的主要方式。《宠儿》通过种植园奴隶的记忆回顾了他们在南部种植园的遭遇，而奴隶制的后果持续地影响着获得解放的黑人奴隶，鬼魅以其特有的时空穿梭能力把历史和当下连接起来。仪式是黑人奴隶疗治伤痛的方式之一，但其自我解放还是有赖于对奴隶制记忆的回顾与反思，并最终达致心灵自由。《天堂》再现了美国南部重建时期黑人建立家园的历史，作品在一定程度上传达了他们对家园的基本政治诉求，不同时期不同形态的南方地理空间建设实际上代表了他们的种种乌托邦实践。

第三章主要关注的是全球化时代流散群体的命运。20世纪末，全球化现象和民族主义勃兴的背后是经济繁荣和国际政治环境的宽松，这造成了政治及文化的多元化面貌，文学创作题材进一步拓展。莫里森关于全球化背景下的黑人流散群体的文学叙事分别在美国政治环境相对宽松的20世纪70年代末和2008年左右。1981年出版的《柏油娃娃》提供了包括南方乡村在内的多重地理空间，主人公经历了文化身份错位、重塑及被否定，最终选择前往欧洲和流于身份漫游，这是与全球化时代地域和身份流动相吻合的一种历史状况。与近年状况相呼应，2008年在奥巴马就职前出版的《恩惠》的叙事时间则回到了美洲被殖民时期，位于美国南部的弗吉尼亚地区出现了多种族景观，同时进入了种族主义快速生产和传播时期。作品艺术地呈现了欧洲白人移民、本土印第安人和非洲黑人奴隶身份转变的历史面貌，以及种族主义从无到有的历史进程。尽管叙事地点都涉及美国南方乡村，但讨论的重点已经超越了地域本身的突出意义而进入一个更宏大的议题，即洲际人口迁徙及现代世界格局的形成。

在第四章，论著把地理空间叙事置于现代性视野之下，讨论了现代化语境下南方地理空间的意义。奥巴马卸任之后，经济持续低迷使得保守主义潮流再次在美国抬头，整个社会呈现出民族主义甚至种族主义倾向。保守主义者们表达了维护传统价值观、反对全球化和多元文化主义及移民等基本诉求。莫里森2012年和2015年出版的《家》和《孩子的愤怒》都在叙事上回避了美国社会的尖锐问题，风格转向缓和、保守。1992年出版的《爵士乐》考察了北方都市、南方乡村及黑人艺术之间的关系，黑人移民如何处理南部经验与北方生活之间的矛盾，以及基于黑人布鲁斯的、融合了多元文化在内的爵士乐对都市黑人的意义。对《家》的研究主要是从现代性危机出发的，小说中备受战争创伤和种族歧视的黑人青年通过南归获得了文化救赎。无论是《爵士乐》中城市黑人对南方故地的回望，还是《家》中的"返乡"，两部作品都再次明显地突出了美国南方作为黑人文化集中存留之处的重要意义。这个鲜明的主题可以说是作家对早期创作的一种回归，且这种回归带有强烈的当代性和现实性意义，可以被认为是作家对现代性危机的反思，是知识分子为此开出的文化"药方"。

从"体验"南方到最后"超越"和"回归"南方，莫里森历史性地考察了黑人群体在不同历史时期对自我主体性建构、身份认同、奴隶制遗产处理、理想家园的塑造历程，同时把视野投向都市黑人群体的生活状况，探究北方都市与南部乡村及黑人艺术之间的关系，试图为当代黑人的精神困境寻找出路。莫里森对自己的写作对象及人物活动的地理空间分布状况有着清醒的认识，早在《柏油娃娃》出版后她就表达了这种认识："福克纳写的作品我想可以称作地方文学，但全世界到处出版他的书。它优秀——具有世界性——因为它是专门关于一个独特世界的。这就是我希望做的事情。假如我想写一部具有世界性的小说，那会是水。在这个问题后面有一种暗示，即为黑人写作便是在降低作品的地位。从我的角度看，只有黑人。当我说'人们'时，我的意思便是黑人。许多黑人写的关于黑人的书都有这种所谓'世界性'的负担。"[①]莫里森以福克纳的例子说明了其写作的基本素材与路径：居于南方及与南方有着密切关联的美国黑人生活。清晰而精准的定位都展现出莫里森作为一名非裔美国作家的民族情怀。

[①] ［美］托马斯·勒克莱尔：《"语言不能流汗"：托妮·莫里森访谈录》，少况译，《外国文学》1994 年第 1 期。

第一章 体验南方：身体实践与种族身份建构

历史上，身体被看作是一个斗争的场域，诸多研究都证实了这一点。福柯通过对资本主义社会监禁体系的研究，从身体被规训的历史中阐释了人的自由和本质的不可能性，从而强调了主体的建构性及其与权力之间的关系。由此可以看出，在后现代哲学这里，首先，作为物质的身体成为主体性建构的一个场域；其次，身体不再是本质的、非理性的，而是可写性的、可被塑造的实体，其自身具有充分的言说功能。"身体是自我规划的一部分，在这个自我规划当中，个体通过建构自己的身体来表达他们的个人情感需要。"[①] 更进一步，大卫·哈维在《希望的空间》中指出，身体作为劳动力的载体在生产、交换、消费等环节中扮演着不可或缺的角色，他以争取最低生活工资的斗争为例，说明了身体"从最深层的意义上来说可以是一个积极的策略，但它也是政治抵抗的场所"[②]。身体实践与主体性有着天然的联系，它是指对身体整体或某个部分的"处置"，这种活动带有强烈的意图。这种身体实践包括被动和主动实践，前者的身体往往处于被压迫状态，由他人实施的一种实践；后者则是行为主体的选择，体现出其更强的主体性。

斯图亚特·霍尔在其1994年编著的《文化身份问题研究》一书的

---

① C. Shilling, *The Body and Social Theory*, London: Sage Publications Ltd, 1993, p. 6.
② ［美］大卫·哈维：《希望的空间》，胡大平译，南京大学出版社2006年版，第125页。

导言中对"谁需要身份"的问题做了两种回应。在第二个回应中他谈道:"关于政治,我指的是这个能指(身份)的政治运动的现代形式的意义以及它和地域政治的极为重要的关系——同时也指显而易见的困难和不稳定性,这显著地影响了'身份政治'的所有当代形式。"① 霍尔指出了身份与地域之间近乎天然的联系。同年,他的《文化身份与族裔散居》发表在论文合集《殖民话语与后殖民理论》上,后被介绍进中国。文章指出,身份并非是完结的,"而应该把身份视作一种'生产',它永不完结,永远处于过程中"②。霍尔接着指出,关于文化身份,至少可以有两种不同的立场:一是把文化身份定义为一种共有的文化,集体的自我;二是强调差异,文化身份既是"存在"又是"变化"的问题。③ 所以,文化身份具有稳定性、延续性和断裂性。文化身份同时具有历史性,尤其是伴随着地域和时间的变化,文化身份会发生断裂,新的文化向量开始发生作用并促成另一种形态的身份生成。

正如大部分作家一样,莫里森的创作也是始于个人经验的。出版于1970年的《最蓝的眼睛》和1973年的《秀拉》都将叙事空间置于俄亥俄河沿岸的南部黑人聚居区里。尽管这里不属于严格意义上的南部,但大量北迁黑人造成了黑人文化在此处的延伸。1977年出版的《所罗门之歌》实现了空间描写的结构化,北迁主人公通过南归获得了完整自我并实现了社会身份的追求。无论是《秀拉》中的叛逆女性秀拉,还是《所罗门之歌》中的男性黑人青年奶娃,他们都经历了促成个人主体性建构或者种族身份转变的标志性事件,而这些事件发生的场所基本上都是在美国南方乡村,它们被塑造为典型的黑人文化存留地,主人公们在此处的个体体验是其成长的基础。

---

① [英]斯图亚特·霍尔、保罗·杜盖伊:《文化身份问题研究》,庞璃译,河南大学出版社2010年版,第2页。
② [英]斯图亚特·霍尔:《文化身份与族裔散居》,载罗钢、刘象愚《文化研究读本》,中国社会科学出版社2000年版,第212页。
③ [英]斯图亚特·霍尔:《文化身份与族裔散居》,载罗钢、刘象愚《文化研究读本》,中国社会科学出版社2000年版,第213—217页。

第一节　女性主体性建构：《秀拉》中的身体实践

　　《秀拉》成书于 1974 年，是莫里森的第二部小说。与《最蓝的眼睛》中受白人价值观摧残的主角佩科拉不同，作家在这部作品中塑造了一个来自黑人群体的叛逆女性形象。有评论称，"在某种程度上，秀拉是 70 年代小说中最激进的角色"[①]。这部作品被认为是"按年代描写黑人女性建构起主体意识的过程"[②]的书。确如评论所言，《秀拉》展现出了强烈的女性主体意识。作品中匹斯家的三代女性无一例外地对女性主体性建构做出了贡献，演绎了一段完全异于"底部"黑人社区其他黑人女性的生活历程。三人抵达女性主体性的方式惊人地一致：以日常身体实践来完成女性自我的建构。在这部作品中，很少出现白人对黑人群体直接的身体戕害，取而代之的是黑人女性主动的自我身体实践。她们通过种种对身体的暴力、放任和粗暴干预而达至某种自在状态。在"底部"，她们面对的是白人对黑人群体的歧视和倾轧、男权对女性的压迫和塑造等，这些成为"底部"女性生成和发展自我的障碍。

　　主体性是西方哲学的一个核心命题，历史上不同时期的哲学家或派别对此有着不同的阐释。后结构主义流派对主体性的解释基本上跳出了传统认识论对"自我"的本质主义思考，大多数理论家都倾向于把"自我"置于社会中进行考察，认为主体不是一种自由的意识或者某种稳定的人的属性，而是一种语言、政治和文化建构的产物。在后现代哲学中，德勒兹的"块茎"概念为其多元哲学提供了一个恰切的视角。在他众多的哲学术语中，"逃逸线"是一个非常重要的概念。德勒兹将

[①] Barbara Christian, *Black Feminist Criticism: Perspectives on Black Women Writers*, New York: Pergamon, 1985, p.179.

[②] Moore Gilbert, *Postcolonial Criticism: Perspectives on Black Women Writers*, New York: Addison Wesley Longman, 1997, p.222.

线分为三种：克分子线、分子线和逃逸线。克分子线是一条界域化的线，有着明确配置；分子线是存在于众多块茎之间的节段性的分割线，它游走于整合和分裂之间；逃逸线是从辖域化中逃逸出去的线，能够在任何时间穿越边界线，它逾越了"它的被解域的符号所特有的指数（indice）"[①]。因此，一条逃逸线可以被理解为达至外界的一种方式，可以创造出已建立的局限的绝对的异质性来，同时具有否定性和创造性的价值。块茎式的网状通过逃逸线肯定了差异（异质性）。逃逸线并非消极的，而是具有生产性和革命性的积极力量。与《宠儿》中对黑人身体的规训有所不同[②]，《秀拉》中的身体实践是自发的、积极的，具有德勒兹式的"解域化"特点，小说中的女性通过自己的身体实践构造了不同的"逃逸线"，从而突破了由当地黑人群体的文化传统和日常实践所构筑的同质的、公共的层化空间，最终确立自己鲜明的主体性。

一　界域化空间：梅德林"底部"

德勒兹在《资本主义与精神分裂：千高原》中提出了"界域"的概念。界域是环境和节奏的某种结域的产物，"它是由环境的不同方面或部分所构成的。它自身包含着一个外部环境，一个内部环境，一个居间环境，以及一个附属环境。它本质上是为'标识'所标志出的，而这些标识则可以是取自任何环境的组分：质料，有机的生成物，膜或皮肤的状态，能量的来源，感知—行为的简缩形式。确切地说，当环境的组分不再是方向性的，而变成维度性的，当它不再是功能性的，而变成为表达性的，界域就产生了"[③]。概言之，界域其实就是一种标识，自

[①] [法]德勒兹、加塔利：《资本主义与精神分裂：千高原》，姜宇辉译，上海书店出版社2010年版，第168页。

[②] 参见王玉括《莫里森研究》，人民文学出版社2005年版。在这部著作中，研究者主要从两个方面研究《宠儿》中的身体政治：一是奴隶制时期奴隶主对奴隶身体的控制、侵犯与规训；二是作为奴隶的非裔美国人利用自己的身体实践来确立自己的身份。

[③] [法]德勒兹、加塔利：《资本主义与精神分裂：千高原》，姜宇辉译，上海书店出版社2010年版，第449页。

身是由各种质料或运动等不同的配置组成的。

界域尽管包含着非常丰富的内涵，比如一首叠奏曲就是一个界域，但它天然地与空间具有高度的契合性。德勒兹说故乡就是一种界域性表达。故乡，就是先天性和获得性在界域性的配置之中所呈现的新形象。① 故乡区别于其他空间的地方就在于其特殊的配置，它形成了对于个体来说具有特殊意义的界域化的空间。比如居于其间的人、具体的地理空间布局、长期生活形成的权力结构和传统等，这些因素在广袤的平滑空间中形成了对个体来说具有特殊意义的线条，它清楚地标示出了某处与其他地域的差别。在小说《秀拉》中，梅德林就是这样一个界域化的空间。对北方甚至更大的区域来说，梅德林是一处平滑空间，是具有游牧性质的存在，而就其中的居民来说，梅德林这个处于俄亥俄州被城市包围的黑人社区又是一个界域化的空间。是什么构成了它的配置？

"底部"（The bottom）标示出鲜明的政治权力结构。"底部"是小说主要的叙事空间，位于俄亥俄州。这个称呼是白人命名的，当年黑人居住时却被叫作"底部"，如今白人称之为"梅德林郊区"。"底部"这个名称源自一个黑人的笑话。镇子里一个好心的白人农场主许诺了他的黑奴在完成一件难办的事情后便给他人身自由和一块低地，黑人按要求完成了事情并向主人索要曾经许诺的土地和自由。白人主人不想给他谷底的低地，就把一块位于山顶的土地给黑奴并解释说这是"天堂的底部"，"上帝往下看的时候就是低地了。那是天堂之底——有着最好的土地"。② 自此，位于梅德林山顶的地方就被叫作"底部"。"底部"水土流失严重，种子会被冲掉，冬天寒风呼啸，黑人耕种十分艰辛。这个充满了政治讽喻的笑话生动地展示了梅德林的政治权力结构：白人居于统治地位，黑人是政治权力统治的对象，完全处于被支配的境地。黑

---

① ［法］德勒兹、加塔利：《资本主义与精神分裂：千高原》，姜宇辉译，上海书店出版社2010年版，第474页。
② ［美］托妮·莫里森：《秀拉》，胡允桓译，南海出版公司2014年版，第5页。本节引文均出自本书，下文只标页码。

人在"底部"山顶忙于生计，根本无暇欣赏后来被白人认为此处可能真是"天堂之底"的郁郁葱葱的山顶风景。正如评论指出的，"黑人社区死于白人社区的反复无常"①。

"底部"是典型的黑人社区，黑人传统文化作为界域的标识和配置，它塑造了此处的人文环境。莫里森曾在一次访谈中谈道："有成千上万的像梅德林一样的小城，那儿是大部分黑人的聚集地，是黑人的精神源泉，就是在那儿我们建构了自己的身份。"② 俄亥俄州是南北战争后南部居民最早的迁徙地，包括作家出生的洛兰镇，都是典型的南部移民形成的黑人社区。迁徙居民自身携带着他们曾在南部长久以来形成的文化传统。有评论指出，黑人居住区伯特姆（即"底部"）"指向过去，那南部乡村，为给现代化开路已像黑刺莓那样被根除的文化的蓄水池"③。《秀拉》中梅德林作为黑人社区的突出标识之一是其群居的、封闭的生活。"底部"尽管位于美国最老牌的工业州，但工业化的推进并没有深刻地影响黑人群体的生活。他们与工业化城镇只有一河之隔，但这仅有的路程却将黑人群体隔绝于现代化进程之外。黑人少女奈尔跟随母亲去了一趟弗吉尼亚，自我开始觉醒，尽管她暗下决心要走出这个地方，但儿时的南部之行成了她一生唯一走出梅德林的经历。黑人青年裘德盼望自己能在修路工程中大展身手，但却没有得到任何机会，只能像大多数黑人一样从事农业生产及低贱的服务行业。梅德林就像莫里森笔下的沙理玛、埃罗和洛特斯一样，都是"被"封闭的黑人社区，社区内部保持了一种农业社会形态。黑人群体彼此走动，很少和白人有所往来，他们安然地从事耕种生活，形成了自己的生活节奏和传统。

---

① Claude Pruitt, "Circling Meaning in Toni Morrison's *Sula*", *African American Review*, Vol. 44, No. 1 – 2, 2011.

② Robert Stepto, "'Intimate Things in Place': A Conversation with Toni Morrison", *The Massachusetts Review*, Vol. 18, No. 3, 1977. 此处的"梅德林"原文是 Medallion。在访谈中，莫里森表示："梅德林是位于俄亥俄南边的一个虚构的地方，大部分黑人居民在此居住。俄亥俄就在肯塔基右边，所以它和'南方'没有多大区别。"

③ Susan Willis, *Specifying: Black Women Writing the American Experience*, Madison: University of Wisconsin Press, 1987, p. 94.

农业生产生活带来的是对人们普遍道德感的追求，尤其是族群内部的规约，这是梅德林突出的标识之二。通读小说，除了匹斯家的女性及奈尔和夏德拉克外，其他人物无一例外地呈现出相同的伦理面貌——充满道德感或为传统观念所左右。20世纪初期，美国迎来了高速发展时期，尤其是进入爵士时代后，人们对于金钱的渴望超过了以往任何时候。小说从20年代写到40年代，"底部"社区并没有受到整个社会风气的影响，仍然保持了较高的道德观念。"在秀拉把伊娃送进养老院时，那些原本咬牙切齿地抱怨照顾上了年纪的婆婆的女人曾有所改变，开始任劳任怨地刷洗老太太的痰盂。秀拉一死，她们就迅速恢复了对老人所带来的负担的怨恨。妻子们不再悉心照料丈夫，似乎再无必要去助长他们的虚荣。"（166）"那些当年在秀拉的恶意下保护自己孩子的母亲现在找不到对手了。紧张气氛烟消云散，她们也就失去了努力的理由。没有了她的冷嘲热讽，对他人的爱也就陷入了无力的破败。"（165）秀拉的特立独行挑战了镇子上的道德观念，她在追求个人主体性的过程中打破了梅德林的传统，被看作是带来厄运的"女巫"。而她也被置于道德制高点的反面，人们因为秀拉的存在而有意回避人性中恶的一面。秀拉的遭遇从反面证实了"底部"的公共伦理，高度的道德观念是镇子在现代化浪潮中得以良性运转的重要方面。

叙事中男性的被阉割揭示出这个黑人社区的日渐萎缩。小说里的男性基本上没有什么地位，人物逐渐隐去，包括三个杜威、柏油娃娃以及李子等。唯一表现出强烈主体性的夏德拉克被认为与非洲的水神有着密切的关联。[①] 这种男子汉气概缺失的现象缘于白人的涌入和他们对黑人生存空间的挤压。奈尔的丈夫裘德曾对未来充满信心，期待在梅德林的建设事业中大展拳脚，但却屡次被排挤在筑路工人行列之外，"他一连六天排在登记做工的队伍里，每天眼巴巴地看着工头挑走来自弗吉尼亚山里来的细胳膊瘦腿的白人男孩、脖子粗壮的希腊人和意大利人，一次又一

[①] Vashti Crutcher Lewis, "African Tradition in Toni Morrison's *Sula*", *Phylon*, Vol. 48, No. 1, 1987.

次听到'今天没活儿啦,明天再来吧'的通知后才明白的道理"(87)。"他们(新涌入的白人)形成了一个地理排斥区",正如贝克所观察到的那样,它的作用与其说是将黑人社区住户安置于"底部",不如说是将其从白人主导的环境中"移除"。① 愤怒的裘德只能通过与奈尔的迅即婚姻来表达他满腔的男子汉气概。在梅德林这个混居的环境中,黑人的基本生存权利渐趋萎缩,广大黑人群体渐渐成为一种"缺席"的存在。

二 女性身体实践与主体性建构

(一)伊娃的身体暴力与匹斯女性王国

身体暴力如同对身体的驯服一样,通过对身体样貌的改造或变形以达到某种目的。中国封建社会女人裹脚便是一种典型的身体实践,这种实践通常是在主体的知会或同意下,由家中年长女性对适龄女性实施的一种实践,目的是使年幼的女性符合社会(尤其是男性)对她们身体的要求,行为本身为了迎合社会对女性形象的审美要求和角色塑造。无论是被动实践还是主动实践,身体暴力实质上是一种对主体的安置②,主体通过被摧残或改造的身体来达到某种目的。

伊娃主动选择"断腿"是对"底部"黑人艰辛生活的反映和对抗。伊娃·匹斯是秀拉的祖母,小说中女性的反抗及主体性建构始自年轻时的伊娃。伊娃新婚后跟随丈夫波依波依从弗吉尼亚搬迁至梅德林,后丈夫弃她和三个孩子而去。伊娃无以为生,便用自己的一条腿换取了政府的保险金。"有人说,伊娃把腿放到火车轮下轧碎了,然后要人家赔偿。也有人说,她把那条腿卖到医院,整整卖了一万美元。"(34)后现代小说不确定的表述策略为伊娃的身体实践增加了某种神秘色彩,使得主人公的经历更具传奇性。独自带着三个孩子,没有任何收入的伊娃

---

① Houston A. Baker, *Workings of the Spirit: The Poetics of Afro-American Women's Writing*, Chicago: University of Chicago Press, 1991, p. 104.
② [美]朱迪斯·巴特勒:《身体之重:论"性别"的话语界限》,李钧鹏译,上海三联书店2011年版,第11页。巴特勒从福柯的理论中推衍出身体和主体的关系,认为种种身体实践实际上是对主体的安置或主体化方式。

陷入了无法解决的困局。在消失了一段时间后，伊娃带着一份稳定的保险金回到梅德林，开始认真地抚养孩子。无论是哪种方式，伊娃在困境面前主动对自身身体实施暴力的做法是对"底部"黑人生活的控诉。不同于奴隶制时期白人对黑人进行的各种身体戕害，黑人的自我施暴更是一种自觉的命运反抗。黑人没有和白人平等竞争工作的机会，普遍的歧视和权力链条将他们牢牢锁住，就像裘德一样，多次努力却仍然无法突破原有的生活轨迹。伊娃的反抗使她在逆来顺受的黑人群体中获得了一个崭新的形象，展现出一种鲜见的黑人生活日常。这种通过对身体实施自我暴力的另类日常实际上是对常规、沉默和权力的挑战，是一种突出的解域化实践。

如果说伊娃被迫"断腿"是对现状的控诉，那么她对身体残缺的固守和自我幽禁则是自我赋权和女性独立的一种宣言。在人类历史上，女性一直被塑造为柔弱的、依赖于男性的，甚至被商品化进而成为消费对象。伊娃也不可避免地落入了社会为女性制造的窠臼，一度对男性充满依赖并以其为家庭的核心，女性主体性丧失。当丈夫数年后再露面的时候，伊娃不知道怎么面对。"心怀对波依波依的恨，她就能坚持下去，只要她想或者是需要借助这种恨意来确认和强化自己。"（40）尽管伊娃做出了特立独行的姿态，但在很长一段时间里她对丈夫或者其他男性的看法仍然带有一种传统赋予的角色和道德追求。伊娃通过"恨"来保持和强化自我，这实际上是一种"二手"的自我，它的确立还是基于男性存在的。尽管如此，伊娃并没有将自我完全依附于男性身上。"不管她失去的那条腿的命运如何，剩下的那条倒令人印象深刻。那条腿上总是穿着长筒袜、套着鞋，无论什么时间和季节……她从来不穿太长的裙子来遮掩左边的残缺。她的裙子总是到小腿中间，这样，那条引人注目的腿就能为人所见，同时，她左腿下的空当也明明白白。"（34）波依波依的离开，使得伊娃独自面对生活的艰辛和真实的自我。她对身体残缺从不加掩饰，这使得伊娃时刻处于清醒状态并保持鲜明的自我。残缺的身体在一定意义上成了一种符号，它喻示着女性主体性的表达，成为伊娃自我不可或缺的构成。在女儿汉娜烧死自己后，伊娃从此闭门不出，几乎隔绝了与外界的往来。对身体的自我幽禁，这种极端的做法实际上展示出伊娃几乎完全摒弃了个体的社会化方面，进一步强化了自我。

与伊娃的残缺和幽禁状况不同的是，她统治的匹斯女性王国呈现出生机勃勃的面貌，这是伊娃主体性的延伸。在人类历史实践中，人们往往把残疾和幽禁与生命力的逐渐消亡联系起来。然而，这显然不是唯一的答案。伊娃自从波依波依归家又离去后，便不再走出卧室，但正是在这个有限的空间里，伊娃释放了前所未有的自我的可能性。"秀拉·匹斯家有许多房子，都是在过去几年中按照主人的明确要求不断增建的：今天加一条楼梯，明天盖一个房间，东开一座门，西修一条廊。结果有的房间开了三扇门，有的房间又只有朝着门廊的一扇，与房子的其他地方无门相通，而有的房间要想进去只得穿过别人的卧室。"（33）这所奇怪的房子自身充满了流动的欲望和各种可能性。对房子的改造是伊娃主体性表达的一种方式。她把房子进行了非常规改造并把底层租给各式各样的人。在收留的房客中，有几个年龄相差不大的男孩子，伊娃把他们都叫作杜威。一开始大家都能以其个性把孩子分为黄眼杜威、雀斑杜威和墨西哥杜威，后来三个人逐渐成为一体，没人能分清他们。伊娃的做法实际上是对个性的抹杀，对秩序、中心和确切的调侃和嘲弄，使匹斯女性王国成为一个异于男性统治的世界，是一种突出的解域化实践。有评论称，"伊娃是完全自主的典范，她可以自愿做出抉择，她像女神一样建设、统治着她的家庭"[1]。伊娃的自我幽禁和生机勃勃的匹斯王国具有突出的一致性，二者是相辅相成的。后来伊娃被秀拉送进了养老院，她那条生机勃勃的腿就丧失了生命力。

伊娃对其他男性的爱超出了责任和依赖，这更新和强化了她的女性自我。在丈夫再次离开后，伊娃并不拒绝他人的造访并与男性建立了和谐的关系。"尽管伊娃年岁已大，又是独腿，还是有一批男人来

---

[1] Wilfred D. Samuels and Clenora Hudson-Weems, *Toni Morrison*, Boston: Twayne, 1990, p. 42.

造访，她虽然不与谁确立关系，但热衷于调情、亲吻和开怀大笑。男人们愿意瞧她那好看的小腿、整洁的鞋子和深邃眼中偶然滑落的注视。"（45）男人们的这种"看"显然是一种基于平等关系、带有距离感的注视，而非丈夫对作为"附属物"的妻子的"看"。而伊娃也用同样的视角注视男性。没有婚姻关系的束缚，恰为伊娃保持自我提供了客观条件。伊娃对男性的爱单纯而热烈，甚至有些偏袒男性。"她总是小题大做、没完没了地责怪新婚妻子们没有按时给男人把饭做好，教育她们该怎么洗熨和叠衬衫。"（45）伊娃对婚姻中女性的要求实际上是在强调两性关系中女性的责任。伊娃看似站到了其他女性的对立面，成为男性共谋，但结合她个人经历来看，伊娃的做法实际上体现了她对两性关系的深刻认识：女性不是男性的附属品，而是独立的，在两性关系中需要担负起自己的责任，这是对单纯强调权力的激进女权主义的革命性推进。

不可否认，伊娃通过身体实践在一定程度上建构了女性自我，然而这种自我始终没有跳出两性的二元结构和社会对女性塑造的窠臼。在秀拉外出多年归来后，伊娃表达了她对秀拉的要求，"你打算什么时候结婚？你该生个孩子了。那样你就可以安心了……可没有哪个女人游手好闲地到处逛，还没有男人"（98）。伊娃把女性和结婚生子联系在一起，并在之前的生活中履行着社会赋予女人的种种角色和义务，它与伊娃的解域化实践形成了相对稳固的关系。后来伊娃被送进养老院，其鲜明的主体性伴随着肉体能力的消退而减弱。

（二）汉娜的自然之性与秩序的破坏

人类对身体功能的认识和处置实际上经历了漫长的发展变化过程，尤其是进入现代社会后，女性身体被塑造、消费，在很大程度上致使身体走向其自身的反面并部分地造成了身体功能的遮蔽。性作为人类身体的基本生物属性，它被赋予了过多的社会意识形态色彩。考古学发现，女性的性器官在人类早期是被作为神圣之物的，及至现代社会，性被打上了诱惑的、下流的记号。广泛存在于非洲大陆的女性割礼就是要对女性天然的性器官进行改造，使其无法获得快感，从而确保女性对丈夫的忠贞。对性的意识形态化根本上是便于社会管理，男性正是通过性政治来达到对女性的控制。最初的性功能实际上是生物的自然属性，并不具有区别意义，而对性功能的道德化就属于德勒兹讲的层化或界域化，这种界域化摒弃了性的多重可能性，甚至使其忘记了自身的属性。

汉娜首先摒弃了现代社会对身体的装扮，进而完成了对身体自然属性的回归。巴特勒在其著作《性别麻烦：女性主义与身份的颠覆》中提出了性别的操演性建构，认为装扮是对性别的模仿。① 在其理论观照下，装扮的意义被放大。青少年中颇为流行的 cosplay 即是一种装扮，装扮者通过服饰、妆容、造型的改变企图获得动漫形象或历史人物的某种特征或属性，以此寻求一种异于日常存在的心理感受。与此相似，流行于西方的新部落主义，失业青年通过文身、刺青、佩戴面具等方式寻求一种原始部落文化带来的心理体验，以此来抵御残酷现实对个体的压迫。与以上操演行为相反，汉娜所做的是把现代社会对身体的种种消费、规训、改造的痕迹一一去除，还原身体的自然属性。"她从来不会去梳一下头发，赶忙换套衣服或是飞快地化个妆，她不扭捏作态，而是用性吸引力在男人心中投下涟漪。"（46）汉娜的操演是要摒弃附加于身体上的种种"物"的价值，进而还原或放大来自身体自身的能量。

汉娜集中演绎了女性躯体的自然之美和原始的性吸引力。汉娜在丈夫死后，带着三岁的秀拉回到了母亲家。在这个女性之家，汉娜和伊娃一样，保持着与男性的正常交往。汉娜最吸引人的地方是天然和真实。"夏天，她总是光着脚穿条旧连衣裙，冬天则趿拉着一双后帮被踩平的男士皮便鞋。她让男人们注意到她的臀部、她纤细的足踝、她那露水般光滑的皮肤和长得出奇的脖子，还有她那含笑的眼睛、她转头的模样——一切都这么来者不拒、轻松而讨喜。她说话时声音拖拽着慢慢下降；哪怕最简单的字眼，在她嘴里都会发出最和谐的音调……无论哪个

---

① ［美］朱迪斯·巴特勒：《性别麻烦：女性主义与身份的颠覆》，宋素凤译，上海三联书店 2009 年版，第 2 页。

男人听见后都会把帽子往下轻轻一拉扣过眼睛，往上提提裤子，同时想着她颈根下的那处凹陷。"（46）这段关于汉娜的臀、踝、颈、眼等身体及与身体相关动作的描述完全是一曲身体的赞歌，传递出女性躯体之美。尽管这种"看"或者"注视"多少带有男性欲望和男性塑造的痕迹，但汉娜的身体及其释放出来的原始性吸引力无疑成为其主体构成中非常突出的部分，使人感受到自然和原始的力量，这与作为消费的身体所制造的诱惑迥然不同。

汉娜随意的性行为是对现代社会伦理秩序的挑战。在三代女性中，叙述给予汉娜的分量是最小的，但她在女性主体建构的历史中却是极为重要的一个人物。与身体紧密关联的是性功能，而性功能在人类历史上被不断地言说，成为权力角逐的一个场域。"文明本身限制性生活的倾向与扩展文化单位的其他文明倾向同样明显。它最初的图腾阶段已经带有反对乱伦性质的选择性对象的限制，或许这就是人的性生活所经历过的最为激烈的转变……由于惧怕被压制因素的反抗，它被迫采取更为严格的预防措施。在这样一个发展阶段，我们西方欧洲文明已经达到了一个更高的水准。"[①] 家庭关系的缔结本就是人类文明的突出表征，它具有重要的社会管理使命。历史上，家庭内部的性行为是被社会认可的，此外的性行为则被认为是不道德的。汉娜的行为则打破了这种秩序和道德原则而且丝毫不以此为耻，"她可以在一个下午和新郎上过床，又去为新娘洗碗"（48）。同时，汉娜对情人的选择是基于自然的性吸引力，其行为只是满足自己的需要，从不对性对象提出情感要求。这就使得汉娜在男人中间具有极好的印象，但同时激怒了镇上的女人。"汉娜在跟谁睡觉这一点上偏偏是很挑别的……跟人睡觉对她来说则意味着一种对信任的衡量手段和确凿的承诺。"（47）汉娜对与男性建立关系有着一种超然的自觉，她不愿卷入任何一个确定的关系中，保持了自我的独立性，将社会利用性功能进行管理的模式抛弃于日常之外。

---

① Freud S., "Civilization and its Discontents"，转引自［英］布莱恩·特纳《身体与社会》，马海良、赵国新译，春风文艺出版社 2000 年版，第 76 页。

汉娜对两性关系的认识和实践具有革命性的意义。她恢复了人的原初的自然属性，把现代社会对身体的改造和规训，以及历史上通过性政治来实现社会管理的做法统统抛弃，实现了女性的彻底解放。这种解放使汉娜获得了前所未有的自由和自主性。跟伊娃比起来，汉娜的身体实践更具革命性，她挑战的是整个社会秩序，其身体实践进入了一个更宏大的女性解放的场域。她的解域化实践所面对的层化空间就是社会对女性的规约，包括控制了人类历史数千年的伦理道德观念。汉娜以自己的身体实践和性的绝对解放完成了自己对以往秩序的解域和逃逸，最终获得了一种异乎寻常的自我。

但值得注意的是，汉娜的自我缺乏明确稳定的意义核心。按照拉康的理论，自我的建立首先是以母亲为对象的，孩童通过母亲的形象来区别自我和他者，这是自我构建过程中的必然阶段。汉娜生活在一个男性缺失的家庭中，先是父亲在他们儿时离家出走，成年后丈夫又早早去世。对汉娜来说，母亲是其意义感的来源，但儿时的一度缺席和此后多年的淡漠里，汉娜对来自母亲的情感始终存有疑虑。当汉娜的弟弟李子在战争归来后一蹶不振并开始吸食海洛因时，伊娃发现儿子被摧毁后亲手烧死了他。汉娜对此十分困惑，专门去询问伊娃："我是说，你有没有爱过我们？你知道，在我们还小的时候。"（72）伊娃肯定的答复虽然在一定程度上减少了汉娜的疑虑，但她的生命中始终缺乏某种核心要素，致使汉娜的形象具有些许轻盈漂浮的特质。

（三）秀拉"漂泊"的身体及与孤独的对抗

"漂泊感"是后现代社会的一种普遍的生命体验。从萨特的《恶心》到贝克特的《等待戈多》和普鲁斯特的《追忆似水年华》，西方现代文学无不传递出现代人精神的荒芜和漂泊。漂泊是对固定和中心的对抗，是西方社会对二元对立的稳固结构的一种反驳。莫里森作为一名少数族裔作家，她以自己的切身体会和鲜明立场展开了对美国黑人生活的书写，但不可忽视的是，《秀拉》异常突出地涉及了现代社会中普遍的议题：孤独。这显然超越了以种族为核心的叙事，使作品更具普遍意义。作家曾在一次访谈中表达了她对拉美文学的赞赏,直言不讳其对自己文学创作的影响。① 我们在《秀拉》中可以或多或少地感受到《百年孤独》的审美品格,同名主人公对孤独的体味和理解异常深刻。

奈尔和秀拉儿时互为镜像的关系强化了主人公"自我"的追求。小说中,奈尔是较早出场的一个人物,被母亲培养得非常乖顺,但在一次南部之旅后自我开始觉醒。"我就是我。我不是他们的女儿。我是奈尔。我就是我。我。每次她说到'我'这个字眼,浑身就聚集起一种东西,像力量,像欢乐,也像恐惧。""这次旅行,抑或她所发现的那个'我',给了她无视母亲的阻拦去交一个朋友的力量。"(31)奈尔的"我"是在被母亲控制的生活的裂隙中获得更新的自我,她看了母亲不经意间对白人列车员露出谄媚和挑逗笑容时黑人军人的煎熬表情,这促使奈尔坚定地开启了"自我"之旅。为了标榜和凸显自我,奈尔冲破母亲的偏见发展自己的友谊,开始与做了五年同学而没有任何交往的秀拉做朋友。奈尔母亲阻挠的原因是秀拉母亲汉娜"黑得像煤烟"以及她的懒散,这是浅肤色黑人对深肤色黑人的惯常看法。在伊娃和汉娜的影响下,秀拉性格自由而独立,她与奈尔的交往更是强化了彼此的个性。"在为彼此营造出的安全港中,她们对别人的做法不屑一顾,专心于她们自己感受到的事物。"(58)

秀拉最早的身体实践是童年时期为了保护奈尔对自己实施的身体暴力。奈尔经常遭到白人学生的欺辱,秀拉在数次忍耐后选择直面对方并采取行动。她拿出伊娃的水果刀并在一群白人学生面前割破了自己的手指。"四个男孩目瞪口呆地望着那伤口和像朵小蘑菇那样卷曲着的豁开的肉,殷红的血一直流到石板的边缘。"(58)在两性的较量中,大部分女性力量较弱,无力施暴于男性,转而把愤怒和暴力施加于他物或者自身。与伊娃相似,秀拉试图通过伤害自己的身体以达到对对方的威慑。在这个过程中,秀拉对自己身体的处置显示出一种积极的姿态,这

---

① [美]托马斯·勒克莱尔:《"语言不能流汗":托妮·莫里森访谈录》,少况译,《外国文学》1994年第1期。

也是一个黑人女孩对抗包括白人男性在内的"他者"所采取的初步行动。受秀拉的影响,奈尔有意识地释放了自己被压抑的天性,不再毫无意识地跟随母亲的意志,放弃了对"高鼻梁"、"直发"的执着,对身体表现出强烈的放任姿态。但是,这次暴力事件也是二人日后分道扬镳的暗示。奈尔对于秀拉的果敢表现出了极大的诧异,"她一直盯着秀拉的脸,它似乎有几千里远"(58)。奈尔的反应显示了二人在思想上的距离,秀拉以实际行动捍卫自我,而奈尔则在前者或二人共同营造的更为宽松氛围中追求和表达自我,是一个追随者的形象。后来,奈尔的婚姻和秀拉的离去使奈尔曾经觉醒的"自我"淹没在庸常的黑人妇女生活中,逐渐进入与秀拉相对的"大多数"队伍当中。

与汉娜对性的依赖不同,秀拉利用性、把性作为排解孤独的手段,身体的解域化实践更为彻底和深刻。在伊娃和汉娜的影响下,秀拉认为性是一件愉快的事情,因而并不排斥,也没有社群中普遍存在的道德感。但不同的是,伊娃和汉娜的解域化实践是建立在对男女两性认可的基础上。也就是说,她们尽管借助自己的身体实践反抗男权社会,但始终没有跳出二元对立的窠臼。秀拉的性实践,则是一种去中心化的实践,是对传统二元对立的消解。小说中穿插了一个有趣的叙述,即对裘德急于结婚的原因的叙述。裘德本不想结婚,意欲在社会建设中大显身手,但当地的修路工程把所有的工作机会留给了白人,而他只能到酒店当侍者。"没有她,他不过是个女人般围着厨房转的侍者。有了她,他就是一家之主。"(88)裘德并非是出于爱,而是迫切地需要一个女人来树立他的男性尊严和统治地位。通过奈尔和裘德的婚姻,小说揭示出社会对两性的塑造和男权的生产机制。秀拉在十年后返回梅德林,与裘德的性关系破坏了她与奈尔的友谊。在秀拉弥留之际,奈尔质问秀拉,秀拉回答:"好吧,在我前面,在我后面,在我脑袋里,有块空地。某块空地。裘德填满了这块空地。就是这么回事,他只是填满了这块空地。"(156)在秀拉看来,裘德抑或其他男性的存在都只是工具,是服务于秀拉的孤独和不完满的自我的。当她试图与阿贾克斯保持稳固的恋情时,对方一如小说中的其他男性，毫不犹豫地选择了离开。可以说，这是秀拉的一次失败的情感经历，固定关系导致了对方的逃离。"秀拉的情感本质上反映了她的开放性和流动性。"① 因此，秀拉随意的、放任的性实践驱逐了它与社会之间的稳固的意义指向，进而确立了一个新的所指。冠以孤独之名的所指并非是一个实体，这就形成了一种流动与漂泊之感。

小说中作为秀拉"漂泊"或"去中心化"身体的表征和突出意象的是她额头的胎记。"秀拉的皮肤是深棕色的，长着一对沉静的大眼睛，其中一只的眼皮有一块胎记，形状如一朵带枝的玫瑰。这块胎记为本来平淡无奇的面孔增添了一丝破碎的灵气和一种刀光般的戾气。"（56）胎记本身是身体的一部分，完全是生物学意义上的特征和属性。然而，在人类的身体史中，人们往往会把这种自然属性与人的行为本身联系起来，进而认为胎记是异常的，是邪恶的征兆。在小说中，秀拉额头的胎记在其人生不同阶段和不同人眼中被做了不同解释。叙述者说这是一支带枝的玫瑰，退伍士兵夏德拉克认为"她的眼睛上有一条蝌蚪"（169）；当秀拉在1937年回来时，裘德则认为她额上的胎记是一块铜斑蛇。"裘德看着妻子的这位朋友，心头微微燃起怒火，这个苗条的女人姿色不算平庸，但眼帘上有一块铜斑蛇那般的胎记，也不算多好看。"（111）在秀拉把裘德弄到手并使他离开了奈尔，同时把伊娃送到了养老院后，梅德林镇上的女人改变了对秀拉的看法。"那不是一株带枝的玫瑰，也不是一条毒蛇，而是从一开始就给她做了标记的汉娜的骨灰。"（124）镇子上的人开始以最恶毒的方式评判秀拉的胎记，把她作为道德的反面，所有的人都尽力做好自己的事情以拉开与秀拉在道德上的距离。有评论认为："她的性生活方式和自我掌控造成了她与城镇里居民疏远。"② 秀拉的特立独行使其成为镇子黑人居民遭受政治挤压的"替罪羊"，就像《天堂》中修

---

① Jennifer E. Henton, "Sula's Joke on Psychoanalysis", *African American Review*, Vol. 45, No. 1 – 2, 2012.
② Claude Pruitt, "Circling Meaning in Toni Morrison's *Sula*", *African American Review*, Vol. 44, No. 1 – 2, 2011.

道院的女人，为镇子的道德堕落背负起了恶名。胎记成了异端的身体表征，而这种变化不定的形状是秀拉去中心化身体的表征。

情感的匮乏和信仰的缺失是秀拉"漂泊"或"无中心"自我形成的原因。与汉娜相似，导致秀拉"漂泊"的是情感上的疏离。作家意在写黑人女性的独立和人类的孤独，并不因此否定感情的意义。秀拉在童年曾无意间听到母亲与他人的聊天内容，汉娜表达了对秀拉的爱，同时表示自己不喜欢这个女儿。对秀拉来说，亲情是构成她坚实、固定自我的基础，而祖母烧死李子、汉娜的放纵都挑战了秀拉的底线并对其自我建构产生影响。"她的生活是一种实验——自从母亲的那番话让她飞快跑上楼梯，自从她的责任感在那片河岸上随着河中心消失的漩涡一并消逝。前一次经历让她明白世上没有其他人可以指望，后一次则使她相信连自己也靠不住。她没有一个中心，也没有一个支点可以让她围绕其生长。"（128）

埃利奥特·提伯在《制造伍德斯托克》中塑造了一个同样孤独的形象。与提伯相似的、备受西方传统文化及现代社会压抑的年轻人自发地集结在1969年的伍德斯托克音乐节，掀起了一场以音乐为主的反文化运动。他们通过摇滚、性放纵、反越战等活动充分地彰显了对社会的对抗和对自由的追求。20世纪六七十年代中风起云涌的各类运动持续地把这种精神推向高潮。有趣的是，秀拉尽管脱胎于传统黑人女性群体，但其形象更多地带有这个时代青年的影子，并不像包括《最蓝的眼睛》《宠儿》等作品在内的莫里森其他小说中的女性。有评论称秀拉是典型的"美国存在主义者"[1]，此言不虚。秀拉身上的革命和叛逆气质代表了20世纪六七十年代青年的精神状态，具有突出的普遍性。小说里与秀拉在精神气质上相同的人包括退伍黑人夏德拉克。夏德拉克从一战战场归来就处于一种疯癫的状态并在梅德林创立"全国自杀日"。"自杀日"的创立实际上是直面和挑战人类终极恐惧的做法，夏德拉克

---

[1] 荆兴梅：《创伤、疯癫和反主流叙事——〈秀拉〉的历史文化重构》，《南京师范大学文学院学报》2013年第3期。

通过这种做法缓解战争带来的后遗症。夏德拉克的疯癫中不乏对生活真谛的认识。童年的秀拉无意间把名叫"小鸡"的黑人孩子甩进河中,夏德拉克刚巧看到。秀拉因为恐惧而造访形单影只的夏德拉克,他用一句"一直"向秀拉做出了永恒的许诺。与秀拉的这次"联系"成为夏德拉克孤独生命中的阳光,以至于在秀拉死后,夏德拉克一度进入茫然。

三 解域化身体实践的意义

特纳在《身体与社会》中谈道:"在传统社会中,财产的再生产和所有权与对人的所有权和人的繁衍之间存在着紧密的结构关系,这种关系是通过在一个大家族内部运用父权支配妇女建立起来的。"[①] 在当代社会,女性在经济结构中的角色更新了传统经济关系,进而导致身体与婚姻、家庭之间的紧密关系被瓦解。匹斯王国的三代女性虽然一直与男性保持着亲密的关系,但相对于传统社会来说,这种若即若离的关系就十分脆弱了,男性在她们的主体性建构中基本上处于一种"在场"的"缺席"。伊娃通过对身体的暴力自我赋权,一方面使自己脱离了由于美国社会对黑人社区歧视及封锁带来的窘境,另一方面把残缺的身体作为强化自我的依据,以此抵御男权社会的种种伤害。汉娜趋于自然的性行为是对现代社会中物质主义和消费主义的抵抗,同时也挑战了整个社会的伦理秩序。秀拉的身体实践是"漂泊"或"无中心"自我的符号,她放任与随意的性并不是为了获得明确的自我,而是为了对抗孤独。在某种意义上,这是一种更为深刻的"自我"实践。匹斯家的三代女性以各自的身体实践对禁锢她们的种种权力和规范进行了充分的解域,制造了种种逃逸线,使之区别于稳固的、模式化的形象。

德勒兹在《游牧思想——吉尔·德勒兹、费利克斯·瓜塔里读本》中谈道,"对比之下,'多数'文学中,个别关怀(家庭、婚姻等等)

---

① [英]布莱恩·特纳:《身体与社会》,马海良、赵国新译,春风文艺出版社2000年版,第4页。

与其他同样的个别关怀结合起来,社会环境仅仅作为环境或背景……少数文学则完全不同。它自狭小空间迫使每个个别阴谋直接与政治关联起来。因此,个别关怀就是必要的、不可或缺的、被扩大了的,因为在这个关怀中震颤着另一个完整的故事"[1]。莫里森在70年代后期创作《秀拉》时,尽管受到了时代精神的影响,但这并不影响作家作为少数族裔写作的政治性。黑人英语的解域化,以及文学实践突出的政治意义都是不容忽视的。黑人女性群体在"失语"的局面下借助自己的身体来展现她们的精神世界,这与其他群体获得主体性的经历有所差别。《简·爱》中简通过个体与空间的关系实现了自我意愿的表达,这与秀拉等人有着根本的区别。相比于其他方式,身体实践所具有的突出的解域化功能更有指向性和革命性。

不可否认的是,身体实践的革命性不仅具有黑人女性解放的意义,它同时担负着特定时代对传统、中心和权力的突围及解域作用。20世纪60年代的西方,后现代思想扑面而来。作为对现代的一种反动,后现代的各种艺术实践此起彼伏,整体呈现出对权威的质疑和消解姿态,并以一种去中心、多元化面貌展现出来。以秀拉为代表的女性对男权的挑战以及对传统伦理道德的质疑都是这一时代特有的精神现象。匹斯家女性的特立独行使处于现代化进程中濒于"失声"的黑人群体掀起了一丝波澜,"底部"山上居民把秀拉死亡的消息当作是此地最好的消息,人们期待着美好生活的来临。但是,谣传已久的工作权利又被穷白人和移民抢走了,冰冻气候使"底部"居民的生活再次陷入了没有着落的常态,这使他们在伊娃、汉娜和秀拉前凝聚的排斥情绪陷入无力的破败,对美好未来的期盼再次落空。从根本上说,匹斯家三位女性的身体实践是一种解域活动,它超越了局部文化环境的限制并导向一种多元化的存在。

---

[1] [法]吉尔·德勒兹:《游牧思想——吉尔·德勒兹、费利克斯·瓜塔里读本》,陈永国编译,吉林人民出版社2011年版,第109页。

第二节　塑造南方与文化身份认同：
论《所罗门之歌》

地域与文化身份既是一个现代化、全球化问题，同时也是一个历史性问题。在现代化语境下，流动性带来了身份的模糊与再生产，地域与身份面临着错位与重新结合的困境。作为一个历史问题，地域与文化身份之间的稳固性一直是该问题的主流模式。"地方是一个使已确立的价值观沉淀下来的中心，它承载了居于其中的居民的习惯、风俗和观念，并最终成为一个建立在自然地理基础上的充满了想象的创造物。"[1] 段义孚的论述强调了地方与人之间的稳固关系。一方面，地方的构成及其文化属性从根本上来源于对该地方居民的总体性看法的综合与归纳，带有某种抽象性和排他性，其中蕴含深刻的价值取向。另一方面，居民身份中的稳定性向量来自群体和地方，其文化身份嵌入在地方历史之中并保持了一种相对的稳定性。

非裔美国人的身份问题是伴随着美国移民史产生并延续至今的。16世纪末，大量非洲人被贩卖至美洲并作为奴隶生活在这片土地上。这批非洲人及其后裔大部分留在美国南方从事农业生产和帮佣工作。南北战争前，他们中的绝大部分是奴隶，完全没有人身自由，任由白人役使和迫害。战争后，奴隶制被废除，一批"新美国人"诞生，但却遭受了持续而深重的种族歧视，长时间地被排斥在美国主流社会之外。从历史上看，非裔美国人与早期欧洲殖民者同时开启了美洲生活史，双方都经历了身份的变迁，都在进入美洲时开启了一个新的、持久的、趋向未来的身份向量。大部分非裔美国人是在美国南方开始这种历史的，是在一个农业文明的地域开启其文化身份的。这也就是在非裔美国文学中，南方历史总是以一种背景、记忆和欲望的方式被呈现出来的原因。

---

[1] ［美］段义孚：《空间与地方：一个经验的视角》，王志标译，中国人民大学出版社2017年版，第44页。

《所罗门之歌》是托尼·莫里森的第三部小说，成书于1977年，获得了当年最佳小说和次年的全美书籍评议会奖。该书的获奖也使莫里森一跃成为美国一流作家，其作品被翻译成多种语言广泛流传，作家的国际声誉由此隆盛。作品主要讲述了一个成长于密歇根的黑人青年前往美国南方寻宝却意外获得文化身份认同的故事。有评论认为，奶娃的南方之行是一次类似希腊英雄之旅，莫里森在这个原型中植入了现代美国社会所特有的种族、阶级、性别等问题。[①] 确如评论所说，深受西方文学浸润的莫里森娴熟地使用互文、戏拟、隐喻等后现代小说的美学手段构造了这个现代神话。作为该神话构成的地理空间，美国南方在叙事中到底扮演了怎样的角色？本书试图把文化因素纳入考察中心，重点探讨《所罗门之歌》中的南方地理空间与黑人青年文化身份认同之间的深刻关联。

一　先天不足：种族身份与价值观的断裂

20世纪20年代的美国文化基本上延续了欧洲中心主义的价值观。马尔科姆·考利（Malcolm Cowley）在其文学评论集《流放者归来》中详细记录了20世纪二三十年代美国及欧洲文坛的状况，尤其是美国"垮掉的一代"作家群的自我流放及回归，生动地探索了这一代人的思想历程。考利的评论是基于作家的日常和创造来谈的，尤其是作家的个人经历。这一代年轻人普遍认为欧洲文化是先进的，美国的则是乡土气的、鄙俗的。于是，大量欧洲文学的追随者将其思想特征和美学趣味作为评判标准和追求。以文学为表征的社会文化不可避免地把这种"欧洲中心主义"奉为圭臬，使其在美国这块新大陆上成为众多"在场"权力之争的赢家并成为美国主流价值观。

30年代，商业文明开始兴起并席卷美国和欧洲，美国文化中的本土因素开始被重视和发掘，新的文化现象和思潮开始进入美国人的日

---

① 孙冬：《英雄与英雄之旅——评托尼·莫里森的〈所罗门之歌〉的神话模式》，《学术交流》2001年第3期。

常。同时，欧洲在美元的冲击下显出其疲弊的一面，1美元可以兑换1200马克，等值于一件毛呢大衣，欧洲高贵的头颅在美元面前显得底气不足。在美国国内，欣欣向荣的局面增强了美国人的信心，其自卑感在30年代末悄然消失。与此同时，美国创造的商业文明开始在国内大行其道。电影、广告、文学等携带政治观点、价值观念的美国本土的文化产品开始出现并向全世界输出。菲茨杰拉德的《了不起的盖茨比》对"美国梦"的迷幻书写鼓舞了一代年轻人为之奋斗。

被剥夺了土地的黑人摒弃了传统生活方式，开始追随资本主义商业文明并走出了一条异于传统生活模式的道路。《所罗门之歌》的叙事时间开始于1931年，故事在时间轴上分别向前追溯了过去的事件，继而向后延续了奶娃的经历和成长。奶娃的父亲麦肯·戴德儿时曾和父亲、妹妹生活在宾夕法尼亚州，以农业耕种为生。南北战争让黑人取得了历史性地位，获得自由的黑人对未来充满了希望，他们以极大的热情投入到农业生产中。

> 这儿，瞧瞧这儿，只要一个人肯动脑筋、花力气，就能干出这一切……既然我能落脚谋生，成家立业，你们也一样！抓住它，抓住这片土地！得到它、握紧它，我的兄弟们，利用它，我的兄弟们，摇撼它，挤轧它，翻转它，扭曲它，揍它，踢它，亲它，抽它，踩它，挖它，耕它，播它，收它，租它，买它，卖它，占有它，建设它，扩展它，把它传给你的子子孙孙——你们都听清楚了吗？把它世世代代传下去！①

这是老麦肯经营"林肯天堂"农场时生机勃勃的劳作景象，这种景象与鲁滨逊为自己的海外殖民地孜孜不倦劳作的景象十分相似。但是，美国国内持续的种族斗争使得黑人无法继续这种自由的耕种生活。

---

① ［美］托妮·莫里森：《所罗门之歌》，胡允桓译，南海出版公司2013年版，第263页。本节所引原文内容均来自本书，后面的引文只在括号中标注页码。

白人为了霸占"林肯天堂"枪杀了麦肯的父亲。此后,麦肯离开了宾夕法尼亚州并在密歇根落脚。他娶了一个黑人医生的浅肤色女儿并从岳父那里获得了最早的资本积累,后凭借自己的勤奋和聪明才智获得了多处房产。当奶娃北上到达自己父亲曾经待过的丹佛,邻居们对麦肯进行了热烈的谈论,"他像一头公牛那样壮,能够光脚骑光马背,这些老人都承认,他跑步、耕地、打枪、挖土、骑马都比他们强"(262)。邻居对麦肯的谈论与奶娃心目中那个严厉、贪婪、毫无怜悯之心的男人相去甚远。奶娃的祖父被杀后,麦肯和妹妹派拉特走上了两条完全不同的道路。麦肯完全接受了现代资本主义生产方式,以资本作为生产要素,凭借自己的聪明才智和勤劳创造了大量财富。他在密歇根黑人聚居区拥有大量房产,并将这些房子出租给黑人,定期收取租金,遇到无力支付租金的,会毫不犹豫地将房子收回,完全不考虑租户的困难情况。尽管黑人在美国备受歧视,但这并不影响像麦肯这样的黑人通过复制白人的生产方式发家致富。在20世纪30年代的美国,像麦肯这样富裕的黑人是非常少的。从某种意义上说,麦肯就是一个"美国梦"的追随者和受益者。

麦肯接受并复制了白人资产阶级生产生活方式和价值观,在黑人社区内部营造了一种异于黑人传统文化的资产阶级文化空间。麦肯一家每周日的例行活动就是全家驾车缓慢通过黑人聚居区并到达空旷的光荣岛短期度假。这种行为一方面显示了麦肯对事业成功的自我膨胀,同时也满足了露丝因家庭富足而产生的虚荣心。光荣岛对岸是白人度假区,麦肯打算在此处修建一幢房子度假用。奶娃的母亲露丝也像白人太太一样,很少工作,定期在家招待女伴。这使得麦肯一家与其他黑人鲜有往来。黑人群体内部的隔离和歧视根本上是阶级的原因,有钱的黑人以一种极端的方式在其群体内外展示他们的优越感,并将自己在族群外遭受的耻辱变相地施加于弱势群体,对待穷黑人更为恶毒,这昭示出一种鲜明的补偿心理。尽管如此,阶级的变化导致了生活方式和价值观的转变,以麦肯为主导的生活空间实际上已经是一个趋于资产阶级的文化空间，麦肯拥有了类似白人的观念和行为特征，致使其在黑人群体中逐渐"他者化"。

奶娃的种族身份与价值观的悖逆。小说通过叙事权威赋予了主人公以特殊的身份和使命。作品开篇写到保险公司代理人史密斯意欲借着自己制造的翅膀从慈善医院飞往苏必利尔湖对岸，在歌声和玫瑰花瓣中，史密斯一跃进入空中，后坠地而亡；驻足观看的孕妇露丝随即被送往对面医院并诞下第一个在医院出生的黑人婴儿。生命轮回在这个象征性、仪式化的场景中完成，这也暗示了奶娃身份的特殊性。史密斯从楼顶跳下，并非是要结束自己的生命，而是要飞回非洲老家，这是符合黑人文化逻辑的。小说明确地将奶娃的出生与古老的非洲飞翔神话联系在一起，意欲把奶娃置于美洲黑人的迁徙历史和深刻的非洲民族文化中，使奶娃自身具有了某种使命。然而，对奶娃来说，这些文化要素又是缺席的。在麦肯主导的父权制家庭中，他们已经完成了白人资产阶级文化与黑人民族文化的置换，基本上切断了家庭与过去的联系。因而，奶娃一出生就呈现出先天不足的征兆。奶娃四岁时，在他弄清楚只有飞禽和飞机才会飞翔的道理后，他就对自己失去了兴趣并陷入郁郁寡欢的情绪中。文化身份、自我认同以及家庭价值观之间的非同一性导致了奶娃长期处于一种分裂的状态。

奶娃的分裂状态在两种不同的文化环境中被放大。"在《所罗门之歌》的第一部分中，莫里森虚构的地理环境中，两个对比鲜明的家庭空间代表了两种不同的非裔美国人身份……虽然两者都位于北部城市，但是麦肯和他的妹妹派拉特的家也可以被认为分别代表北方和南方的地理空间。"[1] 在麦肯主导的父权制家庭中，作为男性，奶娃具有绝对的优势地位，而她母亲和两个姐姐在麦肯的权威下近乎枯萎：母亲整日与死去的祖父进行精神交流，两个姐姐则被高度规训，超出结婚年龄许多却依然情感空白。当然，尽管奶娃受到父亲的重视并被培养为家族事业

---

[1] Jennifer Terry, "Buried Perspectives: Narratives of Landscape in Toni Morrison's *Song of Solomon*", *Narrative Inquiry*, Vol. 17, No. 1, 2007.

的接班人，但身份的错位使他一直处于分裂状态，无法专注于一件事情，整日游荡。无意间，他接触到了姑母一家的生活。派拉特是一个"充满了爱心和关切的女人"，当麦肯冷落露丝并试图杀死露丝肚子里的婴儿时，派拉特以其独特的方法促成了露丝怀孕并保护着婴儿顺利出生。派拉特没有肚脐的身体特征赋予了她某种超自然的特权，被认为是"原始母亲女神"①。在他的姑母派拉特家中，奶娃感受到了另外一种生活方式和价值观，开启了他分裂自我的另一个向度。她和女儿及外孙女生活在城市另一端，这个女性之家"就像传统的非洲村庄一样"②，没有现代化的设施和文明规范，祖孙三代率性而自由地生活在这里。奶娃就是在这里发现了民族文化身份的另一种可能。奶娃感受到他的黑人身份逐渐被唤醒，通过姑母的讲述而与过去建立起某种联系。奶娃在派拉特那里感受的由身份同一性带来的幸福感在回到家后迅速消失，两种完全对抗的身份状态越发地加剧了他的分裂。于是，奶娃以寻找金子为由，分别两次前往父亲和姑母曾经待过的丹佛和祖先曾经生活的位于弗吉尼亚的沙理玛。

二 沙理玛：非洲和美洲的共生体

奶娃在寻找宝藏的过程中，先到了匹兹堡和丹佛，这两处集中了大量的南方黑人移民。在这两个地方，奶娃受到了当地人的拥戴，大家为他父亲的发迹和成就而自豪。只有在真正进入南方腹地弗吉尼亚州后，他才感受到了自己与当地人的巨大差异。在到达沙理玛（名不见经传的小地方，甚至在地图上也不曾标出）后，小说有一段很有意味的描述：

他上下打量了一下土路。大敞着门的住宅一栋栋远远地间隔

---

① Dorothy H. Lee, "The Quest for Self: Triumph and Failure in the Works of Toni Morrison", in Mari Evans, ed., *Black Women Writers 1950–1980: A Critical Evaluation*, New York: Anchor Press, 1984, pp. 346–350.

② Gay Wilentz, "Civilizations Underneath: African Heritage as Cultural Discourse in Toni Morris's *Song of Solomon*", *African American Review*, Vol. 26, No. 1, 1992.

着，空地上是几条狗、几只鸡、一些小孩子和空着两手的妇女们。她们坐在门廊上，或是走在路上，扭动着棉布衣裙里的臀部，露出两条光腿，卷曲的头发梳成辫子或在脑后盘成圆圆的发髻……到沙理玛来的外地人大概为数甚少，所以根本没有新鲜血统的人在此定居。①

这是奶娃到达沙理玛后的观察和感受。显然，透过奶娃的眼睛，这里呈现出一副迥异于自己曾经生活过的北方城市的面貌。奶娃被赋予了一种"注视者"的权利，因为"闯入者"的身份确保了观察的可能性和某种客观性。而作为被观看对象的沙理玛，成为叙事中的景观构成或者地理事实。索尔说，地理学被天然给定的对象就是"景观"："区域"或"地区"以及定义区域或地区的"那些事实的独特地理关系"②。他的观点揭示出，任何地域的文化景观都是该地的文化作用于自然景观的结果。索尔的理论解释了地方及隶属于其自身的独特的景观之间的关系，二者并不是天然地结合在一起的，而是出于某种内在的需要或渴望，最终形成景观。同时，景观是一个斗争的场所，因为它是各种社会关系的内在化（和具体化）③。也就是说，景观上附着各种复杂的社会关系，而这种关系并不明显地显现于景观本身，也即"注视者"或"观察者"所看到的东西，更多的是隐匿在这种表象之下的深刻内容。上述引文中出现的景观，我们可以将其抽离，用一些关键的词概括，像"落后"、"贫穷"、"闲散"、"无序"、"停滞"等词汇。这样的带有倾向性色彩的词汇从哪里来？显然是作为一个"外来者"、一个"城市人"观察的结果。如果身处其中，这便成为稀松平常和熟视无睹了。

---

① ［美］托妮·莫里森：《所罗门之歌》，胡允桓译，南海出版公司2013年版，第294—295页。

② C. Sauer, "The Morphology of Landscape", in Leighly J., ed., *Land and Life: A Selection from the Writings of Carl Ortwin Sauer*, Berkeley: University of California Press, 1963, pp. 315 – 350.

③ D. Harvey, *Justice, Nature, and the Geography of Difference*, Oxford: Blackwell, 1996.

这恰恰说明，对沙理玛来说，奶娃是个"闯入者"，他处于与当地居民对立的关系中，他的身份是"有钱的城市黑人"。

到达南方后，奶娃面临着身份的"双重"悖逆。在北方，虽为黑人，但他却无法融入父亲所营造的类似白人资产阶级的家庭生活环境和居于其中的黑人社区；当他真正到达南方后，他再一次发现自己与当地环境的悖逆。这种悖逆来自想象和现实的碰撞。此前他一直生活在密歇根，对南方的认识仅仅来自知识和一些口传文本。尽管他不知道南方是什么样，但可以确定的是，他不喜欢自己生活的那个环境，对自我的认知和对环境的认知因为"另类空间"（派拉特家）的存在而产生了分歧。他只是感受到自己不喜欢或者不属于那个环境。而在沙理玛，奶娃想象中的南方和真实的南方发生了碰触，他对该地方的认知得以更新；同时想象的南方遭遇破灭，奶娃必须面对真实的南方。

（一）再造非洲：森林场景构造

斯图亚特·霍尔在研究加勒比海地区的有色人种的身份时，他认为此地区的非洲是一种特权能指，它被置换、流放、肢解，已经不是完整的地理意义上的非洲，而是被延宕了的非洲。[①] 这种后殖民理论和经验对于流散群体也具有同样的合法性和解释力，适用于生活在美洲的黑人。对非裔美国人来说，非洲以"在场"的"不在场"方式出现在他们的生活中，这种"在场"存在于非裔及其后代的"日常"中，以"日常"来"言说"自己，通过每一顿饭、每个家庭活动、老人讲的每个神话与传说故事以及他人无法看懂的舞蹈和音乐旋律来显示自身的存在。尽管如此，由于时间和空间的关系，非洲本身乃是一种想象性存在，是被置换和扭曲了的非洲，与真实的非洲相去甚远。

对美国黑人来说，回到非洲意味着获得某种历史合法性。借用非洲文化，一方面，非裔美国人和非洲大陆确有事实上的联系，其祖先来自广大的西北地区，并在美洲大陆保持了血脉的繁衍；另一方面，对非洲

[①] [英] 斯图亚特·霍尔：《文化身份与族裔散居》，载罗钢、刘象愚《文化研究读本》，中国社会科学出版社2011年版，第221—223页。

文化的强调就是为了使非裔美国人获得历史感，使其有可以上溯和延伸的传统，意在使这个种族在世界历史进程中获取某种合法性，这是非洲寻根的根本意义所在。当然，对非洲的文学书写是一种想象性建构，且是基于一种统一性的认识基础上的。文学书写真正的目的不在于完全恢复历史的真实和全景面貌，而在于汲取一种利于种族或民族发展的传统。文化造成了人们独特的生活方式，影响了他们与世界关联的模式。无论如何，根源性的资源对民族性的形成有着极其重要的作用。

莫里森以"森林"场景来呈现非洲的"在场"。莫里森对非洲的塑造是以人与自然的原始联系为基础的，这也是非洲哲学构成最本质的一个方面。莫里森对非洲的认识一方面来自祖辈们生活的"日常"，另一方面则来自西方社会对非洲认识的种种"知识"[①]。在众多关于非洲和黑人性的表述中，莫里森笔下的非洲"在场"在很大程度上接近塞内加尔黑人知识分子领袖奥波得·桑戈尔的概括。[②] 莫里森非常喜欢使用"森林"场景，《所罗门之歌》《爵士乐》《慈悲》等作品中都出现过。借助这个特殊的空间，叙事让人物实现某种"穿越"和发生"质变"。奶娃到达沙理玛后，他的资产阶级做派惹恼了当地人，沙理玛的男性们向他发出了森林狩猎的邀请并试图挑战这个白人似的黑人。狩猎行为本身是早期人类的生产活动之一，与现代社会中以打猎为娱乐的活动有着本质的区别。沙理玛狩猎活动是当地男性的一项传统活动项目，奶娃被邀请参加，表面上是当地人发起了对他的挑战，实则是叙事赋予了奶娃逐渐接近另一个文化序列的可能性。对他来说，森

[①] 需要注意的是，这种"知识"是带有强烈意识形态的，大部分认为非洲是落后而黑暗的。此类书籍包括巴西尔·戴维森的《非洲的过去：从古代到现代的记录》、菲利·普科汀的《非洲的形象》和伯纳德·史密斯的《欧洲的观念与南太平洋》等论著。

[②] 桑戈尔对于"黑人性"的内容有过详细的表述，大致包括这样一些内容：（1）非洲黑人与大自然最真实最紧密接近的生存方式及对大自然的依存情感；（2）黑人心灵中对宇宙同一的神秘直觉把握及象征性的思维方式；（3）精灵世界与祖先神祇的真实存在于无时不见的影响；（4）生命中强烈的热情、冲动与节奏；（5）个人对于血缘共同体和村社互助传统的持久心理认同与归宿；（6）与这一切相依存的黑人世界那种明显有别于世界其他民族的独特的黑人宗教、语言、舞蹈、音乐、雕刻、生活方式等。参见刘鸿武《黑非洲文化研究》，华东师范大学出版社1997年版，第29页。

林是一个非常特殊的场景,他需要面对的是真实的自然并处理好彼此之间的关系。

> 这里没有任何东西可以帮助他——他的钱不成,他的车不成,他父亲的声名不成,他的西装不成,他的皮鞋也不成。事实上,这些全是他的绊脚石……在这种地方,一个人所有的一切就是与生俱来的身体,余下的便只有学着去应用的本领。以及坚韧的品质。还有视、闻、嗅、味、触——还有他自知他不具备的其他官能与意识:在需要感觉的一切事物中,要有一种分辨能力,一种生命本身可以仰仗的能力。①

所有这些描述实际上把读者带入了一个陌生的自然环境中,是一个完全异于奶娃在北方都市生活的环境。除了枪之外,这个活动所依靠的绝大多数技能都是人们在日常经验中所获得的,比如人需要在自然光线下寻找猎物的足印,通过声音判断猎物的远近,这些都是真实狩猎生活的必备技能。这个场景在一定程度上还原了黑人包括其非洲祖先的原始生产生活方式,是非洲文化保留和展示最充分的时刻。奶娃只有在这种原始的、相对完好保存文化的仪式性场景中才能获得对本民族文化的深刻体验。当地人在夜晚的森林里游刃有余凸显出奶娃的无能,附着在他身上的物质的、商业的文化符号和观念在森林里以及与当地人打交道的过程中完全失去了效用。对奶娃来说,他在北方的生活供给主要来自父亲资本的增值,他不需要真正劳动而靠着资本产生的收益就可以维持生活,因而缺乏此处所需的基本生存技能。在森林里,奶娃被置于自然序列中,褪去了资本的屏障,由金钱带来的自我膨胀和虚荣也消失殆尽。

叙事文本是一个自我指涉的文本,它需要对其内在逻辑负责,《所

---

① [美]托妮·莫里森:《所罗门之歌》,胡允桓译,南海出版公司2013年版,第311页。

罗门之歌》在叙事上保持了逻辑的一致性。从外在的景观呈现到人们日常生产方式的推进，叙事持续地显示出一种异于资本主义文明的真实。这种真实源于非洲的某种"在场"。小说后来写到奶娃与大地的联系，感受到大地赐予他的力量。"在他大腿的两侧，他都感到了清香的桉树隆出地表的根部在摩挲着他，就像一个老祖父的那双粗糙却充满父爱的手在抚爱着他一样。他感到既紧张又放松，就把手深深陷入草丛之中。他试着用指尖去听，听一听要是大地有什么要说的话，到底在说些什么，而它果然很快就告诉他，有人站在他背后，他马上把一只手举到脖子上，刚刚来得及抓住套紧在他脖子上的绳索。"（313）"他发现自己仅仅是由于走在大地上便振奋不已。走在大地上就像是他属于大地；就像他的两腿是庄稼的茎，是树木的干；他的部分躯体就这样往下延伸，延伸，直扎进石头和土壤之中，感到在那里十分畅快——在大地上，在他踏步的地方。他也不跛了。"（315）叙事从未提及奶娃有跛足的生理缺陷，这里实际上使用了身体隐喻，以此来说明奶娃获得了文化身份的同一性，自我分裂被弥合。奶娃与自然的亲密可感在某种程度上昭示了非洲文明的"在场"及作者的立场。

对非裔美国人来说，非洲始终是被压抑的存在，是一个"缺席"的"在场"。由于奴隶制经历，它失去了声音，但又无处不在。"非洲"这个名字存在于北美南部种植园和奴隶主的家庭里，在黑人奴隶的名字中，在他们的日常交际和宗教活动中，在给他们传给后代的神话故事和布鲁斯里。非洲，这个在奴隶制社会里不能得到直接再现的能指，是未被言说的、不可言说的"在场"。对当代非裔美国人来说，非洲是想象性的、历史性的。"非洲就是那个缺失的名字，是位于我们文化身份核心的那个二难困境（aporia），直到最近才给予它这种身份以它所一直缺乏的一种意义。"[①] 非洲始终是一个精神性的存在，"我们必须回归的非洲——但要走'另一条路线'：非洲在新大陆变成了什么，我们把非洲变成了什

[①] ［英］斯图亚特·霍尔：《文化身份与族裔散居》，载罗钢、刘象愚《文化研究读本》，中国社会科学出版社2000年版，第212—230、215页。

么:'非洲'——我们通过政治、记忆和欲望所重述的'非洲'"①。霍尔的表述清楚地解释了出现在流散群体记忆与文学想象中的非洲及其意义,它是人们欲望的投射,承载了人们对于故国家园的复杂情感。

(二) 民间资源与美洲在场:所罗门歌谣的"言说"

巴赫金在《陀思妥耶夫斯基诗学问题》的研究中体现了他对民间资源的发掘和喜爱。他指出:"中世纪的人在某些方面过着两种生活:一种是官方的,单调、严肃而阴郁,谨守严格的层系秩序,充满了恐惧、教条、虔敬及顺从;另一种是狂欢广场式的自由自在的生活,充满了两重性的笑,充满了对一切神圣物的亵渎和歪曲,充满了同一切人一切事的随意不拘的交往。"② 巴赫金生动地阐述了民间诙谐文化对中世纪官方文化的巨大冲击力。他的研究表明,文化存在层级体系,一种为官方认可,属于支配性、具有领导权的文化类型;另一种属于民间的、被压抑的文化体系。后者通常充满了活力,在普通群众中具有基础和号召性力量,也就是德勒兹所说的"游牧的符号系统"。

莫里森本人对民间资源信手拈来的功夫是来自家庭的滋养。"在我的祖父母和父母婚姻中,他们相敬如宾。讲故事是他们之间共同的活动,男女双方都参与其中。我们,孩子们在很小的时候就被鼓励参与其中。"③ 她的父亲擅长讲鬼故事,这也是莫里森最喜欢的。"我们总是乞求他重复那些让我们最害怕的故事。"家庭的日常活动和聊天内容成为莫里森日后创作的素材来源,并在一定程度上影响了其创作风格。伯纳德·W. 贝尔认为,"或许这种黑人民间传说,讲故事和幽灵故事的影响可以解释她小说中的哥特式元素"④。

---

① [英] 斯图亚特·霍尔:《文化身份与族裔散居》,载罗钢、刘象愚《文化研究读本》,中国社会科学出版社2000年版,第212—230;223 页。
② [俄] 巴赫金:《陀思妥耶夫斯基诗学问题》,白春仁、顾亚铃译,生活·读书·新知三联书店1988年版,第184页。
③ Nellie Y. Mckay, "An Interview with Toni Morrison", in Danille Taylor-Guthrie, ed., *Conversations with Toni Morrison*, Jackson: University Press of Mississippi, 1994, p.141.
④ [美] 伯纳德·W. 贝尔:《当代非裔美国小说》,外语教学与研究出版社2007年版,第175页。

对非裔美国人来说，美洲的"在场"是其身份中不可忽视的向度，是关乎历史经验和公民权利的重要问题。自踏上美洲土地，他们的身份就得到了更新，包括奴隶制和至今受歧视的经历共同塑造了新的身份，尽管过程令人痛苦但不可或缺。在美国文化体系中，非裔文化是被压抑的、受支配的文化类型，相对于盎格鲁-撒克逊为主导的文化类型来说，它几乎没有正式席位，属于"内部的他者"文化。这种文化在争取自身权力的过程中，基本上是以民间文化的面貌出现的，比如布鲁斯、传说、习俗等，它们成为非裔美国文化的"肉身"。所以，非裔美国文化天然的就属于巴赫金意义上的民间文化类型，在黑人民众中有着广泛的基础。

贯穿整部小说的"所罗门之歌"是小说极其重要的一条线索，最早出现在奶娃母亲露丝临产前，派拉特的低声吟唱；后来奶娃到达沙理玛后，当地的小孩边唱边玩游戏；最后奶娃弄明白了歌谣的意思，获得了他自己的"所罗门之歌"。"所罗门"最早是《圣经》中的所罗门国王，是富有智慧的人。熟谙西方文学的莫里森巧妙地将西方经典用于她的个人创作，创造了时序错落的，融意识流、互文、戏拟等手法在内的后现代小说。在这里，歌谣中的"所罗门"显然不是西方经典中的智慧君王，而是被置换为最早抵达美洲大陆的黑人祖先。

奶娃在沙理玛厘清的所罗门歌谣实际上演绎了非裔美国人在美国南部的生存史和精神史。在奶娃的认知中，派拉特一直唱着的歌谣"售糖人飞走了"中的 sugerman（音）和沙理玛以及所罗门是同一个词，也就是吉克的父亲所罗门，他扔下妻子和孩子飞往非洲。

> 吉克是所罗门的独子
> 来卜巴耶勒，来卜巴嘡哗
> ……
> 把婴儿留到一个白人的家里
> 来卜巴耶勒，来卜巴嘡哗

> 海迪把他带到一个红种人的家里
> ……
> 所罗门和莱娜、比拉利、沙鲁特
> 还有雅鲁巴、麦地那、穆罕默特。
> 奈斯塔、卡利纳、沙拉卡在一块，
> 二十一个孩子，最小的叫吉克！
> ……
> 所罗门飞了，所罗门走了
> 所罗门穿过天空，所罗门回了老家。①

奶娃在派拉特吟唱的歌谣基础上，填入了沙理玛当地小孩子游戏时演绎的版本，使之形成一个固定的、文字的文本。在后现代语境下，这个文本输入给奶娃的是一种确切感和清晰感，这种感受指向的是非裔美国人在美洲的历史。

其一，非裔美国人被从非洲贩卖至美洲并在新大陆从事农业生产，辛苦的劳作使这些人产生了返回非洲的意愿，歌谣的一部分指涉的就是这段历史。1794 年，当第一批黑人抵达美洲大陆时，他们便开始了长期被欧洲白人移民奴役的历史。从事着繁重的农业劳动而无人身自由，他们只能通过歌谣来表达自己对自由和母国的渴望。尽管如此，"美国黑人仍属于最古老的美国人之列，他们的文化传统乃是一个几乎完全在美洲土壤上形成的传统。从另外一种意义上说，黑人又属于最年轻的美国人之列，他们作为独立存在的自由人，只是到了废除奴隶制度的 1863 年才开始进入美国的大社会"②。

其二，歌谣"言说"了非裔美国人融入美国社会的历史，包括与美洲印第安人等族群的融合史。奶娃从沙理玛获得了歌谣的准确歌

---

① ［美］托妮·莫里森：《所罗门之歌》，胡允桓译，南海出版公司 2013 年版，第 341—342 页。
② ［美］托马斯·索威尔：《美国种族简史》，沈宗美译，中信出版社 2011 年版，第 192 页。

词，但无法和历史完全勾连起来。对歌词做权威解释的第二重证据来自当地人的传说和勃德家族代表的讲述。沙理玛有个叫作"莱娜山谷"和"所罗门跳台"的地方，据当地人说，前者中的"莱娜"就是所罗门的妻子，在所罗门飞回非洲后，他的妻子就疯了，一直哭泣；而后者是所罗门飞翔的地方。传说呼应了歌谣中的故事。勃德小姐进一步把这个文本固化，确认了吉克是所罗门飞行时带着的唯一孩子，但在飞行中掉了下来，后被印第安妇女海迪收养。吉克成人后，和海迪的女儿兴莹·勃德离开沙理玛并生下麦肯和派拉特。这个确切的文本揭示了非裔美国人和本土印第安人通婚、融合，包括种族歧视的情况（本土印第安人瞧不起在美国为奴的黑人并刻意保持距离）。在美国，种族融合是必然趋势。在文学叙事中，尤其在白人作家的创作中，种族融合往往被轻描淡写，但仍然反映出白人和有色人种之间深深的鸿沟（不仅是道德的，还有法律的，比如"一滴血"规则①），且被看作是罪恶的。白人文学中对种族融合主题的部分"遮蔽"和"掩饰"恰在非裔民间文学和文化中展现出来，尽管他们不愿意正视，但这正是美洲的"在场"。

其三，所罗门歌谣揭示了美国社会深层的权力结构，这成为塑造非裔美国人身份最重要的一个方面。歌谣中，所罗门飞回非洲的欲望和意志背后是其遭受到的体制性不公平待遇。与非洲黑奴同时进入美洲的还有来自欧洲的白人移民，他们以"征服者"和"拯救者"的姿态成为美洲的新主人。在这个过程中，印第安人和非洲黑人奴隶逐渐被"他者化"，而白人则通过法律逐步确立了其统治地位。所以，对非洲奴隶及其后裔来说，美洲的"在场"是一股强势的力量，它造成了后来的非裔美国人被压抑的生存状态，这种影响一直持续到现在并将持续地存在于美国社会。

显然，作为典型南方地理空间的沙理玛是一个非洲"在场"与美

---

① "一滴血"规则是一个产生于美国奴隶制时期，盛行于20世纪的用于划分种族的社会及法律原则。这一规则认为，对于一个人，只要其有一个祖先有黑人血统，就可以认定这个人是黑人。

洲"在场"的混合体,是一种文化共生体。叙事借用典型环境还原了非裔美国人在非洲从事日常生产生活的场景,并将非洲的文化和价值观通过沙理玛的人和物予以传递;同时,叙事对美洲在场以民间文化形式展示出来,有效地对接了非裔美国人在美洲的发展史。对奶娃来讲,沙理玛提供了一个文化补给的场所,这在一定程度上修正了奶娃身上沾染的资产阶级习气和白人价值观,使其能够真正面对自己民族的历史,正视自己的种族身份。

三 黑人文化英雄再造

在评论界,研究者对奶娃的评论有两种分野。其一,认为奶娃是民族文化英雄。研究者看到了莫里森层层叙事包裹下坚实的成长内核,进而将小说归于西方传统成长小说一类,并与古典神话、英雄史诗、历险传奇、自我追寻等西方传统及现代文学发生关联,因而,主人公奶娃也被解读成古典作品中的英雄或是现代文学中追寻自我的人物。此类评论把奶娃奉为拯救当代黑人文化失落的民族英雄。[1] 其二,认为奶娃并不是拯救黑人文化的民族英雄,从女性主义的角度来讲,有太多女性为此牺牲,包括派拉特、哈格尔、露丝及她的两个女儿,两性之间并没有充分的了解与和解,所以奶娃并不是拯救文化衰落的英雄,莫里森在字里行间充满了戏谑和反讽。[2] 实际上,莫里森在一次访谈中谈到,前两部写的黑人女性,这一部她要写男性,让一个黑人男性在女性的帮助下成长。因而,本书更倾向于第一种解读,把奶娃视为黑人文化英雄,强调他对黑人文化的认同及对种族身份的追求。

---

[1] 英文类的研究有:Trudier Harris, *Fiction and Folklore: The Novels of Toni Morrison*, Knoxville: University of Tennessee Press, 1991, pp. 85 – 87. Aoi Mori, *Toni Morrison and Womanist Discourse*, New York: Peter Lang Publishing Inc, 1999. 中文类的研究包括:曾艳钰:《〈所罗门之歌〉的现代主义神话倾向》,《厦门大学学报》2000 年第 1 期;孙冬:《英雄与英雄之旅——评托尼·莫里森的〈所罗门之歌〉的神话模式》,《学术交流》2001 年第 3 期;等等。

[2] Gerry Brenner, "*Song of Solomon*: Rejecting Rank's Monmyth and Feminism", in Nellie Y. Mckay, ed., *Critical Essays on Toni Morrison*, Boston: G. K. Hall & Co, 1988, pp. 114 – 125.

"文化认同依赖于差异性和同一性的对话关系：与他者的认同建立在相似性基础上，但这种联系只有在认识到自我与他者不同的基础上才能被理解。"① 对奶娃来说，其早期的"自我"掩盖在资产阶级生活方式和白人价值观下，因而沙理玛及当地的文化是"他者"；但就叙事权威赋予奶娃的特殊使命来说，他被塑造成与自己民族文化有着密切联系的黑人，在这个意义上，资产阶级生活方式和白人价值观是"他者"。派拉特是奶娃转变的关键人物，是她促使奶娃意识到自己的种族身份，而南方之行促成了奶娃文化身份的转变。"差异"与"同一"在种族、阶级、地域及价值观之间相遇与纠缠，奶娃正是在话语实践和意指实践中完成了民族文化认同。

莫里森曾在访谈中谈道："关于黑人会飞一事，那一直是我生活中的民间传说的一部分；飞翔是我们的一种天赋。我不理会这看上去会有多傻。飞无处不再——人们过去常常谈论到它，圣歌和福音中也有它。这也许是一种愿望——逃跑、死亡以及一切的一切。但是，假如它不是这样一种愿望，那它又意味着什么呢？我努力在《所罗门之歌》中找到答案。"② 在小说中，飞翔意象也是贯穿始终的，包括开篇保险经纪人史密斯的飞翔、沙理玛孩子们玩的飞翔游戏，以及小说最后奶娃从所罗门跳台跃入空中等。关于飞翔神话及小说中的非自然因素用"魔幻现实主义"的评价，对此莫里森回应："我曾经有这样的印象：'魔幻现实主义'标签是另一个掩盖真实内容的词……它是一种不谈政治的方式，是一种不谈文本内容的方式。如果你能用弱化现实主义的'魔幻'这个词，它似乎还可以立得住脚，因为文本中确有超自然、非现实主义和超现实的元素。但是，对于文学史家和文学批评家而言，'魔幻现实主义'是漏读一些作家艺术真理的便捷方式……所以，我想我

---

① ［美］苏珊·斯坦福·弗里德曼：《图绘：女性主义与文化交往地理学》，陈丽译，译林出版社2014年版，第216页。

② ［美］托马斯·勒克莱尔："'语言不能流汗'：托妮·莫里森访谈录》，少况译，《外国文学》1994年第1期。

对'魔幻现实主义'就变得不在意了。我刚听到这个词时,很警觉,因为当我读到这些文章时,我总觉得它是另一个含混其词的标签。"①由此可见,飞翔神话是黑人民间文学和文化的一部分,以"魔幻现实主义"来解释飞翔神话从根本上是对莫里森的鲜明文化立场和另一种文化传统的漠视。

飞翔神话是源自非洲的飞人神话。《鼓与影》一书就详细记载了非洲习俗与传统。其中,非洲飞人故事大致情节为:"非洲奴隶不堪奴隶主的虐待,便振臂飞回非洲。非洲人飞行时一般都有歌曲相伴,飞行姿势也差不多:转圈、伸臂、起飞。讲故事的人一般都没见过飞人,但他们的父母或祖父母都宣称见过飞人。"②在弗吉尼亚·汉密尔顿的《人们能够飞翔——美国黑人民间故事》中记载了很多美洲黑人飞翔的例子。

> 一些非洲奴隶坐在大树下休息,没有去锄地,奴隶主过来问他们在干什么,他们嘴里都嘟囔着"空、布巴、里亚、空、布巴、忒姆、空、坎卡、忒姆"然后就离开地面,飞上天空。人们再也没有见过他们,据说他们飞回了非洲老家。我爷爷说他亲眼看见他们飞走了。③

飞翔是非洲人及非裔美国人对自身能力的一种想象性表达。无论是非洲神话还是后来的黑人文化中的飞翔神话,它们都有一个共同特点,那就是对压迫的一种反抗及对自由的向往,包含了一种殷切的政治诉求。对没有自由的奴隶来说,获得飞翔的能力意味着对自己身体的渴望和改造,以此来获得超越悲惨现实的能力。在莫里森的多部作品中,这种身体政治尤为鲜明地表达了美国黑人的被压抑状况。《最蓝的眼睛》

---

① Danille Taylor-Guthrie, ed., *Conversations with Toni Morrison*, Jackson: University Press of Mississippi, 1994, p. 226.
② 参见曾梅《托尼·莫里森作品的文化定位》,山东人民出版社 2010 年版,第 99 页。
③ Virginia Hamilton, *The People Could Fly: American Black Folktales*, New York: Knopf, 1985, p. 166.

中的佩科拉就渴望自己能有一双蓝色的眼睛，这样就可以避免来自家庭和社会的伤害。上文中曾提到，奶娃的种族身份首先是经由叙事权威给予的。将奶娃和飞翔的并置，显示出作家将奶娃视为黑人民族文化继承人的强烈意图。只有在这个逻辑下，会飞翔和孩童才能具有必然的联系。正如引文中所揭示的，不具备这种能力，就意味着与民族传统文化的断裂，进而造成奶娃生理与心理上的不健全。

在沙理玛参加森林狩猎后，奶娃克服了种族"自我"中"他者"的存在，获得了生理和心理的完整，这成为他最终飞翔的首要条件。在上文中提到，森林场景提供了一个想象性的非洲，部分地展现了非洲"在场"。在狩猎过程中，奶娃经历了不同文化序列的象征性转变，由原来的资产阶级文化模式转变为由非洲和美洲共同"在场"构成的美国黑人文化模式，价值观也由原来的白人主流价值观转变为黑人文化价值观。打猎后，奶娃向同伴们坦承自己在森林中的恐惧和无能，去掉了附着在身上的非民族文化因素并逐渐融入了这个群体。一方面，奶娃接受了作为非裔美国文化根源的非洲哲学中最根本的观念，即人与自然的互通与和谐；另一方面，奶娃生理完整性（不再跛足）的强烈隐喻与小说开篇形成呼应，他对人无法飞翔的失落在此处得到解决，作为叙事塑造的特权人物逐步靠近他本身应该具有的品性。

在狩猎之后有一段非常精彩的描写，这令人想到福楼拜在《包法利夫人》中农业展览会的场景，一面是如火如荼的展览会颁奖仪式，一面是鲁道尔夫对艾玛的调情，喧嚣的活动场面为两人无法见光的交流提供了屏障。与此相似，莫里森也模拟了这个场景，一面让叙述者絮絮叨叨地讲述奥马尔、路德等人收拾猎物的过程，一面让奶娃的思绪穿插于他人的活动中，内容是他和好友吉他曾经关乎黑人处境和爱的对话。这是奶娃进入黑人文化序列的又一个表征。奶娃从来不曾体会贫苦黑人所遭受的不公正待遇，这在很大程度上是由于父亲为他提供了良好的物质保障。此刻，他试图理解吉他，这个黑人青年的父亲因为工伤葬送了自己的性命，而他母亲对白人给的 8 美元赔偿感恩戴德。奶娃开始理解黑人群体的真实处境,真正正视每个鲜活的个体,包容并尊重他们,包括在沙理玛遇到的妓女甜美。随后奶娃做了一个关于飞翔的梦。"奶娃钻到甜美的床上,在她怀里睡了一夜。那是一夜温柔的梦乡,梦中全是飞行,全是高高地翱翔于地面之上。不过梦中飞翔并不是展开两臂像飞机翅膀那样,也不像外星人那样炮弹似的水平飞行,而是一种漂浮的游弋,就像一个人躺在长沙发中看报纸那样姿态放松。"这种飞行乃是摒弃了原有生活的种种绑架后的轻松,是一个人成熟的表现。

奶娃的最后一次飞翔预示着他完成了文化身份认同,彻底进入了黑人文化序列。他从沙理玛回到密歇根,带着派拉特和祖父的遗骸再次来到了沙理玛。在所罗门跳台,他们埋葬了祖父,而吉他在黑暗中枪杀了派拉特。奶娃认识到,派拉特才是那个会飞翔的人,不需要离开地面就会飞翔。奶娃对派拉特的看法实际上昭示了他对自己民族文化的认识,派拉特一直处于民族文化的逻辑内并以其指导日常实践,她是一个在精神上飞翔的女人。奶娃随后在所罗门跳台跃下。"他像北极星那样明亮、那样轻快地朝吉他盘旋过去,他们两人谁的灵魂会在自己的兄弟的怀抱中被杀死是无所谓的。因为如今他悟出了沙理玛所懂的道理:如果你把自己交给空气,你就能驾驭它。"(380)奶娃与民族文化建立起了信任感并以飞翔践行。至此,奶娃建立了一个完整、明确的文化自我。

与此同时,奶娃通过零星的所罗门歌谣建构起一个男性的、确切的关于自己家族历史的歌谣,这个过程在另外一个层面上促成了奶娃自我的完整。最早吟唱歌谣的是派拉特,她一边唱一边讲述历史,是一种带有表演性质的、含混的文化文本。有评论称,"派拉特更像女性主义作家、文化理论家格洛丽阿·安佐迪尤阿所谓的混血儿意识。与西方白人社会中标准化的男性意识不同,它不是刻板的、规范的、非此即彼说一不二的,而是'灵动而有弹性的'"[1]。歌唱的派拉特不再是一个与"他

---

[1] Gloria Anzaldua, "La Conciencia de la Mestiza: Towards a New Consciousness", in Robyn R. Warhol and Diane Price Herndl, eds., *Feminisms: An Anthology of Literary Theory and Criticism*, New Brunswick: Rutgers University Press, 1997, p.776.

者"相对的自我，而是一个漂移在不同意识间的主体，一个集体的"我"发声告解的媒介。派拉特正是在越界的游移中弥合着被肢解的个人、家庭、种族记忆，在流动中体现自我的存在。① 更进一步，派拉特吟唱的是一曲女性的悲歌，包括被所罗门抛弃的莱娜、派拉特自己、哈格尔、露丝和奶娃的两个姐姐。不同的是，奶娃建构起的所罗门歌谣是一套完备的记述着家族历史和诉求的清晰的符号系统。随着对家族历史的追寻，奶娃把在沙理玛听到的童谣与派拉特的吟唱这两种口头的文本进行了对接。在众多的碎片中，奶娃逐渐拼凑起自己的家族历史，获得了一个属于他自己的、文字的符号系统并占为己有，这是一个意义明确、指向清晰的文本。维勒里·史密斯认为："奶娃对自我身份的最终认识不在于他与土地的联系，或者他理解自己过去的能力；这些收获都只是在为一个更大的成就铺垫——完善他的家族歌曲，理解并歌唱它。只有当奶娃将完整的歌词填入连派拉特都只是一知半解的歌曲里，他才真正找到了自我。"② 他把自己安排在这个系统的逻辑中，认为自己是所罗门家族的继承人，是新大陆南部会飞的黑人的后代。明确的家族身份接续了此前在密歇根含混的自我，在历史和当下的勾连中奶娃完成了自我认同，并获得了一种趋向未来的发展方向。

小结

尽管莫里森早期生活于中西部俄亥俄州洛兰镇，但依旧生活在黑人社区里，正如《秀拉》中的梅德林，这些位于俄亥俄河沿岸的小镇和南方没什么区别。③ 从第一部小说《最蓝的眼睛》到《秀拉》，作品集

---

① 刘炅：《〈所罗门之歌〉：歌声的分裂》，《外国文学评论》2004 年第 3 期。
② Valerie Smith, "The Quest for and Discovery of Identity in Toni Morrison's *Song of Solomon*", in James Olney, ed., *Afro-American Writing Today: An Anniversary Issue of the Southern Review*, Baton Rouge: Louisiana State Unversity Press, 1989, p. 144.
③ Robert Stepto, "'Intimate Things in Place': A Conversation with Toni Morrison", *The Massachusetts Review*, Vol. 18, No. 3, 1977.

中书写了黑人群体内部的故事以及他们对其生活空间的情感。《所罗门之歌》则拓展了人物的活动范围，从密歇根到丹佛，再到南方腹地沙理玛，叙事实现了地理空间的结构化塑造。所以，早期作品基本上没有跳出南方地理空间，主人公浸润在黑人文化环境中生长和发展。同时，这种体验基本上奠定了莫里森南方书写的审美品格，南方以其落后、闭塞的面貌被想象和塑造为黑人的精神家园。

《秀拉》的出版和20世纪70年代西方社会的女性主义运动有着深刻的关联。小说中的女性属于被压抑的群体，一方面，她们承受着来自白人社会对黑人群体的倾轧，其生存空间逐步被挤压；另一方面，她们还是传统男女两性性别结构中的弱势群体。所以，以匹斯家三代女性为代表的黑人女性开始以自身的身体实践反抗这些压迫。伊娃选择"被"断腿以获得一份稳定的保险金，她的自我身体暴力是对不公正社会的抵抗；汉娜随意的性行为则挑战了现有的社会秩序和道德规范，进一步深化了伊娃的反抗；秀拉"漂泊"的身体则指向人类特有的孤独感，其身体实践打破了二元对立的窠臼，把女性解放引入一个更深刻和更普遍的程度。三代女性通过解域化的身体实践建构了其鲜明的主体性，使她们在"失语"的境遇中发出声音，同时为后现代社会提供了一个消解权威与中心的实践范本。

《所罗门之歌》提出了黑人群体的另一个重要问题——文化身份，这暗合了20世纪70年代民权运动的基本诉求之一。莫里森塑造了一个种族身份失落的黑人青年，借助他的南归，叙事揭示出当代黑人获得文化身份的一种路径。南方小镇沙理玛是一个黑人文化传统的贮留地，它同时保留了作为非裔美国文化根源的非洲文化"在场"和汇集了非裔美国人在美洲的生活面貌、发生种族融合以及被压抑历史地位形成过程的美洲"在场"。黑人青年通过个体体验最终获得了文化身份，而南方也被塑造成黑人的精神家园。可以说，这部作品奠定了莫里森关于南方地理空间想象和文化内涵书写的基调。

第二章 回忆南方：历史记忆与政治理想

记忆和历史不是同义语，"记忆是鲜活的，总有现实的群体来承载记忆，正因为如此，它始终处于演变之中，服从记忆和遗忘的辩证法则，对自身连续不断的变形没有意识，容易受到各种利用和操作，时而长期蛰伏，时而瞬间复活。历史一直是对不再存在的事物的可疑的、不完整的重构。记忆总是当下的，是与永恒的现在之间的真实联系；历史则是对过去的再现。记忆具有奇妙的情感色彩，它只与那些能强化它的细节相容；记忆的营养源是朦胧、混杂、笼统、游移、个别或象征性的回忆，它容易受各种移情、屏蔽、压抑和投射的影响"①。诺拉对记忆和历史的区分实际上指向过去之于现在的不同形态，一种是被记录下来的带有官方意识形态的过去，一种是个体的、鲜活的、即时的过去。

回忆作为一种心理过程，"它的力量取代了记忆所具备的记录和储藏的技巧，它以很大的自由度对现存的记忆材料进行加工"②。美国的奴隶制就是一种记忆材料，这种材料存在于各类博物馆、日记和档案中，以历史的方式呈现于参观者和研究者的视线中。但这种静态的、去除了现场感的"历史"是否真实？有研究者指出，官方呈现的此类记

---

① ［法］皮埃尔·诺拉：《记忆之场》，黄艳红等译，南京大学出版社 2015 年版，第 5 页。
② ［德］阿莱达·阿斯曼：《回忆空间》，潘璐译，北京大学出版社 2016 年版，第 99 页。

忆材料充满了"霸道的粉饰话语",旨在使过去更令人愉快。① 而存活于人们记忆中的过去则在回忆中生动而鲜明地呈现出来,但这种回忆总是带有某种价值取向的。"回忆以及与之相关的价值和实践的复杂的结构转变是在大范围的话语实践的框架内实现的。"② 这种话语实践的框架决定着回忆活动的基本价值取向。

霍米·巴巴在《全球化与纠结:霍米·巴巴读本》中谈到,在全球紧密相连带来的快速变化的现实和迷思中,澳洲土著和印度穆斯林的处境如何?以美国为例,"美国梦"离不开移民的"潮汐理论"的支撑——先是爱尔兰人,接着是意大利人、犹太人、韩国人、南亚人。但非洲裔和印第安原住民则长期遭受一种根深蒂固的漠视和体制性的不公平对待。他们对平等和正义的伦理与政治诉求是建立在回归家园和土地所有权基础上的,而这些权利超越了"福利"或"机遇",并在只有民族传统和疆域主权的过程中提出了重新分配的要求。③ 巴巴的论述提示出,对家园的诉求是政治和伦理正义使然,是人的基本权利。这种诉求是以地理空间为基本表征的。包括莫里森在内的部分非裔美国作家在叙事中以美国南方作为黑人群体的家园,是出于历史传统和现实的考量。作为美洲最早且数量庞大的移民,黑人群体对归属地有着天然的诉求。从最早的无权状态到获得自由解放,正是以对土地的要求为其突出表征的,这就是他们最大的政治。因此,家园的诉求是最基本的,这是黑人群体作为美国公民最大的政治议题。

莫里森在与吉尔罗伊的会面时谈道:"我们有责任……我们抛弃了很多有价值的材料。我们生活在一个过去总是被抹去的地方,美国是一个移民可以往来、重新开始的可憧憬的地方,这里的板岩是干净的。过

---

① Michael M. J. Fischer, "Ethnicity and the Postmodern Arts of Memory", in James Clifford and George E. Marcus, eds., *Writing Culture: The Poetics and Politics of Ethnography*, Berkeley: University of California Press, 1986, pp. 194–233.

② [德] 阿莱达·阿斯曼:《回忆空间》,潘璐译,北京大学出版社2016年版,第96页。

③ [印] 霍米·巴巴:《全球化与纠结:霍米·巴巴读本》,张颂仁、陈光兴等编,上海人民出版社2013年版,第8页。

去在这里缺席或是被浪漫化了。"① 所以，重访记忆是去除这种浪漫化的一种手段。无论是奴隶制还是非裔美国人的家园诉求，以回忆组织叙事都是一种获取非官方历史和附着个人意图的有效策略。

第一节　《宠儿》中的记忆政治

1987年，莫里森出版了她的第四部小说《宠儿》，开始正式进入"历史三部曲"时代。稍后，查尔斯·约翰逊于1990年出版了《中央通道》，艾利丝·兰德尔于2001年出版了《随风飘逝》。包括《宠儿》在内的三部作品的连续出版使得奴隶制再次成为美国当代学者关注的核心话题之一。作家德里罗认为，历史小说可以提供一个"逃避确定历史与传记缠绕的关于过去的版本，并发现一种能够成为反历史的语言"②。在完成了对地域及身份的探讨后，作家把视线转移至南部历史方面，试图通过文学叙事展现美国南部历史的另一种面貌。与其他书写南方的作品（包括马克·吐温、爱伦·坡和福克纳等作家的作品）不同，这部小说中的黑人从背景性的存在转到台前，叙事以他们的视角和主体性感受展现了黑人群体在奴隶制废除前后的心路历程。

材料、立场和目的都指向了美国南方的蓄奴历史，《宠儿》饱含激情地处理了这段历史。《宠儿》出版时，美国延续了六七十年代的思想文化运动，持续将思想解放推向高潮。无论是伍德斯托克音乐节、黑人民权运动还是女性赋权运动等，"自由"是核心字眼，也是彼时美国最突出的政治价值所在。"这些想法不可避免地令我关注这个国家的黑人妇女不同寻常的历史——在这段历史中，婚姻曾是被阻挠的、不可能的或非法的；而生育则是必须的，但是'拥有'孩子、对她们负责——换句话说，做他们的家长——就像自由一样不可思议。在奴隶制度的特

---

① Paul Gilroy, *Small Acts: Thoughts on the Politics of Black Cultures*, London: Serpent's Tail, 1993, p. 179.

② Don DeLillo, "The Power of History", *New York Times Magazine*, Vol. 103, No. 7, 1997.

殊逻辑下，想做家长都是犯罪。"① 对"自由"的思考驱使着作家组织文本。在《宠儿》中，核心人物由黑白混血姑娘替换为黑人女孩，把女奴的"盗窃罪"（把自己和子女从奴隶主手里偷出来）改为"破坏财产罪"（杀死自己的孩子即破坏了奴隶主的财产），包括让曾经为奴的加纳多活了十八年的叙事安排都体现出作家的创作目的和思考：自由对黑人意味着什么。在《宠儿》出版的次年，莫里森说在访谈中说："过去已经不存在或被浪漫化处理。这种文化不鼓励思索，更不用说与关于过去的真相达成协议。"②

《宠儿》是一部回忆之作。莫里森以历史事件作为素材，以不同的地理坐标作为记忆的固着点，通过不同人物的回忆完成了叙事框架，充满激情地展示了被人熟知的美国南部蓄奴历史。作家在编辑《黑人之书》（*The Black Book*）时收录了美国废奴史上的一个著名案例，即玛格丽特·加纳的故事。她是一个逃脱奴隶制的年轻母亲，宁可杀死自己的孩子也不愿让他们回到奴隶主的庄园去，因而遭到逮捕。莫里森对这个案例的运用凸显了她鲜明的立场："所以我得发明她的想法，探索历史语境中真实的潜台词，但又不是严格意义上的史实，这样才能将她的历史与自由、责任以及妇女'地位'等当前问题联系起来。"③"严格意义上的史实"是指官方修订的史实，包括报纸对事件的描述和评论，是寓权力结构于其中的"真实"。"真实的潜台词"中实际上包含着一个深刻的转换，即作家以黑人作为实践主体，以其逻辑来组织文本，进而展现与按照白人逻辑组织的文本的差异，真正把巴赫金意义上的"民间"叙事或德勒兹的"小民族文学"付诸文字，在某种程度上补充或还原历史真实。

依据阿莱达·阿斯曼的理论，回忆被分作两种模式，即功能记忆和

---

① ［美］托妮·莫里森：《宠儿》，潘岳、雷格译，南海出版公司2013年版，第3页。本节引文均出自本书，下文引文只标页码。

② Danille Taylor-Guthrie, ed., *Conversations with Toni Morrison*, Jackson: University Press of Mississippi, 1994, p. 11.

③ ［美］托妮·莫里森：《宠儿·序言》，潘岳、雷格译，南海出版公司2013年版，第3页。

存储记忆。前者也被称作"有人栖居的记忆",后者则是"无人栖居的记忆"。功能记忆最重要的特点是群体相关性、有选择性、价值联系和面向未来,存储记忆收录的是与现实失去有生命力联系的东西。① 就功能记忆而言,美国少数族裔作家对民族经验的记忆与白人作家的经验必然带有不同的价值取向,正如《汤姆叔叔的小屋》虽然以同情的姿态塑造了一个逆来顺受的黑人形象,但却并未对奴隶制为该群体带来的永久创伤进行反省,对其中深刻的权力结构不置可否。鉴于奴隶制对于黑人的特殊性,本书试图从美国独特的种族环境和文化地理语境出发,思考并探索以下几个问题:主人公关于肯塔基"甜蜜之家"的记忆指向什么?"一百二十四号"的鬼魅与奴隶制的关系如何?塞丝关于"林间空地"仪式的记忆是否有效?在西方中心主义目光下的黑人是如何表达官方之外的"真实"历史经验的?

一 回忆"甜蜜之家"与奴隶身份确证

关于记忆与地点,阿莱达·阿斯曼对其作了如下阐述,她说:"虽然地点之中并不具有内在的记忆,但是他们对于文化回忆空间的建构却具有重要的意义。不仅因为它们能够通过把回忆固定在某一地点的土地之上,使其得到固定和证实,它们还体现了一种持久的延续,这种持久性比起个人的甚至以人造物为具体形态的时代的文化的短暂回忆来说都更加长久。"② 被赋予了意义的记忆固着点就不仅仅是一个纯粹的地理空间存在,而成为负载历史记忆的地域并将这种结合长久地保存,它标识出群体、事件、仪式等,并将群体情感投射于其中,使之成为一个具有价值的空间。这也就是人文地理学家所认为的"地方"。③

"甜蜜之家"是小说人物记忆的固着点所在,每个人关于它的记忆

---

① [德]阿莱达·阿斯曼:《回忆空间》,潘璐译,北京大学出版社2016年版,第147页。
② [德]阿莱达·阿斯曼:《回忆空间》,潘璐译,北京大学出版社2016年版,第344页。
③ [美]段义孚:《空间与地方:一个经验的视角》,王志标译,中国人民大学出版社2017年版,第44页。

勾勒出一幅黑人奴隶在南方种植园生活的图景。"甜蜜之家"位于美国南部肯塔基州，这个名字是白人农庄主加纳为自己的农庄起的名字。加纳是个温和的蓄奴者，一向标榜自己的开明和仁慈并给予黑人奴隶一定的自由，而奴隶们也表现出"文明的象征性姿态"①，约束自己的行为，对主人保持了高度忠诚。尽管加纳在一定程度上将西方社会的文明模式延伸至以"甜蜜之家"为代表的南部种植园，但他本人也未能跳出自身思想和时代的局限，把"甜蜜之家"变成了一个白人至上主义的"伊甸园"。② 保罗·D是"甜蜜之家"的五个黑人男性奴隶中唯一的幸存者，他对种植园的早期记忆准确传递了包括加纳在内的"好白人"对黑人意识的侵占。

> 他从小到大一直有这个想法，那就是，在肯塔基所有的黑人当中，只有他们五个是男子汉。加纳允许和鼓励他们纠正他，甚至可以反对他。他们能够发明干活的方法，看看需要什么，不用批准就着手去办。可以赎出一个母亲，挑选一批马或者一个妻子，摆弄枪支；要是他们愿意的话，甚至可以学习读书……就是那回事么？那就是男子气概么？让一个据说明白的白人命名一下，让那个不是仅仅派给他们活干，而是给了他们决定怎么干活的特权的人给命个名？不。他们和加纳的关系是最稳固的：他相信并信任他们，最要紧的是他听他们说话。③

在种族对立尖锐的19世纪的美国，对黑人男性的"男子汉"称呼背后隐藏着深刻的权力结构和巨大的政治讽喻。"男子汉"是加纳对自

---

① Rebecca Balon, "Kinless or Queer: The Unthinkable Queer Slave in Toni Morrison's *Beloved* and Robert O'Hara's *Insurrection: Holding History*", *African American Review*, Vol. 48, No. 1 - 2, 2015.

② David Cosca, "Is 'Hell a Pretty Place'? A White-Supremacist Eden in Toni Morrison's *Beloved*", *Interdisciplinary Humanities*, Vol. 30, No. 2, 2013.

③ ［美］托妮·莫里森：《宠儿》，潘岳、雷格译，南海出版公司2013年版，第146页。

己庄园里的男性奴隶的称呼，尽管此举遭到了其他白人庄园主的嘲笑和戏谑，但这个称呼对黑人奴隶们造成了一定的影响。在保罗·D看来，"甜蜜之家"确实给了南部其他黑人奴隶所没有的权力和尊严——主人听他们说话，可以自行选择干活的方法，甚至可以赎出母亲。相比于其他奴隶主，加纳和他的夫人显得仁慈而宽容，就如斯托夫人笔下的阿尔比先生。但仁慈、宽容背后的逻辑是，所谓的"自由"和尊严换来的是五个黑人奴隶的忠心耿耿和积极劳作。这无异于给一匹良驹配上了一具好鞍，为的是让马儿能够更好地驰骋而非真正给予它尊重。有学者指出了这种行为背后的逻辑，"在白人至上主义者的体系中，即使像加纳这样的白人，也不满足于依靠奴隶劳动生活的所有特权和利益，因为他们寻求提高自己的权力感和统治力"①。尽管加纳先生作为温和的蓄奴主试图把黑奴纳入白人主导的社会空间并与之进行良好的互动，但这也不能掩盖奴隶制最为根本的利益原则，而把黑奴称为"男子汉"更是对南部重建之前美国政治结构和种族对峙的巨大讽喻。

实际上，保罗·D也曾质疑，被"明白的白人"命名已然是权力结构的突出表征，就像他被称作D，而他的哥哥则和保罗·A一样，按照字母顺序给他们命名的做法昭示着黑人群体被"物化"。但是他还是选择相信加纳，相信这个"听他们说话"的人。"听他们说话"这个行为本身就揭示出自我和他者之间的平等关系，作为说话主体的黑人会感受到自己作为人的基本权利并受惑于这种情感，进而导致自身身份混乱。一方面，心地善良的白人对黑人奴隶的包容与同情，如加纳对保罗们"男子汉"的称呼或是加纳太太在塞丝结婚时送出的礼物，都无法超越深层的权力结构，使得白人的这种善意行为依旧成为奴隶制罪恶的同谋。另一方面，黑人对这种善意的接受，部分地混淆或弱化了他们作为权力另一端的被统治者的身份，被赋予的温情或所谓的尊严掩盖了奴隶制的真相和残酷。所以，"甜蜜之家"并不甜蜜，那是一个"美丽的谎

---

① David Cosca, "Is 'Hell a Pretty Place'? A White-Supremacist Eden in Toni Morrison's *Beloved*", *Interdisciplinary Humanities*, Vol. 30, No. 2, 2013.

言"（256），黑尔和他母亲贝比·萨格斯的"经济人"① 形象突出地证实了这一点。

　　遗忘等同于记忆的消失或对过往的漠视，进而淡化创伤、美化过往。塞丝在保罗·D出现在"124号"前选择遗忘并成功地滤去了伤痛记忆。"你只让自己记得这点儿""至于其余的一切，她尽量不去记忆，因为只有这样才是安全的。"（6）"它看上去从来没有实际上那样可怖，这使她怀疑，是否地狱也是个可爱的地方。毒焰和硫磺当然有，却藏在花边状的树丛里。小伙子们吊死在世界上最美丽的梧桐树上。这令她感到耻辱——对那些美妙的飒飒作响的树的记忆比对小伙子们的记忆更清晰。她可以企图另做努力，但是梧桐树每一次都战胜小伙子们。她因而不能原谅自己的记忆。"（7）经历过身体和心理创伤的塞丝对过往的记忆进行了保护性屏蔽，这一部分记忆正如遗忘一样，带有强烈的选择性，她宁可留下南方的自然风貌也不愿意负载关于奴隶制的苦难记忆。

　　塞丝关于"甜蜜之家"的回忆确证了黑奴作为白人"财产"或一种特殊"动物"的命运和奴隶制的残酷。塞丝因在俄亥俄州辛辛那提蓝石路124号杀死自己的孩子及把自己从奴隶主手里偷出来的行为而被判处"破坏财产罪"，伏法后再次回到124号。保罗·D的出现打通了过往与现在之间的通道，塞丝逐渐进入一种没有时间性的存在（124号鬼魅出没，打破了现在和过去的清晰界限，线性时间趋于模糊）。如果说以加纳为代表的白人对奴隶抱有一定的同情，属于温和的蓄奴者，那么"学校老师"们则展现出奴隶主最残酷的一面。加纳死后，加纳太太感到恐惧，于是请来了弟弟及两个侄子来管理种植园。这个被称作

---

① 文学史中最典型的"经济人"形象是鲁滨逊，这个形象承载了英帝国在18世纪生机勃勃的海外攫取行径；《宠儿》中的"经济人"则凸显了权力另一端被占有和被剥夺的关系。保罗·D（266）、黑尔、萨格斯（170）都曾"计算"过黑人奴隶的价钱。塞丝回忆自己和丈夫黑尔的一段对话："她在这里干了十年……我把她最后十年的钱付给了他，相反他得到了你、我和就要长大的三个。我还有一年还债的活儿要干。一年……如果我所有的劳动都属于'甜蜜之家'，包括多干的，我还剩什么可卖的呢？"（227—228）

"学校老师"的白人日常的生活是记录奴隶的生活、教几个孩子识字。塞丝曾无意间听到"学校老师"教导学生应该"把她人的属性放在左边,她的动物属性放在右边,别忘了把它们排列好"(223)。对塞丝"属性"的划分和排列实际上是把塞丝作为对象、人类的"他者"来看待的,因为她与白人不是同一种属。"我满塞着他妈的两个长着青苔般牙齿的家伙,一边吮吸着我的乳房,另一个摁着我,他们那知书达理的老师一边看着一边做记录。"(81)这是塞丝关于自己被"学校老师"的两个侄子凌辱并被记录的记忆。显然,"学校老师"并不把黑人奴隶当作"人"看待,更多地看作是动物。这种情况在南北战争前非常普遍,白人买奴隶如同购买牲畜,奴隶的牙口、性别、身体状况是最重要的计价要素。"学校老师"到俄亥俄州追捕塞丝时,塞丝杀死了自己的一个孩子并企图杀死其他孩子,他非常懊恼地对两个侄子说,他们打得太狠了,致使奴隶逃跑,自己损失了一个繁殖力强的女奴和几个小黑鬼。

小说中西克索与"甜蜜之家"的后继者"学校老师"之间有一段非常有趣的对话。

"你偷了那只猪崽,对吗?"

"没有,先生。"西克索答道,但他一本正经地一直盯着那条肉。

"我眼睁睁地看着你,可你对我说你没偷它?"

"是的,先生。我没偷。"

"学校老师"微微一笑。"你杀了它?"

"是的,先生。我杀了它。"

"你收拾的?"

"是的,先生。"

"你做熟的?"

"是的,先生。"

"那么，好吧。你吃了吗？"

"是的，先生。我当然这么做了。"

"你是说那不叫偷？"

"对，先生。那不是偷。"

"那么，是什么呢？"

"增进您的财产，先生。"

"什么？"

"西克索种黑麦来提高生活水平。西克索拿东西喂土地，给您收更多的庄稼。西克索拿东西喂西克索，给您干更多的活儿。"

很聪明，可是"学校老师"还是揍了他，让他知道，定义属于下定义的人——而不是被定义的人。[1]

西克索的逻辑非常有趣，他模拟了主人的语言逻辑，合理地解释了自己的行为，但却遭到了殴打，"学校老师"向他展示了"定义属于定义者而不是被定义者"的规则。"定义/语言，作为西方思想和文化的传统合法性，属于定义者，即那些拥有权力和权威的人。这与启蒙思想形成了鲜明的对比，启蒙思想只接受语言作为一种媒介，通过这种媒介，绝对意义是有意识的，没有建构的力量。"通过宣称自己对定义/语言的认同，"学校老师"阐明了意义的社会和语言结构，以及绝对意义的缺失。[2] "学校老师"的语言特权由此凸显，西克索不能掌控和使用它，即便使用了也最终归于暗哑，成为无效语言。怀特的研究有效地证实了奴隶作为"他者"，其基本语言权力的丧失。

二 一百二十四号鬼魂与奴隶制遗产

有研究者认为，《宠儿》在一定程度上可被看作是托多罗夫定义的

---

[1] ［美］托妮·莫里森：《宠儿》，潘岳、雷格译，南海出版公司2013年版，第220页。
[2] Jeanna Fuston-White, "'From the Seen to the Told': The Construction of Subjectivity in Toni Morrison's *Beloved*", *African American Review*, Vol. 36, No. 3, 2002.

"传奇小说",但其叙事不止于此。① 小说最为"传奇"的部分是作为叙事起点的一百二十四号闹鬼不止以及被看作鬼魂肉身的宠儿的出现及其各种离奇行为,这也是小说中最有力量和最具魔幻特征的部分。阿莱达·阿斯曼认为,在一个越来越被启蒙的世界中,惊悚小说成了进入逝去的魔幻世界的入场券,在这个世界中鬼魂、预兆和奇迹稀松平常。② 一百二十四号喧闹不止的鬼魂、红光、白楼梯、宠儿与死婴的种种巧合,使得《宠儿》带有强烈的哥特气质,颇具爱伦·坡和美国南方文学的遗风。除了鬼魂所带来的奇幻效果外,更重要的是,所有的鬼魂都是带着记忆上场的,正如《哈姆雷特》里的老国王,他的出现宣告着谋杀的罪恶,而《宠儿》中的鬼魂也超越了一般传奇小说的艺术价值,直指美国奴隶制的罪恶。可以说,鬼魂是一种记忆的媒介,通过鬼魂,过去得以复现。

一百二十四号在时间上跨越了奴隶被解放前、后两个阶段,它成为连接现在与过去的记忆场所。作家曾在《宠儿》的序言中说道:

> 给这座房子命名很重要,但是要与"甜蜜之家"或其他庄园命名的方式不一样。不应该有形容词暗示它的舒适、宏伟,或宣称它不久前还是一座贵族的大宅。只有门牌号来标识这所房子,同时将它与一条街道或一座城市区分开——也与周围其他黑人的房子区分开来;这让它有一丝暗含的优越和骄傲,自由黑奴们会因为拥有自己的地址而感到骄傲。不过这座房子有自己的个性——我们称之为"闹鬼",因为它的个性是喧嚣。③

作者对这个物理空间的设计暗示出它的与众不同。首先,一百二十四号是自由黑人的居所,这就意味着某种权利。这所房子位于俄亥俄州

---

① Martha J. Cutter, "The Story Must Go On and On: The Fantastic, Narration, and Intertextuality in Toni Morrison's *Beloved* and *Jazz*", *African American Review*, Vol. 34, No. 1, 2000.
② [德]阿莱达·阿斯曼:《回忆空间》,潘璐译,北京大学出版社2016年版,第373页。
③ [美]托妮·莫里森:《宠儿·序言》,潘岳、雷格译,南海出版公司2013年版,第4页。

辛辛那提的蓝石路，是一对白人废奴主义者鲍德温兄妹的房子，后来出租给获得自由的黑奴贝比·萨格斯居住。其次，房子本身充满了记忆，"闹鬼"使房子包括居住者持续地处于现在与过去的纠葛中，房屋本身成为触发回忆的当下物理空间。

一百二十四号在闹鬼前有过一段令人自豪的历史。"在一百二十四号和它里面的每个人一起关闭、掩藏和隔绝之前，在它成为鬼魅的玩物和愤怒的家园之前，它曾是一所生机勃勃、热闹非凡的房子，圣·贝比·萨格斯在那里爱、告诫、供养、惩罚和安慰他人。"（101）在这幢有门牌号的自由黑人的房子里，萨格斯尽弃苦难记忆，以实际行动开始新的生活，"治疗病人，藏逃犯，爱，做饭，爱，布道，唱歌，跳舞，还热爱每一个人，就好像那是她独有的职业"。萨格斯让这所房子充满了爱和骄傲，以至于引起了当地黑人居民的嫉妒。"凭什么她的一切总是中心？"（159）在他人的记忆中，萨格斯的骄傲在一次九十人的黑莓庆祝宴会中达到了顶峰，一百二十四号显示了它的喧闹，同时也引起了周围黑人的质疑和非难，这也为后来周边黑人群体在对待塞丝问题上的冷漠埋下了伏笔。

一百二十四号鬼魂的喧闹暗示了它与过往历史之间无法彻底割裂的密切联系。"一百二十四号充斥着恶意。充斥着一个婴儿的怨毒。房子里的女人们清楚，孩子们也清楚。多年以来，每个人都以自己的方式忍受着这恶意，可是到了一八七三年，塞丝和女儿丹芙成了它仅存的受害者。"（3）这里的"婴儿"是被塞丝杀死的刚会走路的女儿。塞丝和孩子成功逃到婆婆贝比·萨格斯的居所，但依旧没能逃过奴隶制的迫害，一百二十四号持续上演着白人对黑奴的杀戮和精神迫害。这所房子的鬼魂指向塞丝曾经杀死的女婴，婴儿的鬼魂活跃在这里并成为现在与过去的媒介。以"闹鬼"为表征的喧嚣把现实和历史联系起来，用以抵抗对历史的遗忘。鬼魂是一个超越时间性的存在。在西方哲学观念中，时间是世界存在的一个重要维度。当启蒙运动埋葬了遗忘对于基督教生死轮回的观念后，线性时间观念就一直主导着西方社会。时间持续地往前走而不能回头。鬼魅的出现否定了这种时间观念,混淆了过去、现在和未来。塞丝成功逃至婆婆萨格斯处,二十八天后"学校老师"和猎奴者追到那里,塞丝情急之下杀死了自己一岁多的女婴并企图杀死两个男孩。因当地治安官的介入,塞丝未被带回南部而是接受了当地法庭的审判,最终以"破坏财产罪"被判入狱。当她再次回到一百二十四号后,这个孩子的鬼魂经常出现在塞丝和丹芙的生活中。"一个白裙子的一只手臂搂着塞丝的腰"、"房子里红光一片",这些都指向过去,指向美国奴隶制的罪恶。所以,女婴的鬼魂正如《哈姆雷特》中老国王的鬼魂一样,都是带着历史上场的,它是奴隶制在当下的延续,是一种特殊的记忆载体,是对遗忘的抵抗。

宠儿的出现激活了奴隶制的痛苦记忆,"过去"在一定程度上被驱赶,"现在"得以返场。小说最诡异的一个地方是将鬼魂肉身化,即宠儿的出现。保罗·D进入一百二十四号后,"来,小鬼"就不再出现,饱受过往折磨的塞丝和孤单的丹芙也准备进入一种面向未来的生活,去城里看狂欢节表演成为这种转变的象征性事件。但就在当天,三人看表演归来,宠儿出现了,即将被保罗改变的生活再一次跌入了与过去的纠葛之中。一个十几岁的女性进入一百二十四号并持续地将塞丝杀婴的后遗症具象化,从生活到精神层面。宠儿对塞丝的依恋及种种巧合(年龄、行为)都将她指向塞丝曾经杀死的那个女婴。"……胎记,还有牙床的颜色、耳朵的形状,还有……手指、指甲,甚至还有……"(203)塞丝说:"那支歌是我编的","我编出来唱给我的孩子们听的,除了我和我的孩子,谁也不会唱那支歌"。(203)宠儿回应说她会唱。这些都促使塞丝把宠儿当成了自己女儿的化身。"既然如此——如果她的女儿能从没有时间的地方回来——她的儿子们当然也能,也会从他们去的任何地方回来。"(210)所以,塞丝对宠儿的溺爱和宠儿对塞丝的极度依恋都使得两人无法正常生活:塞丝为了宠儿不去上班,宠儿一刻不停地向塞丝索取关注和爱,一旦宠儿觉察到塞丝的不专注,她就开始对食物疯狂索求。丹芙虽然没有直接受到奴隶制的迫害,但由于一百二十四号的骄傲和封闭使得她一直把女婴的鬼魂当作成长的伙伴。当宠儿出现后,丹芙认定宠儿就是那个婴儿的真身。"她敢肯定,宠儿就是起居室里和她妈妈跪在一起的白裙子,伴她度过大半生的那个婴儿以真身出场了。"(140)如果说鬼魂代表着过去,那宠儿则意味着当下,她把一百二十四号的过去和现在互联起来,使塞丝包括丹芙都获得了一种"在场"感。宠儿所做的一切就是无尽地霸占塞丝的爱,包括通过与保罗的性行为赶走了这所房子里的唯一男性。无论如何,宠儿的种种异常和死婴有了某种对应关系。一方面,她生命中充满了匮乏,先是对水,再是食物,最后是爱,她以极端的方式满足自己的匮乏,尤其是用各种手段索取塞丝的爱;另一方面,塞丝的愧疚使得她对宠儿的要求给予了无以复加的满足。三个女性持续地生活在过去的阴影中,处于历史与现实的纠葛之中,无法获得未来。

　　宠儿身份的多种可能也指向了奴隶制的罪恶。作为后现代小说,作家充分地使用了复调、时序错乱等叙事手段来模糊宠儿的身份。有学者指出,宠儿具有塞丝奴隶母亲的身份。她认为宠儿可能是中央航道奴隶船上的幸存者,也就是塞丝非洲母亲的还魂。[①] 此外,在宠儿诸多的可能性身份中,最突出的是与被杀死的婴儿的重合。小说第一部中,叙事揭示出的宠儿的年龄以及她对自己过往的描述都与死婴的状况吻合,宠儿的出现勾起了塞丝的过往记忆和对女儿的愧疚,并将一百二十四号女性拉入现实生活中,使之具有了"现在"感。进入第二部,斯坦普·沛德提供了宠儿的新的可能性身份。作为"地下铁道"的人员,斯坦普曾帮助塞丝和丹芙逃到一百二十四号,对俄亥俄河沿岸的事情了如指掌。当保罗向他描述了宠儿的样貌和行为后,斯坦普认定宠儿就是那个曾经被白人锁起来享用的黑人女孩。女孩自六岁起就被锁在一座桥下,白人男子定期带食物给她并把她作为泄欲工具。直至保罗出现后,白人的死尸被发现,而黑人女孩也失踪了。于是,斯坦普断定宠儿就是那个被锁

---

① Jennifer L. Holden-Kirwan, "Looking into the Self That No Self: An Examination of Subjectivity in *Beloved*", *African American Review*, Vol. 32, No. 3, 1998.

起来的黑人女孩。与此同时，根据宠儿和丹芙的对话可知，宠儿说自己在白天被叫作"母狗"，夜里则被叫作"宠儿"，这也就是"宠儿"名字的来源。斯坦普提供了宠儿身份的另一种可能，它依旧指向奴隶制遗产。尽管黑人于1862年获得了解放，但白人对他们的迫害并未停止。

三 "林间空地"仪式与黑人的自由之路

黑人的解放是美国的一个重大政治问题。1776年由托马斯·杰弗逊起草并签署的《独立宣言》被认为是美国最重要的立国文书。受欧洲启蒙思想影响，这份宣言主张人民享有自由、平等的权利，"我们认为这些真理是不言而喻的：人人生而平等，造物者赋予他们若干不可剥夺的权利，其中包括生命权、自由权和追求幸福的权利"。就在这份强调人权的宣言书里却只字未提新大陆的奴隶问题。直至1863年初，美国南北方结束了近两年的内战，林肯颁布了《解放宣言》，黑奴被官方宣布获得自由。美国黑人是否就此获得了解放？内战的根本原因是美国国内市场对自由劳动力的需求，飞速发展的经济亟须新的劳动力的输入，黑人的解放成为必然。但问题是，美国各州具有自主制定法律的权力，在黑人被宣布解放后，一系列继续奴役黑人的法律法规破土而出，形成了历史上著名的"黑人法典"。这就意味着，黑人以"自由之身"去做"奴隶工作"。所以，黑奴只是在名义上得到了解放，南部各地的私刑、迫害、歧视经久不衰。

维克多·特纳在其作品《象征之林》中详细描述了非洲恩登布人的仪式，认为这些仪式在其社会结构、日常活动、疾病治疗等方面具有重要的象征和实践意义。仪式是历史留存的一个物化形式，通过特有的方式建立了世界的关系秩序，曾在人类早期发挥过重要作用并持续影响现代人的生活。"仪式在一定程度上属于'选择性的记忆'，也就是说，我们所能看到的所有仪式都不过是历史记忆与现实需要结合的果实。"[①]

[①] 彭兆荣：《人类学仪式的理论与实践》，民族出版社2007年版，第241页。

这也就解释了为什么在现代社会,仪式本身的过程及象征意义被忽视,而功能性被逐渐放大的原因。现代社会诸多的弊病使人们重新回到仪式,以这种遗留下来的特殊记忆来缓释现实中的种种不愉快的情绪,以期获得更多的心灵滋养。"林间空地"是离一百二十四号不远的一处地方,在相当长的一段时间内,附近居民在此处进行了集体仪式,仪式由贝比·萨格斯主持。

  贝比·萨格斯在一块平展整齐的巨石上坐好,低下头默默祈祷。大家在树林里望着她。当她手中的拐棍放下,他们知道,她已经准备就绪。然后她喊道:"让孩子们过来!"他们就从树林里跑向她。
  "让你们的母亲听你们大笑。"她对他们说道,于是树林鸣响。大人们看着,忍俊不禁。
  然后,"让男人们过来。"她喊道。他们从嘹亮的树林里鱼贯而出。
  "让你们的妻子和孩子看你们跳舞。"她对他们说,于是大地在他们脚下震颤。
  最后她把女人们唤来。"哭,"她向她们吩咐道。"为了活着的和死去的,哭吧。"于是女人们还没捂上眼睛就尽情号哭了起来。①

"林间空地"的仪式与西方早期美学中的"净化"相似,为受到创伤的黑人提供了某种治疗,是黑人获取心灵抚慰的一种方式。亚里士多德在《政治学》里对"净化"进行了阐述:"因为某些人的灵魂之中有着强烈的激情,诸如哀怜和恐惧,还有热情,其实所有人都有这些激情,只是强弱程度不等。有些人很容易产生狂热的冲动,在演奏神圣庄严的乐曲之际,只要这些乐曲使用了亢奋灵魂的旋律,我们就会看到他

---

① [美]托妮·莫里森:《宠儿》,潘岳、雷格译,南海出版公司2013年版,第102页。

们如疯似狂，不能自制，仿佛得到了医治和净化。"① 可见，"净化"是文艺的结果，人在受到文艺熏陶后就会"感到一种舒畅的松弛"，得到一种"无害的快感"，是一种治疗。仪式也具有这种效果，它通过特定的形式，把对过往的"有选择的记忆"和人们的现实诉求结合在一起，使人类的某种情绪得到宣泄和释放，从而使心灵归于平静。对黑人群体来说，奴隶制是一段伤痛的历史，它对整个群体造成了巨大的身体和精神创伤。因而，在此仪式中，再次直面曾经的伤痛、宣泄悲哀的情绪是黑人迫切的需求。萨格斯在引导他们释放悲哀后，强调要热爱被白人所鄙视和厌弃的自己的肉体，从双手到脏腑。大家跟随萨格斯，在林间的阳光下，一边吟唱，一边舞蹈，营造了一种神圣而欢快的氛围。

"林间空地"仪式的力量能否抵御奴隶制对黑人群体的侵害？它的有效性如何？仪式确实在当地黑人群体中造成了巨大影响。但是，当贝比·萨格斯目睹了塞丝杀死她自己的孩子后就停止了。"圣贝比·萨格斯认定，是她自己撒了谎。恩赐根本不存在——不论想象的还是真实的——而'林间空地'上阳光中的舞蹈丝毫不能改变这个事实。她的忠诚、她的爱、她的想象力和她那颗伟大的宽广之心，在她的儿媳到来之后的第二十八天开始崩溃。"（104）萨格斯曾经布道、唱歌、跳舞、治病人，热爱每一个人，但在目睹了塞丝杀死她自己的孩子后便闭门不出，一直持续至生命终结。尽管萨格斯自己获得了自由身份，但来自奴隶制和白人的迫害持续地在生活中上演，致使她失去了生活的信心。她曾劝塞丝放下"剑和盾"，认为塞丝的行动不是战斗，而是"彻底的溃败"。

在贝比放弃仪式后，人们对此非常怀念，包括塞丝。她一度在疲惫和无力时到"林间空地"寻找萨格斯的气息，希望能得到她的抚慰和启示。

> 她渴望贝比·萨格斯还能用手指来捏着她的后颈，一边重塑它

---

① ［古希腊］亚里士多德：《亚里士多德全集》第 9 卷，苗力田主编，中国人民大学出版社 1994 年版，第 285 页。

（即塞丝对黑尔在榨牛油机和搅乳机之间越胀越大的脸的记忆），一边说："放下吧，塞丝。剑和盾。放下吧。放下吧。两样都放下吧。放在河边吧。剑和盾。别再研究战争了。把这一切乌七八糟的东西都放下吧。剑和盾。"在那紧压的手指和平静的教诲下，她会的。所有抵御苦难、悔恨、苦恼和伤痛的沉重的刀子，她将它们一把一把地放在岸上，清澈的河水在下面奔涌。①

塞丝坐在萨格斯曾经布道的石头上，感受到了一双熟悉的手的按摩，但随即变成了扼杀，那双手试着勒死塞丝。经过挣扎，清醒后的塞丝急忙带着两个姑娘离开了那里。这次并未达到目的的超验经历暗示了仪式在黑人所遭受的深重苦难面前都显得孱弱和微不足道，这种安慰剂或是鸦片性质的活动甚至会对黑奴身份的存留和自我认同产生阻滞效果。

重访一百二十四号的杀婴记忆促使塞丝打开了尘封的历史，获得了某种现实生活的"在场"。加拿大哲学家伊恩·哈金（Ian Hacking）在《重写灵魂：多重人格与记忆的科学》中指出，从1874年到1886年这十二年在法国，记忆取代了灵魂的观念而成为个人身份的源泉和解释，恢复记忆能够使曾经分裂和无法应付创伤的人成为统一的人。② 从监狱出来后，塞丝备受鬼魂、过去以及后来保罗·D带来的关于"甜蜜之家"被更新的记忆的困扰，而"林间空地"的奇特经历使塞丝得以直面生活中的种种怪异。塞丝认为，曾在家里肆意喧闹的鬼魂转移到了"林间空地"。"十八年来，她生活的房子一直充满了来自另一个世界的触摸，而按住她后颈的拇指又与这触摸一模一样。也许它就是到那里去了。在保罗·D把它打出一百二十四号以后，它也许就是在'林间空地'上重振旗鼓的。"（114）"林间空地"事后，塞丝认为自己需要"信任和重新记忆，是他在炉子前面拥住她的时候她所相信的那种可能

---

① ［美］托妮·莫里森：《宠儿》，潘岳、雷格译，南海出版公司2013年版，第100页。
② ［英］朱丽叶·米切尔：《记忆与精神分析》，载［英］法拉、帕特森编《记忆》，户晓辉译，华夏出版社2006年版，第97页。

性"。塞丝开始向保罗·D讲述杀婴事件后,小说进入第二部,在时间上进入"现在"。作为叙述者,塞丝坦言,她认为宠儿就是她死去的女儿,是"从没有时间的地方回家来"的(210),因此不遗余力地满足宠儿的各种渴求,弥补对这个孩子的愧疚。一百二十四号曾因鬼魂出没而喧嚣变成了宠儿毫无尺度的胡闹和塞丝尽情地沉溺于和宠儿的纠缠中,全然不顾工作和柴米油盐。这种现状使得包括保罗·D在内的每个人都筋疲力尽并开始寻求改变。无论如何,塞丝尝试从过去的无限纠葛中走出,把历史变为一种可以理解的现在,专心致志地处理奴隶制罪恶的遗产。

与之呼应的是,丹芙外出求助于黑人群体,打破了一百二十四号骄傲而封闭的局面,使之彻底走出了历史的阴霾。在宠儿和塞丝全然不顾的剥夺、给予中,丹芙担负起照顾二人的职责,食物的短缺使得丹芙开始外出寻求帮助。在杀婴事件后,周围的邻居对塞丝和一百二十四号表现出了一种敬而远之的态度,就像《秀拉》中梅德林居民对待再次归来的秀拉一样。塞丝杀死自己的孩子,完全是出于爱,但这不免带有"恶"的性质。多年后丹芙求助时,周围的邻居都表现得十分友好乐善,他们尽自己的所能帮助丹芙和塞丝。在得知塞丝和宠儿的情况后,周围的女性便组织起来对付一百二十四号的异常状况。这所房子再次向外界打开了大门,塞丝病倒,寄居其中的鬼魂或者一直以死婴肉身寄居的宠儿都一并消失。

自由是什么?莫里森借助塞丝这个形象表达了她关于黑人自由的思考。"我很大,保罗·D,又深又宽,一伸开胳膊就能把我所有的孩子都揽进怀里。我是那么宽。看来我到了这儿以后更爱他们。也许是我在肯塔基不能正当地爱他们,他们不是让我爱的。可是等我到了这里,等我从那辆大车上跳下来——只要我愿意,世界上没有谁我不能爱。你明白我的意思么?""他准确地理解了她的意思:到一个你想爱什么就爱什么的地方去——欲望无须得到批准——总而言之,那就是自由。"(188)"自由的概念并不产生于真空中。没有什么能比奴隶制度更加突出的了,或者说可能实际上创造了——自由。"① 尽管塞丝从南部奴隶制的控制下逃出,但她并没有获得自由。首先,是制度层面的,按照当时的法律,尽管塞丝逃到了俄亥俄州,但她依旧是原奴隶主的财产。同时塞丝还要承担"破坏财产"的罪名;其次,即便是奴隶制结束了,但奴隶制的种种罪恶以各种面目出现在自由黑人的生活中,尤其是创伤记忆的侵扰,使得他们无法真正获得自由与安宁。一百二十四号的鬼魅即是对自由的嘲弄,居于其中的女性始终被过去的记忆侵占,无法走出记忆的阴霾,也就无法真正获得自由。

除了外界的对身体的限制,莫里森通过《宠儿》强调了黑人的心灵自由,这是黑人自我解放的关键。实际上,上文中塞丝和保罗对"自由"的表述更多地指向社会对黑人人身权利的剥夺。在奴隶制度下,黑人无法像白人一样获得一夫一妻式的婚姻,黑人女奴被迫与不同的男性发生关系以养育更多的奴隶后代;黑人母亲无法拥有自己的孩子,她们甚至不知道孩子的父亲是谁,而孩子稍微长大一点就会被作为财产卖掉,所以她们作为母亲的权利也被剥夺了。基于这种情况,绝大部分黑人失去了对美好生活的向往。在《恩惠》中,作家借铁匠之口表达了对自由的看法。他认为,真正的自由是"内心的自由",外在的奴役并不能改变人们对自由的追求和向往。黑人需要时刻对外界保持警醒,确保并强化这种内心的自由。

玛丽斯·康德认为,"对于一个黑人来说,历史是个很大的挑战,因为黑人仿佛没有历史——有也只是在美国殖民时期才有。我们很难知道,我们的黑人祖先在遇到欧洲人以前有什么样的历史,而欧洲人给了他们欧洲人所谓的'文明'。对于来自'离散族裔'的黑人来说,发现以前到底怎样确实是个挑战。我们不是为了历史而历史。我要寻找的是

---

① [美]托妮·莫里森:《黑人的存在不可忽视》,陈陆鹰、汪立新译,《当代外国文学》1994 年第 2 期。

我的'本质',寻找自己的身份,寻找自己的起源以便能理解自己"[1]。因此,"通过调查对痛苦的抑制与对过去的重新占有之间的关系……莫里森的小说突出了对抗历史、要求归还历史和改造历史的重要,而且她的小说直指记忆的潜在疗救功能"[2]。所以,莫里森试图调动历史遗留下的散见于民间的痕迹来重塑被官方粉饰过的奴隶制及黑人奴隶的历史遭遇。通过文学叙事,《宠儿》重现了另一种"真实"。

"真实"需要我们回到过去,通过回忆呈现出带有情感和立场的记忆。回忆是一种动作,回忆主体有选择性地从经验中呈现出她对于过往的记忆。"被回忆的过去永远掺杂着对身份认同的设计,对当下的阐释,以及对有效性的诉求。"[3] 因而,回忆是有指向性的活动,必然进入某个意义结构的磁场,勾勒和制造意义;记忆则承载了种种价值,使得记忆区别于冷冰冰的历史,而具有鲜明的政治性。在小说《宠儿》中,只有当重新回忆完成时,幽灵才得到安顿,人物才获得了趋向未来的可能。"只有通过'再记忆'的工作和新形式的理解,历史才能使之对现在有生活价值并且以使现在完全活跃起来的方式被重新塑造。每一代人都有创造新历史的任务,在心里为过去预留一个空间,在现在中重构过去。"[4]

第二节 南方乌托邦实验:《天堂》中的政治实践

1516年,英国的托马斯·莫尔(Tomas More)塑造了一个四面环

---

[1] Maryse Conde, *I, Tituba, Black Witch of Salem*, Trans. Richard Philcox, Charlottesville: University Press of Virginia, 1992, pp. 198–213.

[2] Emma Parker, "A New Hystery: History and Hysteria in Toni Morrison's *Beloved*", *Twentieth Century Literature*, Vol. 47, No. 1, 2001.

[3] [德] 阿莱达·阿斯曼:《回忆空间》,潘璐译,北京大学出版社2016年版,第85页。

[4] [英] 凯瑟琳·霍尔:《"视而不见":帝国的记忆》,载 [英] 法拉、帕特森编《记忆》,户晓辉译,华夏出版社2006年版,第23页。

海的岛国乌托邦，由此开启了西方历史上的乌托邦传统。实际上，早至柏拉图的《理想国》，人类就已经开始了对理想家园的探索。近代以来的莫尔的《乌托邦》、莫里茨·考夫曼的《乌托邦》、刘易斯·芒福德的《乌托邦的故事》、玛丽·贝尔内里的《乌托邦之旅》、莫顿的《英国乌托邦》等都反映出人们对理想社会形态的追求与探索从未止步。无论是政治领域还是文学叙事，每个时代都有其各自的乌托邦理想。鲁斯·列维塔斯在《乌托邦之概念》中，对西方历史上出现的乌托邦著作做了分析和归纳，认为大部分乌托邦定义都是基于形式而言的。它主要有以下几个特征：首先，对乌托邦的主导性描述是一个理想共和国，一个想象中的理想社会，并且是以虚构词语大体完整表述出来的；其次，乌托邦还被认为是优于现实状况的，贝尔内里和莫顿都明确认为乌托邦的方位是在未来；最后，乌托邦的内容会随着时间的推移而不断变化，形式也是如此。莫顿在《英国的乌托邦》中将乌托邦作为社会史的一个方面来呈现，他发现包括乐土在内的一个民间传统，即将乌托邦视为运行于文学传统之下或与之并行的第二种趋向，亦即受压迫阶级表达其热切希望的媒介。除了形式，作为一种严格来说不可能实现的理想，乌托邦被认为具有的主要的功能是补偿、批判和催化。①

那么，由于特殊的历史，美国黑人有没有乌托邦诉求？如果有，它与作为主流的非有色人种的乌托邦冲动是否一致？吉尔罗伊在《黑色大西洋》(*The Black Atlantic*) 中强调了文学中的"乌托邦式的欲望"，认为在黑人文学中有大量的乌托邦主义，这种乌托邦主义有着丰富的未经检验的历史。② 这种欲望具体包括什么？对美国黑人来说，乌托邦可否与家园画等号？那这种乌托邦有什么特征？又经历了怎样的形态？是否依旧停留在美好的愿景之列？自1619年首批来自非洲的黑人进入弗吉尼亚，直到1863年元旦林肯总统颁布《解放黑人奴隶宣言》，以至

---

① [英]鲁思·列维塔斯：《乌托邦之概念》，李广益、范轶伦译，中国政法大学出版社2018年版，第50—51页。
② Paul Gilroy, *The Black Atlantic*, Cambridge: Harvard University Press, 1993, p. 38.

1865 年的美国宪法第十三修正案，规定奴隶制或强迫奴役制不得在合众国境内和管辖范围内存在，这批黑人及其后代才逐渐摆脱其奴隶身份。但这并不意味着他们就此获得了和白人一样的公民身份和权利。南北战争后，尽管黑奴被解放，但来自白人奴役的惯性和种族话语持续地左右着整个社会，黑人遭受着包括身体、精神在内的种种迫害。获得解放的黑人何去何从？哪里才是真正的家园，非洲还是美洲？对家园的诉求是一个十分复杂的问题。首先，非洲意味着什么？其次，美国或者南部是建立家园的乐土吗？最后，他们要建立怎样形态的家园？模拟西方世界的还是创建独特的属于他们自己的家园？莫里森在《天堂》中通过具体的地理空间叙事与其名称"天堂"构成呼应，记录了美国内战后黑人奴隶企图建立理想家园的种种努力，展示了黑人物质生活与精神世界的历史变迁，同时表达了作者对乌托邦问题的思考与呈现。

一 黑文的创立及其前现代乌托邦形态

内战前，白人协助黑人建立家园有着深刻的社会心理基础，这从根本上源自白人对纯净血统的焦虑。白人担心，黑人是下等民族、"野蛮成性"，让许多黑人"解放出来"将构成对社会的威胁。解决的一个办法就是以"殖民地开拓"的方法逐步解放奴隶，也就是让获得自由的黑人回到非洲老家去定居。1816 年，一些美国名人如亨利·克莱和布什罗德·华盛顿（乔治·华盛顿的侄子），他们组织了一个"美国殖民协会"，设法在西非弄到了一块土地并建立了利比里亚（英文就是自由）国家，把它作为美国自由黑人的天堂。该协会提供资助把黑人运送到那里，帮助他们定居。[①] 由此可见，最早帮助黑人建立家园的诉求实际上来自白人，他们担心黑人低劣的血统会进入白人血统，进而改变白人在新大陆的生存生态。这种恐惧迫使他们不惜牺牲自己的利益，将美国的黑人再度迁往非洲。虽然利比里亚在 1847 年就成为一个独立的共和国了，但殖民

---

① ［美］詹姆斯·M. 麦克弗森：《火的考验：美国南北战争及重建南部》，陈文娟等译，商务印书馆 1993 年版，第 60 页。

协会及其在各州的附属机构到 1860 年才勉强送去了不到一万名黑人，而这个数量不过是当时美国黑人自然增长数的 0.3%。

内战后，黑人奴隶得到解放，美国黑人建立家园的诉求成为这个阶段的必然趋势。从 16 世纪到 19 世纪，由于南部种植园对农业工人的依赖，美国黑人人口激增，这就导致了内战前开拓非洲殖民地的路径归于失效。美国黑人对家园的需求面临着两难困境：一方面，在新大陆经历了繁衍发展三百年的黑人显然与最早到达新大陆的非洲移民有着本质的区别，他们的身份已然发生了变化，并且对于非洲家园的渴望并不如自己的祖先那样深重，美国人的身份开始在他们身上发生作用；另一方面，被奴役的特殊经历使得他们的奴隶身份以及奴隶后代的身份持续在他们身上延续，尤其是在一种紧张的种族主义环境中，这个焦虑持续地影响着他们的日常生活。尽管如此，解放后的黑人也曾试图在美国的土地上建立自己的家园。在此期间，自由民管理局为解放的黑人争取了一定的土地，但这只是杯水车薪。实际上，获得自由的绝大多数黑人并无经济实力获得土地。

在《天堂》的序言中，作者谈到她在编辑《黑人之书》的过程中阅读了南部重建时期的一些有色人种的报纸，报纸显示，"建立黑人城镇的机会和白人占领土地的热潮一样狂热。报纸大肆鼓励建立黑人城镇的浪潮并对新来者承诺一种天堂：土地、自治政府、安全——甚至包括建立自治州的持续的运动"[1]。在这一浪潮中，自由黑人纷纷在新大陆寻找合适的地点作为自己的家园。"他们所往之处，除了极少的地方是由政府指定的，还有很大一部分是他们自己寻找的、政府无暇管理的人迹罕至之地。这些地方并不是无主之地，大部分是印第安人的领地。"[2]《天堂》中的黑文镇所在的位置实际上曾属美印第安人，他们被驱赶至人迹罕至的内陆地区，土地则被再次分配。所以，有色人种报纸在南部重建时期鼓吹占有土地、建立黑人城镇也是整个国家西进运动的一部

---

[1] Toni Morrison, *Paradise* · foreword, New York：Vintage Books, 2014, p. 13.
[2] 张友伦：《美国西进运动探要》，人民出版社 2005 年版，第 145 页。

分。自由的黑人获得了美国身份，但没有土地，他们需要以各种方式从白人那里或者自己寻找一块属于他们自己的土地。

莫里森就黑人选址并建立家园的过程模拟了西方经典做法，借此赋予该群体行为以鲜明的合法性。在《出埃及记》中，摩西带领犹太人离开备受奴役的埃及，前往流着"奶与蜜"的迦南地。《圣经》中的记载揭示出，摩西带领犹太民众成功逃离埃及追兵的追捕从根本上是由于神的指引和帮助。神迹在古希腊时代建立家园时具有极端重要性，它建立了现实和神圣世界的联系，以无可质疑的力量赋予了犹太人与迦南地之间的神圣关联。与之相似，熟谙《圣经》和西方文学的莫里森戏拟了这一过程，试图借用以上模式来完成非裔美国人和某个地域的特殊关联并在此基础上建立家园。

> "他和我们在一起，"撒迦利亚说，"他在引路。"……
> 那地方属于印第安领地中的一个家庭，经过一年零四个月的谈判和在土地上的劳作，最后才算不费分文地交割清楚。从植物繁茂之处来到这块广阔无垠的土地，他们看到一望无际的天空笼罩着大地，看到野草直长到他们的臀部，真能感到自己的渺小。在父辈们看来，这象征着奢侈——丰饶的灵魂和无边的自由，而且没有敌人可以藏身的险恶密林。这里的自由不是你指望的一年一度的狂欢节或乡村舞会那种娱乐，也不是大人老爷的残羹剩饭。这里的自由是由大自然主持的一种考验，人类每日都得经历。①

小说完整而详细地叙述了1889年完全获得自由的来自南部三角洲的一支蓝黑肤色的黑人在"撒迦利亚"②的带领下建立家园的经历。新

---

① ［美］托妮·莫里森：《天堂》，胡允桓译，南海出版公司2013年版，第112—114页。本节引文均出自本书，下文只标页码。

② 撒迦利亚是公元前6世纪的希伯来先知，曾劝犹太人重建圣殿，《旧约》中有《撒迦利亚书》。此处带领众人选址的黑人"老爷爷"也叫"撒迦利亚"。

的家园被命名为"黑文"(Heaven)。在寻找并试图建立家园的过程中，土地成为最关键的问题。他们因为贫穷而被印第安人、获得土地的黑人、穷白人——拒绝和防范，于是只能取道未分配土地的西边，进入阿拉巴霍地界。上述引文揭示了自由黑人、印第安人、白人在美国南部的地位以及彼此之间的关系。印第安部落远离行政中心，保持着相对的独立性，同时拥有大量政府无暇管理的土地。黑人获取土地的途径一部分来自自由民管理局租或售的白人弃置土地，另一部分就是上文中提到的，通过与印第安人协商获取的。应该说，与早期移民美洲大陆的欧洲殖民者及其后继者关于美洲"自由土地"的历史话语不同，莫里森关于美洲土地相关问题的立场和认识是基本遵循历史事实的，同时以精准的细节再现了南部重建时期黑人建立家园的历史轨迹。

在真实与虚构的边缘，"撒迦利亚"率众跟随"神迹"到达俄克拉荷马腹地，这种后现代的戏拟写作手法最突出的意义就是强化文本与经典之间的关联，制造与经典相似的效果，试图为黑人寻求并获得土地赋予某种合法性。熟谙《圣经》和西方文学的莫里森此处充分地制造了与《圣经》的互文效果，"撒迦利亚"的"神迹"和"指引"为自由的黑人群体建立家园的尝试赋予了充分的神圣感和合法性。此处，作为作者惯常使用的后现代策略之一的命名方式对作品意义的表达具有重要作用。"撒迦利亚"实际上是后文中的"老爷爷"，也即斯图亚特·摩根的爷爷，最早是叫作"科菲"。"科菲"变成"撒迦利亚"、"老爷爷"旨在充分地制造某种神圣感，使其在角色上贴近摩西。科菲在与双胞胎兄弟分道扬镳后，毅然带领同族的黑人西进，进入俄克拉荷马腹地。通过协商并跟随"神迹"寻找地方作为家园的这种方式既不同于政府指定，也不同于"40英亩土地一头骡"式的买卖，它拒绝承认白人政府对新大陆的绝对控制权（政府自然也不会好心到免费给他们土地），而是基于人类都有获得土地滋养的天然权利的逻辑。无视或不依赖现有的政治组织，在"神圣力量"指引下于广袤之处建立自己的家园，这是该群体自我赋权和凸显主体性的政治实践。

尽管是戏拟，但上述做法与作家的深层心理是契合的。莫里森不止一次地谈到黑人对美国的贡献，在《黑人的存在不可忽视》这篇文章中，她试图从美国文学出发谈非洲人、非裔美国人的重要性。她说，"非洲人和非裔美国人在美国的存在影响了这个国家的政体、宪法及其整个文化的发展史，但那些人却不承认这种存在在美国文学的起源和发展中有举足轻重的位置"①。莫里森试图修正长期存在于美国社会意识形态中对非裔美国人及非裔美国文学的边缘化现状，并以写作来践行自己的观念。《天堂》中的"神迹"以及对《圣经》的戏拟实际上正是作家赋予非裔美国人神圣权利的一种突出表征，以此揭示非裔美国人在美洲大陆定居（尽管是被迫移民）与白人的做法具有一致性和合法性。在这一点上，黑人的西进与白人占有印第安人领土有着共同的利益诉求。

"大炉灶"的建造象征着黑文人对该地方权力的宣誓。黑文选址结束后，最重要的一个集体事件就是建造"大炉灶"。最初建造"大炉灶"的原因是，他们这一支黑人妇女"没有一个在白人厨房做过饭，也没有给白人孩子当过奶妈"（114）。因而，建造一个公共"厨房"的主意得到了普遍赞同。小说中揭示了大炉灶的实际功用，即为了处理共同狩猎的大型猎物。这件事情本身具有两点值得注意的地方：

其一，大炉灶作为符号具有突出的象征意义，黑文人通过这个镜像来传递他们对此处主权的宣誓及主体身份的表达。选择建造一个公共器物意味着这个群体对组织形式的需要，也即出于政治的考虑。乔治·巴塔耶（Georges Bataille）曾强调，主权并不关乎帝王或极权主义的统治形式，而是关乎主体性如何通过社会劳动而达到。在《被诅咒的份额》中，巴塔耶借用马克思的经济学理论来谈论主体性这个概念。他从他人、生产和君主对剩余劳动产品的占有层面论述到君主成为主体性的化身。② 我

---

① ［美］托妮·莫里森：《黑人的存在不可忽视》，陈陆鹰、汪立新译，《当代外国文学》1994年第2期。

② ［美］刘禾：《帝国的话语政治》，杨立华译，生活·读书·新知三联书店2014年版，第24页。

们可以用这个明显的移置来看待大炉灶的问题。黑文建立后,人们需要一种方式来表达对该群体对这个地域权力的宣誓,而大炉灶正是人们关于组织形式欲望的一个出口或表征。"老一辈先做了那件事:把他们大部分的力气花在建造硕大的、无瑕的、设想好的炉灶上,那既可以养育他们,又可以彪炳他们的成就。"(7)斯图亚特·摩根对"大炉灶"事件的回忆和判断强化了它本身所昭示的意义。大炉灶的修筑意味着组织的形成和权力的集中,最初作为烹饪工具所在的处所也变成了举行集体活动的地方,全镇的公共事务都在此处处理。大炉灶集中表现了黑文人对这块隔绝之地主权的宣誓,也意味着其主体性身份的表达。随着镇子的发展,到鲁比时期,大炉灶变成了婴儿受洗的场所。这不仅维持了大炉灶最重要的象征意义,还进一步把它神圣化、抽象化,揭示出鲁比对黑文价值的传承。[①]

其二,器物选择的深层动因是黑文人对血统纯净的执着,这与19世纪美国白人的血统论相似,但却不符合历史潮流。这一支黑人妇女没有给白人当过奶妈或者在厨房做过饭,这就意味着她们避免了在黑人女性奴隶中常出现的被强奸的可能,进而保持了血统的纯净。对黑文的男性来说,这是值得自豪的事情,因而修建了炉灶而不是塔或者其他类似建筑。炉灶通常是女性工作场所特有的事物,这多少带有些人类学的色彩。但更值得注意的是,此处是黑人而不是白人在捍卫他们的血统。在19世纪的美国,白人对血统的执着是一个很常见的现象。受人种学影响,他们认为黑人属于低劣人种,尽量与之保持距离以维护血统的纯净。著名的"一滴血"规则就是这种意识形态的突出表征。而黑人作为被防备的对象,黑文的居民居然也像白人一样开始捍卫自己的血统,这为鲁比镇的肤色歧视和修道院杀戮事件埋下了伏笔。为什么会出现这样的现象?下文在分析鲁比的肤色歧视时会谈及这个问题。

黑文是鲁比的前身,其居民保持了群居生活模式,以农业生产为

[①] Shari Evans, "Programmed Space, Themed Space, and the Ethics of Home in Toni Morrison's *Paradise*", *African American Review*, Vol. 46, No. 2–3, 2013.

主，自给自足、内部通婚，很少与外界往来。19世纪的美国是以农业为主的，西部广袤的土地为美国进入工业化进程提供了足够的资源支持。南北战争对农业发展的重大意义在于确立了资产阶级在全国的统治地位，美国由此走向快速资本主义发展道路。尽管如此，在马克斯·韦伯的考察中，他认为在19世纪中期资本主义精神并未广泛到达美国南部地区。[①] 所以，由于社会发展的惯性，西南部大部分地区处于垦荒阶段，并在很大程度上保持了原有的农业发展态势。直到20世纪初，南部农业才逐渐完成资本主义改造，走上正常的发展道路。黑文建址在人迹罕至之地，且这部分黑人在解放前一直从事农业生产并保留了相应的生产生活方式。

因为封闭的缘故，该地保持了一定时间的独立和自治，这种自治的规范主要依据该群体的生活模式和价值观念。在斯图亚特等人的回忆中，黑文人靠打猎、种植农作物维持生活。与之相应的是，他们的自治主要靠道德约束，这样的情况一度延续至鲁比时期。

> 十一年后，塔尔萨被炸毁，老爹、波莱亚和埃尔德参观过的好几座镇子都完蛋了。但奇怪的是，一九三二年的黑文居然繁荣起来了。衰败之势没有触及它：个人存款数额巨大，老爹摩根的银行没有风险（一来是因为白人银行家将他拒之门外，二来是因为股份认购得到了极好的保护），而且各家族共渡难关，确保没有谁缺钱。棉花歉收了吗？种高粱的便会将其收益与种棉花的分享。粮仓烧了吗？伐木工就肯定会趁天黑让木材在某一特定地点"偶然"滚下车，让他们搬走。猪拱了邻居家的庄稼地吗？邻家就会得到大家的资助且一定能拿到猪肉火腿。

这是黑文镇发展到20世纪30年代的局面，镇子不仅没有消亡，

---

① [德] 马克斯·韦伯：《新教伦理与资本主义精神》，康乐、简惠美译，广西师范大学出版社2016年版，第119页。

而且迎来了繁荣。在这段回忆式的叙述中，我们可以看到，叙述者（迪克）将黑文保持繁荣的原因归于该镇居民高度的道德自律。道德自治有效地克服了经济领域出现的各种问题，使整个镇子在一定范围内保持了良好的运行。依靠道德自律实际上是农业社会特有的一种模式，它与农业生产生活方式相匹配，并在一定程度内发挥效用。小说呈现的社会模式被认为与"耶路撒冷早期基督会相似"。[①] 但实际情况是，20 世纪初，尤其是到了二三十年代，美国已步入快速现代化进程，经济迎来全面发展，人们对未来充满信心，整个社会都进入到一种生机勃勃的状态中。在菲茨杰拉德的小说《了不起的盖茨比》中，读者可以感受到这个阶段美国社会的快速发展和人们对于金钱的狂热。与这个大环境相比，黑文的偏安一隅使其免除了国家的干预和管控，几乎成了一个"桃花源"式的存在，在现代化的社会浪潮中保持了特立独行，在一定程度上维系了前现代社会的乌托邦形态。在现代社会，人们渴望回到一种低节奏、人际关系友好互助的社会中，希望借此抵御现代社会中越来越严重的"异化"现象。因而，前现代农业社会的生产生活方式就成为人们渴慕的对象，对它的想象和描述往往带有一抹亮眼的玫瑰色。

然而，高度的道德自律也无法挽救弥漫于全球的经济危机，黑文无可避免地卷入现代化进程。1929 年的欧洲经济危机波及了大洋彼岸，使得在现代化进程中一路高歌猛进的美国也受到了影响。加之自然灾害，黑文几乎遭到了毁灭性的打击。"从俄克拉荷马领地上的一座梦幻之城黑文变成了俄克拉荷马州的一座鬼蜮之城黑文；在一八八九年挺身而立的自由人到一九三四年就跪到了地上，到一九四八年干脆在地上爬了。一九零五年时的一千居民到一九三四年变成了五百，然后变成了两百，后来随着棉花价格暴跌和铁路公司到处铺轨，又减到八十人。"(5) 从这段表述中我们可以看到，黑文的瓦解并不是其自身原因造成的，从根本上

---

① Johnny R. Griffith, "In the End is the Beginning: Toni Morrison's Post-Modern, Post-Ethical Vision of *Paradise*", *Christianity and Literature*, Vol. 60, No. 4, 2011.

是由于现代化进程的长驱直入，铁轨的四处铺设和棉花价格的全国性波动依旧严重冲击了黑人封闭和独立的局面。

二 鲁比：现代化进程中的黑人城镇

在黑文几乎瓦解时，几大家族做出了迁徙的决定。他们把镇子迁往黑文镇西南两百四十英里的地方，远离很久以前被政府称作"未分配的土地"的古老"小溪部落"。早期的拓荒者们往往在地力耗竭后再寻找新的土地耕种，与之不同，黑文的瓦解完全是现代化进程冲击的缘故，棉花价格一跌再跌，黑文的农业生产受到重创。因此，一部分黑人北上进入城市，成为移民潮的一部分，他们为美国的工业化和现代化进程做出了突出贡献；另一部分黑人则继续留在南方，选择迁往俄克拉荷马州更深入的西部地界。

迁移发生在二战后，几大家族的男性大部分从二战战场幸存归来。对黑文的男性来说，战争经验实际上是其走出黑文并经历现代化的一个过程，正如《家》中的弗兰克一样，外出的过程使得他们获得了现代化的视野，能够以新的眼光看待和评判自己的家乡和外部世界。他们认为黑文的自由、高度道德自治确保了镇子的良性发展，因而要执意将黑文的一切都延续下去。"他记得把大炉灶上的铁边重新胶合入位的仪式，那上面锈蚀的字母被打磨得锃亮，人人都看得一清二楚。他本人也协助过清除积了六十二年的煤烟和油泥，让那些字句和一八九〇年崭新时一样闪闪发光。"（6）以摩根兄弟为核心的男性成员们选择再次西进至荒无人烟的地方，对大炉灶的慎重而仔细的搬迁体现了他们对传统的重视和承袭。

描绘鲁比时，作家采用了限制视角展现了作为镇子权力核心的斯图亚特·摩根眼中的家园。

他的镇子独特又闭塞，无可非议地自得其乐，那里既没有也不需要监狱。他的镇子就没有出过罪犯。偶尔有一两个人行为不轨，有辱于他们的家庭或者威胁到镇上的观念,都得到了良好的关照。那里当然绝没有懒散邋遢的女人,他认为原因是一清二楚的。从一开始,镇上的人们就是自由自在和受到保护的。一个难以成眠的女人总可以从床上起来,在肩上围上披肩,坐在月光下的台阶上。如果她愿意,还可以走出院子,在街上溜达。没有路灯,但也没有恐惧。①

这是斯图亚特在修道院实施杀戮时的一段内心独白。相比于修道院的阴暗和变态,自己所在的鲁比俨然一幅前现代乌托邦图景。监狱是现代国家权力的工具,用以"规训"人们的行为。"没有监狱"和"不需要监狱"的观念,表明了现代政治组织还未进入此处,人们对争端和纠纷的处理主要靠伦理手段,是一种典型的前现代的生活模式。作为一个黑人城镇,摩根强调了他们所享有的自由,以及生活的闲适。没有犯罪,没有劳碌,也没有斗争,在摩根看来,这几乎是一个完美的地域。但如果将这段独白与之发生的背景联系起来就会发现问题:斯图亚特一再强调镇子的安全、自由,但眼下却在杀戮修道院的女性,她们被认为是造成镇子种种"怪事"(阿涅特不肯下床,米努斯宿醉,比利·狄利亚失踪,斯维蒂不停地笑,等等。诸如"一位母亲被她冷漠的女儿推下了楼梯。一个家生下了四个受伤害的孩子。女儿们拒绝下床。新娘子们在度蜜月时消失了。兄弟俩在元旦那天互相开了枪。到丹比买VD的路上打枪成了常事(12)"。)发生的原因。这也就是说,镇子本身已经出现了问题,斯图亚特和"五大家族"的男性成员们正试图消除这些影响。所以上述引文呈现的鲁比并不是毫无问题的,种种迹象表明这种带有玫瑰色的镇子掺杂了斯图亚特的想象。

鲁比作为传统父权和男权统治的政治空间出现了深刻的社会矛盾。现代化和全球化进程敲开了地方封闭的大门,尽管鲁比地处俄克拉荷马

---

① [美]托妮·莫里森:《天堂》,胡允桓译,南海出版公司2013年版,第8—9页。

州腹地，但意外的天然气资源使鲁比的生产形态发生了根本的变化。在黑文时期，镇子的居民主要靠农业生产，而到了鲁比时期，人们主要依靠出卖开采天然气权，生活十分富庶。"与黑文初创时不同的是，鲁比在兴建时，打猎属娱乐。"（119）鲁比镇延续了黑文的管理模式，以集体协商来行使镇子的权力。以摩根、布莱克霍斯等家族为核心的第二代行政集团努力维护和发扬黑文所开创的传统，刻意与外界保持距离，以保持其独立性。西迁时，他们非常仔细、慎重地将大炉灶搬至新地并妥当安置，以延续它曾经发挥的凝聚作用。伴随着整个社会的现代化进程，镇子原来封闭的状况逐渐被打破，原有的道德自治沦为形式。斯图亚特在回忆过往时，他认为他们祖父拥有的黑文银行的垮台主要原因之一就是联谊会占了银行的一层并在那里举行，联谊会"分散了注意力"（101）。黑文银行最初是一个互助性的组织，目的是帮助各家渡过困难。而在鲁比时期，银行的性质发生了变化，主要是以营利为目的。杰夫的妻子斯维蒂在一个清晨步行走向镇外，其时斯图亚特因为要按时开门却对斯维蒂的异常举动视而不见。诸多事件都展示出鲁比镇第二代人的利益原则，小镇以往的伦理观念几乎消失殆尽。格里夫斯的研究表明了祖辈与鲁比现任执政者的差异，"尽管父权制对先祖们的尊敬令人敬仰，但他们却不明白，先祖们建立的短暂的'天堂'成为可能的原因是他们愿意活在上帝的时代，并且愿意避开尘世经济而偏爱上帝王国的事物"。"因为族长们顽固地坚持遵守他们自己的人为规则而不是培养一个同情规则的社区。"[1]

在现代化进程中，鲁比出现了两个突出问题：其一是由血统导致的肤色政治；其二是以代际矛盾为表征的民族与国家认同问题。随着镇子的开放，不同族群之间的通婚使原有的血统出现变化。创建小镇的九家深黑色家族在镇上具有核心地位，罗杰、帕特等浅肤色黑人在小镇则被边缘化。尽管这种歧视并未公开，但小镇的居民对此心照不宣，并以镇

---

[1] Johnny R. Griffith, "In the End is the Beginning: Toni Morrison's Post-Modern, Post-Ethical Vision of *Paradise*", *Christianity and Literature*, Vol. 60, No. 4, 2011.

子的布局、肤色、职业等作为表征。

  不过，这九个完整家庭的姓氏后面，她都记下了自己挑选的小记号：8-R。这是煤矿最深层八层石头的简略名称。这些黑人肤色蓝黑，身材高大而优雅，他们清澈的眼睛毫不流露对那些不像他们这些八层石头的人的真正看法。就是那些曾经住在路易斯安那的人的后裔，那块土地开始属于法国，后来属于西班牙，后来又属于法国……这一次他们总算彻底清醒了：他们十代以来始终相信，他们力求弥合的分界线处于自由和奴隶之间，富裕和贫穷之间。通常，但并非总是：白人与黑人。如今他们总算看到了一个新的区分：浅肤色和黑肤色。哦，他们原先就知道，在白人的头脑里有一种区分，但他们以前从未想到，这个会在黑人中间产生后果，严重的后果。严重到他们的女儿在当新娘时会被别人回避，他们的儿子成了挑剩下的，有色人种被人看见与他们的姐妹交往会感到尴尬。他们视为理所当然的种族纯净的标志反倒成了污点。[①]

  这是鲁比镇女教师帕特丽莎的一段叙述。小说以九个女性为核心人物架构了小说的外部结构，帕特丽莎是第七个人物。她是罗杰·贝斯特（因为娶了一个南方浅肤色的穷人姑娘而成为第一个破坏镇子血统原则的男性）的女儿，嫁给了一个八层石头比利·卡托，生了女儿比利·狄利亚（继承了母亲的浅肤色）。嫁给比利使得帕特非常开心，因为比利有卡托家和布莱克霍斯家黑夜一般的皮肤。帕特先是由于母亲的缘故成为镇上的少数，再因比利而成为大多数，进而获得某种安全感。帕特的女儿由于继承了母亲的浅肤色，进而失去了安全屏障。狄利亚三岁时，因急于骑马而当街脱掉参加教堂活动时穿的过紧的衬裤，她因此饱受讥讽。这个女孩的"放荡"从此被作为镇子上道德的对立面而存在。

[①] ［美］托妮·莫里森：《天堂》，胡允桓译，南海出版公司2013年版，第225—227页。

帕特深知，如果狄利亚是一个八层石头，大家只会认为骑马事件只是个童趣而不具有其他意义。狄利亚的遭遇清楚地展示了鲁比镇的肤色政治。

帕特追溯和制作家谱的过程实际上揭露了镇子某些不为人知或被有意遗忘的历史，尤其是暗流涌动的肤色歧视。帕特的角色非常特殊，作为第一代血统发生变化的后代，她获得了一个完全不同于原来神圣家族的视角，通过制作家谱，她获得了更为客观和多元的历史。在此期间，帕特与镇子上不同年龄、性别的人进行交流，参照遗留下来的不甚明晰的记录勾勒出整个镇子的历史。在 K.D 和阿涅特的婚礼上演出的儿童剧是镇子历史的一个缩影。儿童剧取材于鲁比的迁徙历史，由七个孩子扮演七大家族的人。帕特意外地发现最初的九大家族变成了七个神圣家族，这也就意味着，有两大家族的血统无以为继。虽然是儿童剧，但选孩子的人是镇子上最老的人，在帕特看来，这是对镇子血统改变的反应，改变血统的人被从神圣家族去掉了。这种巧合符合了帕特对镇子历史的认知，深刻揭示出血统与权力之间的关系。作品通过多重历史叙事、交叉历史叙事及历史叙事神话化，小说展示了全黑人小镇主流居民构建漆黑黑人的神圣纯黑性以及与之相对的浅色人的卑贱混血性的过程，揭示出以漆黑黑人/浅色黑人二元对立为主要内容的种族"空间表征"及其构想性、话语性和意识形态的本质。[1]

鲁比镇上的肤色政治实际上是该群体受到黑人内部分裂和歧视（主要是黑白混血的有色人种）的应对行为。在白人的法律和意识中，黑白混血也是属于黑人之列，但是在非白人群体里，有色人种往往因为有白人血统而被认为更聪明。南北战争前，有色人种大多是自由黑人，其就业和受教育程度均高于黑人。"1863 年《解放黑奴宣言》颁布前，已有 50 多万黑人早就是自由人了。这些'自由的有色人'有他们的历史、文化和一套价值标准，这使其子孙后代直到 20 世纪都有别于其他

---

[1] 赵莉华：《莫里森〈天堂〉中的肤色政治》，《外国文学评论》2012 年第 4 期。

黑人。"① 美国著名的黑人领袖杜波伊斯、马歇尔·瑟古德都属于这个行列。在《天堂》文本中，撒迦利亚看到了黑人群体之间的分裂，即纯种黑人和黑白混血之间出现了深刻的矛盾，前者被后者歧视，致使撒迦利亚开始考虑血统问题。因为偏安一隅，所以这个黑人群体得以保持血统的纯净，但是随着封闭局面被打破，人口的流动与融合成为必然趋势。罗杰·贝斯特成功地把其他血统的妻子带入镇子，而米努斯因婚姻（未婚妻是浅肤色人）遭到镇子上人的阻挠而酿成个人悲剧。所以，镇子上的人始终掌握着血统的"魔咒"并将其与权力交织在一起，从而形成了肤色歧视和排挤的现状。从根本上说，这是该群体恐惧心理的表现，他们以这种极端的方式应对同族群内部的分裂。看似与白人歧视的方式相似，实际上是一种自我防卫的表现。

文本中的民族认同和国家认同问题是以突出的代际之争表现出来的。上文中曾提到，大炉灶在黑文乃至鲁比都是至高无上的、具有神圣性的权力符号，但时至第三代，也即20世纪70年代，包括K.D、阿涅特、狄利亚等年轻人并不把它作为神圣和权威之物，而是把它当作涂鸦、饭后遛弯之所。第一代人镌刻于大炉灶的文字，被作了颠覆性的解释，权威遭到质疑。他们不再迷信来自祖辈的训诫，而是要冲破这种封闭和逃避的局面，以一种新的方式来应对他们在美国的位置。20世纪50年代的布朗教育案和蒙哥马利巴士案的成功使第二次世界大战以来的民权运动趋向一个高峰，联邦法院的判决逐步清除了长期盘踞于美国公共领域内的种族隔离制度，到1964年《民权法》的通过，非裔美国人在政治、公共领域长期受到的歧视状况开始改变。然而，到60年代中期，经济问题开始凸显出来，非裔美国人在各方面所遭受的不公正待遇将民权运动引向另一个方向。马丁·路德·金提出需要进行"价值观上的革命"，从根本上解决非裔美国人遭受歧视的问题。马尔科姆·埃克斯也强调他们与非洲的关系。60年代后期兴起的"黑权运动"开

---

① [美]托马斯·索威尔：《美国种族简史》，沈宗美译，中信出版社2011年版，第103页。

第二章　回忆南方：历史记忆与政治理想　／　113

始强调"黑既是美"的价值导向，强调民族自尊和自豪感，以及由此带来的对白人价值规范的质疑和拒绝。

鲁比的年轻人通过留非洲的发式、穿着非洲的服装，刻意营造与非洲的关联，这背后是对民族历史、文化的认同，以此来应对美国社会严重的种族歧视，强化他们的民族自豪感。民族是一种"想象的政治共同体"①，是一个有限的、享有主权的共同体。C. 埃里克·林肯曾经断言："美国黑人的'民族主义'是不得已而产生的，促使他形成的因素是一种要求脱离出去以保存其某些文化价值的愿望。毋宁说，这是对外来敌对势力的防御性反应，因为这种敌对势力威胁着他们的创造力和生存。这种团结源于要逃避而不是要保存种族现状的愿望。"②鲁比人对血统的执着与上述论断如出一辙。

但是，他们的美国身份怎么办？国家是一个政治概念，它强调的是主权与边界，国家认同是一种政治认同，是公民和这个共同体之间的相互认同关系。对非裔美国人来说，他们的政治身份是美国人，但与白人公民的不同待遇导致了杜·波伊斯所说的"双重意识"，一方面既是美国人，但又不同于白种美国人。理查德·赖特的《土生子》同样揭示出这个问题，一方面是美国人，另一方面又被"内部殖民"③着。"法官阁下，让我进一步揭示别格·托马斯生活的意义。……我们投入了而且还在投入我们的整个身心。可我们却对他们说：'这是个白人的国家！'他们直到现在还在寻找一块国土，在那国土上工作也可以激发他们内心最深和最好的一切。"④"他是美国公民，又不是。美国是他的国

---

① ［英］本尼迪克特·安德森：《想象的共同体》，吴叡人译，上海人民出版社 2005 年版，第 5 页。
② ［美］C. 埃里克·林肯：《美国的黑人穆斯林》，转引自［美］乔安妮·格兰特《美国黑人斗争史》，郭瀛、伍江等译，中国社会科学出版社 1987 年版，第 9 页。
③ "内部殖民"是区别于国家间的殖民的，是少数族裔研究中的新模式。伯纳德·贝尔（Bernard Bell）指出，"内部殖民"这个术语用来描述这样一种特别的情形："在国内或内部殖民地中，欧洲白人、英国殖民者以及他们的后裔对本土原住民、墨西哥人、从非洲贩卖来的奴隶以及他们的后代进行控制和支配。"参见张京媛《后殖民理论与文化批评》，北京大学出版社 1999 年版，第 7 页。
④ ［美］理查德·赖特：《土生子》，施咸荣译，上海译文出版社 1983 年版，第 416 页。

家,又不完全是。在美国黑人心中,毋须寻索,不乏爱国主义,然而他又处于很大一部分的美国生活之外,从其中被排斥了出来。我所说的是广大的黑人群众,而非知识界中的上层人物或那个正在奋力向上的中层阶级。在南方从事于当今民权运动和在北方居住在黑人区的广大群众,与美国生活主流以及与黑人上层人物,都显然是格格不入的。"① 从这个层面上来看,《天堂》中格蕾丝爷爷关于鲁比是"国中国"的说法就不仅仅是停留在地理学和物质层面了,而是对非裔美国人两难困境境遇的某种表达。

在 K. D 婚礼的儿童剧演出期间,神父米斯纳和帕特就非洲的问题进行了论争。莫里森模拟了《包法利夫人》中农业展览会的著名场景,叙事在展示神圣家族历史的儿童剧上演期间同时穿插进了米斯纳和帕特关于"老家"问题的讨论。非洲在当代扮演了什么角色?对非裔美国人来说,它意味着什么?米斯纳与第三代鲁比人一样,在历史中寻找民族遗留下的痕迹。他们把这种追寻定位到具体的地理坐标——非洲,试图在这样的逻辑下获得自己民族存在的合法性。正如米斯纳所说的:"我指的是一个真正的地面上的家。不是你买下和坚持的堡垒,把人锁在里面或者外面……不是你从当地的人手里偷取的某个地方,而是你自己的家,如果你回到那儿,就会经过你的曾曾祖父母,经过整个西方历史,经过系统知识的起点,经过金字塔和毒弓。"(250)米斯纳的设想实际上是要回到西方文明世界以前,从根本上消除黑人被奴役的现状和心理,进而获得解放。

与第三代人和掌握镇子权力的男性不同,帕特、索恩等第二代女性有自己的立场,她们认可自己的美国人身份而不过分强调民族身份。在帕特看来,非洲并不是米斯纳口中的"老家",而是外国;对索恩来说,她非常不理解年轻人讲起非洲就如同他们是邻居一样,她对非洲的经验只是来自曾经向非洲捐助过物品和钱财的经历。在这背后,是对美

---

① [美]乔安妮·格兰特:《美国黑人斗争史》,郭瀛、伍江等译,中国社会科学出版社 1987 年版,第 3 页。

国奴隶制的承认、是对过往历史的肯定以及她们对美国身份的认同。对美国的认同并不必然否定其自身与非洲相关的历史和文化。对绝大多数非裔美国人来说，跟非洲相关的种种努力从根本上讲是要自我赋权，并不是彻底摒弃美国身份。

尽管如有些学者声称，鲁比是现代乌托邦形式[1]，且以对乌托邦概念做出相对宽泛界定的露丝·列维塔斯的"有更好生存方式的意愿"[2]的观点为依据来评判，鲁比的乌托邦性也值得质疑。鲁比镇的第二代男性对镇子是否保有传统非常重视并不惜代价维护，小说开篇的修道院杀戮案就是他们对小镇道德遭到破坏做出的反应。小镇的女性及第三代居民对此并不感兴趣，对边界的完整性和封闭也不痴迷。米斯纳对鲁比将陌生人拒之门外的"天堂"表现出了担忧，认为它自身已经开始腐败；狄利亚也认识到，鲁比通过排他和杀害来维护自身的完满本身就是一种趋于失控的状态。也就是说，在这个群体内部，已经有人看到自黑文以来的社会神话趋于瓦解和当权者徒劳的掩盖。对于镇子的父权制和血统歧视，有评论以"美国例外论"来解释，认为小镇所奉行的价值观和伦理体系与美国的外交政策是一脉相承的。[3] 莫里森说："在《天堂》中，我设计一个纯种族社区——只有此时'陌生人'才是每一个白人或者'混血'人。"[4] 显然，作者是以非裔美国人被歧视的历史经验作为材料，将由白人主导的政治空间的主体置换为肤色深浅不一的黑人，一方面揭示了美国种族歧视产生的新问题（种族内部分化和歧视），另一方面亦可以理解为莫氏构造了一个充满反讽意味的政治寓言。

三 女修道院：种族融合的政治样板

《天堂》开篇就写到了鲁比男性对女修道院的杀戮，尤其是对白人女

---

[1] Mark A. Tabone, "Rethinking *Paradise*: Toni Morrison and Utopia at the Millennium", *African American Review*, Vol. 49, No. 2, 2016.
[2] Ruth Levitas, *The Concept of Utopia*, London: Philip Allan, 1990, p. 191.
[3] 荆兴梅、虞建华：《〈天堂〉的历史编码和政治隐喻》，《外国文学研究》2013 年第 5 期。
[4] Toni Morrison, *The Origin of Others*, Cambridge: Harvard University Press, 2017, p. 31.

性玛维斯的射杀更是触动了美国种族矛盾的神经。小说与发生于1692年到1693年的美国马萨诸塞州萨勒姆巫术案有诸多相似之处。在该案中，多名女性被指实行巫术，20人被处死，此后不久殖民政府宣布该案为冤假错案。多位艺术家对该事件进行了重写。剧作家阿瑟·米勒写了剧本《坩埚》，艾利·威瑟尔写了《巫蛊案之铭》。莫里森在《天堂》中把该事件中的核心人物进行了置换，将杀戮者变成了在现代化进程中意欲维护传统的黑人男性，而被屠戮者则是一群情感受伤的多种族女性群体。对这个案件的重写，一方面借用了该冤假错案的表层意义，突出了修道院女性群体的"替罪羊"角色；另一方面展现了作家对现代化变革中的种族、伦理和政治关系的思考以及对未来社会的某种探索。

南部重建时期，移民管理局做的最有价值的事情就是发动了新英格兰的女教师向南部进军，大约有十万名女性教师先后被派往南方教书。《天堂》中的修道院实际是一所基督学校，六名白人修女被派往此处教书，目的是"把上帝和英语灌输给被认为两方面都缺失的本地土著；改变他们的饮食、服装和头脑；促使他们蔑视曾经使他们活得有价值的一切，并为他们提供了唯一的上帝从而有机会赎罪的优先条件"（265）。修道院距离鲁比十七英里，由一个富商的旧宅改造而成，主要招收印第安女孩。玛丽·玛格纳修女，也即康瑟蕾塔的白人"母亲"，为修道院付出了毕生心血并最终死于修道院。

修道院为不同肤色的女性提供了庇护所，成为一个开放、包容的种族空间。"第一个来的玛维斯是在母亲长期卧床期间抵达的；第二个在她刚死之后。然后又来了两个。这两个都请求逗留几天，但实际上再也没走……她们总会回来再待下去，在一所连税收员都不想来的房子里，与一个爱恋墓地的女人一起像耗子似的生活着。康瑟蕾塔透过她各式各样古铜色、灰色或蓝色的墨镜看着她们，看到的是些心碎的姑娘、受惊吓的姑娘、孱弱的姑娘和撒谎的姑娘。"（259）康瑟蕾塔是一位棕肤色的妇女，她的"母亲"是白人修女玛丽·玛格纳，玛维斯是一位不慎使婴儿窒息夭折的被通缉的白人嫌疑犯；格蕾丝出生于充满暴力倾向的家庭，后无人监护流浪至修道院；西尼卡被人领养又遭到遗弃，帕拉斯则经历了男友与母亲的乱伦的背叛。同时造访修道院的还有来自鲁比的索恩、阿涅特和斯维蒂、狄利亚等人。这些肤色各异、来自不同地方的女性无一例外地遭到了来自家庭、男性和社会的伤害，修道院为所有的人提供了一个疗伤的庇护所。

康瑟蕾塔是修道院的灵魂人物，她的基督般的爱使这些女性走出伤痛。康瑟蕾塔（Conselator）的名字具有"安慰者"之意，"是一个同时脚踏现实和超越两界的更加成熟的精神向导"①。"这位亲切平和的老女士似乎对她们每一个都最爱；从来不指责，有什么都与她们分享，却不大需要照顾；不要求感情投入；倾听；从不锁门，不管是谁都肯接纳。这位理想的长辈、朋友、同伴，有她在她们就平安，她在说些什么呢？这个完美的房东，不收房钱却欢迎任何人。"（308）康妮的形象并不是从一开始就具有抽象特性的人物。她最早被白人修女收留并培养，后来与迪克·摩根有过一段短暂的恋情，直到白人修女死后，康妮似乎从具体的现实生活中逸出，形象逐渐抽象化，具有了女性基督的特征。

> 开始时最重要的事情是模框。她们先刮擦地下室的地面，直到那些石板干净得和海边的石头一样。然后她们用蜡烛把那块地方圈起来。康瑟蕾塔让她们把衣服脱光，躺下去。在喜人的烛光中，在康瑟蕾塔柔和的眼光下，他们照她说的做了。……每个人找好位置后，都能够忍受冰冷、不容情的地面。康瑟蕾塔围绕着她们走，勾勒出躯体的轮廓。轮廓画好之后，她又要大家都在原地保持原来的姿态。不说话。在烛光中赤裸着。
>
> 她们极度苦恼地蠕动着，但谁也不肯走出她们选择的轮廓。有好多次她们都觉得再也无法容忍下一秒了，但没人愿意在那暗淡眼

---

① Melanie R. Anderson, "'What Would Be on the Other Side?': Spectrality and Spirit Work in Toni Morrison's *Paradise*", *African American Review*, Vol. 42, No. 2, 2008.

睛的注视下第一个认输。康瑟蕾塔首先开口了。

……

在喧嚣的梦中,独白与尖叫毫无二致;指向死者和早已离去的人的谴责被喃喃的爱取代。于是她们都累巴巴、气哼哼地起身到各自的床上去了,发誓再也不屈从于这套把戏,但心中却深知她们还会的。事实上她们就是照做了。①

与康妮女性基督角色相符合的是,修道院地下室被塑造为一个女性的子宫,所有受伤的女性在康妮的引导下获得精神重生。《天堂》以一个场景为特色,将子宫重新想象成一个形象化的内部空间,以促进个人和社区的愈合,莫里森利用并颠覆了哥特式的比喻来探索寻求受到父权结构影响的、被他者化的治愈方式。② 在父权制统治下的鲁比,男性为了维护社区不受侵害,采取了极端的暴力手段——射杀修道院所有女性。与之形成对比的是,修道院收容了所有因受伤而求助的女人,包括来自鲁比的女性。当阿涅特因婚前意外怀孕而 K.D 又不愿对此负责时,修道院的女性一致接纳并照顾她的起居,还为孩子的出生做好了一切准备。康妮在白人母亲去世前就无法直面阳光,必须靠墨镜来抵御阳光,修女去世后康妮越发不能忍受阳光,只能生活在地下室这类地方。与鲁比的老年女性娄恩相似,康妮获得了在黑暗中看东西的能力。康妮对寄居在修道院的女性进行了近似弗洛伊德精神分析般的治疗③,她们到达地下室并裸体卧于地面,开始聆听康妮的讲述并以梦境的方式呈现了自己内心深处的诉求。玛维斯因为失误致使婴儿窒息的懊悔始终纠缠着她,她尽力做好母亲但却完全不被家人理解。仪式过后,格蕾丝在位于地面的自己的轮廓上画上了一个心形小盒,那是她父亲送给她并被扔掉

---

① [美]托妮·莫里森:《天堂》,胡允桓译,南海出版公司2013年版,第309—311页。
② Waller-Peterson, M. Belinda, "The Convent as Coven: Gothic Implications of Women-Centered Illness and Healing Narratives in Toni Morrison's *Paradise*", in Sharon Rose Yang and Kathleen Healey, *Gothic Landscapes*, Cham: Palgrave Macmillan, 2016, p.147.
③ 朱小琳:《回归与超越》,中国社会科学出版社2010年版,第188页。

的一件礼物，帕拉斯则在自己轮廓的肚皮上加了个婴儿……所有隐秘的、懊悔的、渴望的情绪都得以释放。"她们看上去多么平静啊。而康妮，腰板那么笔直，样子那么潇洒。"（312）通过自身的混杂性、第二视觉和超自然的力量，以及她与灵魂的密切沟通，康瑟蕾塔的阈限身份变得清晰。她的生活空间修道院成为一个灵异空间。在那里，妇女可以治愈她们的灵魂，改变她们无力的社会状况并获得成长，可以单独地或者作为一个群体来处理她们的个人恩怨，修道院最后过渡成一个超越了生死和真幻的极限空间。① 在这个充满了魔幻色彩的空间中，一个远离了正常修道院运行方式的个性化空间越发接近"救赎"的本质，在看似叛逆的行为模式中注入了种族融合、女性解放等时代内容。从这个层面上说，修道院是一个开放的、变革性空间。②

在叙述视角的转换中，读者可以看到对修道院的两种不同的表述。一种是修道院的"自在"之态，另一种则是其"变态"之貌。在小说开篇的杀戮中，叙述者跟随镇上男人的目光，暴露出他们对修道院的判断。"令人作呕的性，欺诈，偷偷摸摸地折磨孩子？"（8）"他朝外望去，看到一只老母鸡，他揣测它那肿胀带淤血的鸡屁股准是下过变异的蛋——双黄的、三黄的特大畸形蛋。"（5）"母鸡"、"肿胀的鸡屁股"、"畸形蛋"等系列意象准确地表达了鲁比男人对修道院女人的看法，投射出他们的某种恐惧心理。实际上，这种恐惧正来自鲁比传统的崩塌，他们认为修道院女人"邪恶的"、"令人作呕的性"等异常行为造成了镇子上各种"怪事"的发生，修道院沦为"替罪羊"。修道院的"自在"状态为他们种种指向性想象提供了依据。这种想象是最终导致修道院杀戮的根本原因。在全知视角的叙述中，修道院收容了包括白人、深黑色人、棕色人等不同肤色的女性，她们很少与外界往来，生活基本

---

① Melanie R. Anderson，"'What Would Be on the Other Side?'：Spectrality and Spirit Work in Toni Morrison's *Paradise*"，*African American Review*，Vol. 42，No. 2，2008.
② Melanie R. Anderson，"'What Would Be on the Other Side?'：Spectrality and Spirit Work in Toni Morrison's *Paradise*"，*African American Review*，Vol. 42，No. 2，2008.

自足。社会上的行为准则和观念在此处近乎无效,她们能够完全按照心意生活。

哲学家拉尔夫·爱默生在1845年的一篇论文中,把美国比喻为"冶炼金属的熔炉,万国生灵的避难所"①。实际上,以英裔移民为主的白人完全以一种高人一等的姿态对待其他移民及美国本土的印第安居民。1882年的排华法案、1903年国会颁布的《排斥无政府主义者法案》、1907年的《流放法》和1912年的《文化测试法》,这些白人政府推行的严厉的移民政策极大地限制了移民的自由流动,尤其是1924年的《民族来源限额法》更是关上了美国自由移民的大门。以色列·赞格威尔1909年创作的剧作《大熔炉》在纽约百老汇公演,作品指出了美国的熔炉特征,"美国是上帝的坩埚,在这个伟大的熔炉里,所有来自欧洲的民族正在融合、形成。……这是来自上帝的火焰……所有德国人、法国人、爱尔兰人、英国人、犹太人、俄国人,连同你一起进入这个坩埚,上帝正在铸造美国人"②。

在《天堂》中,修道院被塑造成一个充满变革力量的空间,它挑战了鲁比的父权制和霸权思想,是一个类似"熔炉"的、包容了差异和多样性的典范空间。就美国的移民历史和种族歧视来说,这个空间是非常具有现实意义的,它在某种程度上代表了作家的政治理想。在该书的序言中,莫里森谈到包括弥尔顿(Milton)、但丁(Dante)在内的作家创造的西方经典中,"天堂"缺少女人,同时"在《天堂》的写作中,最令我兴奋的是努力打破种族话语的假设"③。显然,这个面向未来的女性乌托邦传递出作家对于种族、性别平等的理想,是一个种族融合的多元化的政治样板,也是一个名副其实的"天堂"。

---

① Milton Gorden, *Assimilation in American Life: The Role of Race, Religion and National Origins*, New York: Oxford University Press, 1964, p. 117.
② Teresa O'Neill, *Immigration: Opposing Viewpoints*, San Diego: Greenhaven Press, 1992, p. 46.
③ Toni Morrison, *Paradise*, New York: Vintage Books, 2014, p. 15.

小　结

有评论称:"莫里森将我们现代的债务概念重新定义为文化损失和遗忘的问题,她是本着这种精神写作《宠儿》的。"[1] 债务概念最早并不是被用于文化研究,而是实实在在的经济问题。有一些学者认为,美国现代化进程中黑人做出了巨大贡献而未得到应有的报酬,美国政府应该偿还这一部分债务。[2] 与之相应,奴隶制造成的精神损失如何处理? 更重要的是,存留于文献、档案、纪念馆、文学中的奴隶制总是处于历史话语中,它们展现了怎样的历史? 对于奴隶制,美国官方一直是一种缓和的、避重就轻的态度。美国奴隶博物馆通过奴隶手工艺品而不是铁链或约束装置来代表奴隶制。[3] 这种话语从根本上削弱了奴隶制的残酷,以至于把这段历史美化至无足轻重的境地,就像《汤姆叔叔的小屋》所呈现的历史场景一样。

如何展现寻找官方话语之外的另一种"真实"? 这就需要重访记忆,重现历史。《宠儿》以美国历史上著名的"加纳案"为素材,通过一个奴隶母亲的经历展现奴隶制的残酷以及它对黑人的戕害。作品通过保罗·D、塞丝等人的回忆还原了位于肯塔基"甜蜜之家"种植园的生活,奴隶们遭到了残忍的迫害。为了使自己的孩子免于被奴役的命运,成功出逃的塞丝在"学校老师"和猎奴者的追捕下亲手杀死了自己的女儿;游荡于一百二十四号的鬼魂将奴隶制的记忆与当下的生活联系在一起,使过去得以延续。贝比·萨格斯的"林间空地"仪式被赋予了

---

[1] Richard Perez, "The Debt of Memory: Reparations, Imagination, and History in Toni Morrison's *Beloved*", *Women's Studies Quarterly*, Vol. 42, No. 1 - 2, 2014.

[2] Gunnar Myrdal 是瑞典经济学家,曾获诺贝尔奖提名,著有 *An American Dilemma: The Negro Problem and Modern Democracy*。在这本书中,他提出了可以通过可管理的长期分期付款给前奴隶。

[3] Robert L. Broad, "Giving Blood to the Scraps: Haints, History, and Hosea in *Beloved*", *African American Review*, Vol. 28, No. 2, 1994.

特殊的意义，它对抚平黑人的创伤记忆起到了一定作用。莫里森指出："对于20世纪的非裔美国社区来说，抹去南方记忆的孤立的个人主义会毁掉人的精神与道德身份。"① 人们只有直面过往的创伤经验，恢复并重建历史记忆，才能把过去变更为一种可理解的现在。《宠儿》中的记忆书写更新了美国这段历史中作为实践主体的黑人经验，形象地提供了认识这段历史的"非官方"叙述。

　　南北战争后，获得解放的黑人奴隶何去何从成了一个突出的历史问题。对他们来说，到底哪里才是家园，是非洲还是美国？在建立家园的过程中，有哪些突出的问题？莫里森在1998年出版的小说《天堂》中回顾了这一段历史并呈现出作者对以上问题的思考。位于密西西比三角洲的一支蓝黑血统的黑人解放后意欲建立家园，经历了被白人、印第安人排挤后的他们选择西进，最终在俄克拉荷马州腹地一处人迹罕至的地方建立了黑文镇。自给自足的黑文镇后来因自然灾害被迫迁往更西的地方。新建立的鲁比镇恰好位于气田区，当地人因为出售开采权而富足。因袭自黑文的传统也因现代化进程遭到破坏，建立在肤色和父权基础上的权力核心将鲁比传统的瓦解归咎于附近女修道院的道德败坏。女修道院收容了来自各地的、不同肤色的无家可归的女性，她们自由反叛的行为引起了鲁比镇男性的不满，最终导致了劫杀惨案。实际上，修道院是一个包容了差异的、多元化的具有变革力量的空间，它挑战了鲁比的父权制和霸权思想。就美国的移民历史和种族歧视来说，这个空间是非常具有现实意义的，它在某种程度上传递了作家对理想家园问题的思考。

　　戴维斯认为，虽然"莫里森承认历史总是虚构的，总是表征的，然而她也致力于记录非裔美国人的历史并以此来疗救当代读者的……应该认识到莫里森的作品对后现代历史辩论贡献了一种新鲜的声音，一种挑

---

① Catherine Carr Lee, "The South in Toni Morrison's *Song of Solomo*n: Initiation, Healing, and Home", *Studies in the Literary Imagination*, Vol. 31, No. 2, 1998.

战后现代理论中许多中心主义与精英主义的声音"[1]。在"历史三部曲"这十二年创作经历中，《宠儿》和《天堂》都呈现出了与白人文学叙事不同的黑人历史。她的这种关注始终围绕后现代奴隶叙事所提出的两个中心问题：谁在述说过去的故事？这些故事如何决定我们当代美国人理解过去的方式？莫里森通过回忆来完成她的文学叙事。"回忆的进行从根本上来说是重构性的；它总是从当下出发，这也就不可避免地导致了被回忆起的东西在它被召回的那一刻会发生移位、变形、扭曲、重新评价和更新。"[2] 显然，回忆是重新处理奴隶制遗产和南部重建的重要手段，通过记忆重塑，黑人群体的主体性得以凸显，这带来了异于"被浪漫化的"新的历史面貌，同时也展示了以往叙事中隐藏的主流意识形态。

---

[1] Kimberly Chabot Davis, "'Postmodern Blackness': Toni Morrison's *Beloved* and the End of History", *Twentieth Century Literature*, Vol. 44, No. 2, 1998.

[2] ［德］阿莱达·阿斯曼：《回忆空间》，潘璐译，北京大学出版社2016年版，第22页。

第三章　超越南方：全球化时代流散群体的伦理关怀

"流散"这个源自希腊的词汇本意指植物的种子飘散各地，圣经《旧约》里，这个词被用来特指犹太民族漂泊各地、居无定所的状态。[①] 流散群体后来被广泛地指离开故国的人群。近代以来，流散人群是伴随着西方帝国的海外殖民而大量出现的，他们离开故土并前往新的地域。有主动离开的，也有被动离开的，非洲黑奴属于后者，他们被大量贩卖至美洲。自由贸易带来了全球化的问题，它以一种经济一体化的运作方式促进了全球化市场的形成和政治民主化进程。进入全球化时代以来，人口流动成为一个突出现象。流动造成了不确定，身份、文化、边界等都趋向变动不居。因此，流散群体的相关情况成为世界人口问题的一个重要方面，他们的基本诉求也成为学界十分关注的问题。

阿伦特在全球政治体话语下关于无国家的境况的讨论促使霍米·巴巴想到了少数族裔主体或无国家群体承受的来自世界上任何地方、任何时间的双重束缚，他以杜·波伊斯为例谈到这种束缚的"偶然性"问题。"杜·波伊斯谈到在美国，肤色线使人们的日常生活变得暗淡无光，而生活在肤色线的阴影下又意味着什么。在被一位持同情态度的白人朋友问到种族歧视和公民隔离是不是'每天都发生在你身上'的时候，杜·波伊斯回答道：'根本不是每天——当然不是。而是不时

[①] 董雯婷：《Diaspora：流散还是离散？》，《华文文学》2018年第2期。

地——时而几乎没有,时而突然地发生……不是每一个地方,而是任何地方——在波士顿,在亚特兰大。就是这样。想象一下你把一生都花费在寻找侮辱或躲避侮辱的地方——我们就要这样畏畏缩缩地生活着……这是一种虽然不是每时每刻都发生,却会永远存在的打击……'"①杜·波伊斯的讲述实际上是美国少数族裔的日常生活经验,而非书斋里理论家们的想象与揣测。基于这种日常性,"少数族裔内部/外部地位(状况)不断变动的层面经常导致从'外部'越界而来的人被视作'内部'的敌人,并以防范的名义,对他们的权利和代表权进行限制"②。

非裔美国文学与后殖民理论及文化研究具有天然的契合性。爱德华·萨义德在《文化与帝国主义》中谈到了帝国的意义,认为"帝国作为一种非正式的关系控制着另一个政治社会的政治主权;在当代,这种控制并不是直接的控制,而是通过具体的政治、意识形态、经济和社会活动,包括文化活动继续实施这种控制"③。这种控制产生影响的实际领域主要是领土和人口方面,萨义德从地理的角度探索出了一定历史经验④。霍米·巴巴在其文章中指出,萨义德对帝国和东方的研究做出了贡献,但并未跳出二元对立的窠臼,未能把后殖民世界的复杂性呈现出来。基于此,巴巴还强调了在后殖民时期世界人口构成的"居间"(in-between)性和杂糅的特征。

在后殖民时代,人口的流动与文化的融合并不像以往那样澄澈和毫无问题。那种流动的、超越边界的状态是全球化时代确确实实存在的现象。非裔美国人作为帝国时代的流散人口,在此后数百年时间里经历了与包括美洲在内的世界各地的融合过程。因此,非裔美国人的经验与后

---

① W. E. B. 杜·波伊斯:《黑水》,转引自[印]霍米·巴巴《全球化与纠结:霍米·巴巴读本》,张颂仁、陈光兴等编,上海人民出版社2013年版,第61页。

② [印]霍米·巴巴:《全球化与纠结:霍米·巴巴读本》,张颂仁、陈光兴等编,上海人民出版社2013年版,第59页。

③ [美]爱德华·W. 萨义德:《文化与帝国主义》,李琨译,生活·读书·新知三联书店2016年版,第9页。

④ 这种历史经验包括叶芝与爱尔兰之间的关系等作为实例。

殖民时代被殖民地区的居民具有很高的相似性。这种经验包括了流动、融合、认同、抵制等复杂的心理和社会过程，具有突出的国际主义色彩。莫里森在《外来者的家园》一文中也谈到了全球化的移民问题，在文章中她以非洲为例讲述了全球化造成的两难困境："在我们与国家、州和公民身份的定义做斗争时，种族和种族关系的持续问题，以及我们寻找归属时出现的与所谓文化冲突进行斗争时，内部/外部的边界变得模糊了，包括了真实的、隐喻的和心理的方面。"[①] 边界问题存在于当代的后殖民区域，同时也存在于世界各地的流散人群中。

第一节 《柏油娃娃》中流动的地域与身份

吉尔罗伊在《黑色大西洋》中谈道，"现代黑人政治文化一直更为关注身份与根源和扎根的状态，而不是将身份认同看作是一个运动和调和的过程，后者更适合通过路线的角度来切入"[②]。他的整体观察适用于莫里森的大部分创作，而《柏油娃娃》则是一部关注稳固性身份与流动性身份冲突的偏重伦理的小说，与此前的《所罗门之歌》中男性主人公文化返祖的路线完全不同。同样是当代小说，《柏油娃娃》更注意人物所处的全球化背景，并把叙事中心设置在人口构成复杂的加勒比海地区的岛屿。这个地区位于中美洲，曾被欧洲多国进行了长达几个世纪的殖民，是一个人口杂居、多种文化并存的地方。从人种角度，克里奥尔人、穆勒托等都是这个地区特有的混血人种。叙事中的骑士岛提供了一个近乎霍米·巴巴所说的"第三空间"，从美国费城自愿流放至此的白人夫妇和他们的黑人仆人夫妇，以及被黑人夫妇收留、受白人夫妇资助学习的孤儿，还有从美国逃亡到骑士岛的黑人青年及本土的黑人构成了小说的主要人物。小说的叙事除了黑人青年的情感经验外，还包含了两个家庭的内在纠葛，个体在家庭及社会中的角色与文化身份变迁成

---

① Toni Morrison, *The Origin of Others*, Cambridge: Harvard University Press, 2017, p. 99.
② Paul Gilroy, *The Black Atlantic*, Cambridge: Harvard University Press, 1993, p. 19.

为叙事的主要动力。

《柏油娃娃》表面上是一部充满了伦理质询的小说，但人物的复杂构成实际上揭示了更为根本的问题，即流散者的身份问题。[①] 巧合的是，斯图亚特·霍尔在阐释《文化身份与族裔散居》文章中的观点时，也把目光聚焦在加勒比海地区，由反映加勒比海地区的电影入手，以此论证流散人口的文化身份问题。霍尔认为，"我们不要把身份看作已经完成的、然后由新的文化实践加以再现的事实，而是应该把身份视作一种'生产'，它永不完结，永远处于过程之中，而且总是在内部而非在外部构成的再现"[②]。霍尔的观点消解了传统意义上对身份的本质性诉求，同时把身份视为一种"生产"和建构，这是对全球化时代移民身份问题的直视与回应。《柏油娃娃》中，女主人公吉丁游走于白人、黑人及其他属性之间，并最终选择自我流放，任由自身在各种文化中游弋。本书试图以吉丁为讨论的中心，将其文化身份置于世界性的背景中，选择从地缘政治轴线和种族轴线来探讨当代黑人所面临的身份困境。

一 加勒比海骑士岛与文化身份的错位

加勒比海地区在殖民史上是一个非常重要的地域，它连接了太平洋和大西洋，以及南、北美洲，在海外贸易中扮演着极为重要的角色。经过复杂的殖民战争，加勒比海地区原有的人口构成及文化景观都被改变，最终成为一个多元文化汇集之地。叙事选择了加勒比海的一处岛屿作为故事展开的基本地理空间，各种历史文化痕迹都以不同的面貌出现在小说里。位于骑士岛十字树林的别墅是由墨西哥建筑师设计，海地工人修筑，同时融合了来自美国商人的需求和审美的一座"加勒比地区

[①] 有学者注意到了叙事对人物流散现状的强调，进而从性别角度讨论《柏油娃娃》。参见 Yogita Goyal, "The Gender of Diaspora in Toni Morrison's *Tar Baby*", *MFS Modern Fiction Studies*, Vol. 52, No. 2, 2006。

[②] ［英］斯图亚特·霍尔：《文化身份与族裔散居》，载罗钢、刘象愚《文化研究读本》，中国社会科学出版社2000年版，第212页。

表现最完美、风格最自然的房子"①。与建筑的多元化风格相匹配的是，房屋的主人是来自美国费城的退休糖果商人瓦莱里安·斯特利特和她的妻子玛格丽特，仆人则是生于巴尔的摩的训练有素的"费城黑人"西德尼和他的妻子昂丁。还有来自当地的杂役工黑人吉迪昂和格蕾丝，他们是西德尼和昂丁的助手，承担了住宅的粗活和外围活计。所以，无论是住宅本身，还是人员构成，此处都显示出了混居与杂糅的特征。

在众多人物中间最特殊的是西德尼的侄女吉丁，她受瓦莱里安的资助在巴黎完成了艺术史学位并成为一名职业模特。回到骑士岛度假期间，吉丁并没有和叔叔婶婶一样，住在地下室的仆人生活区，而是住在家里的客房，并和瓦莱里安夫妻共同进餐，接受西德尼和昂丁的侍候。吉丁的角色是非常特殊的，她既是两个家庭的成员，又不完全属于两个家庭。瓦莱里安的儿子迈克尔在小说中一直被提及但却从来未出现，是一个"缺席"的"在场"者。吉丁在某种程度上扮演了他的角色，周旋于瓦莱里安和玛格丽特之间，尽力弥合他们的矛盾，补充了迈克尔的"缺席"。在杂役工吉迪昂和误入者儿子（Son，即威廉·格林）的眼中，吉丁"是个白人小姑娘"（125），而吉丁的回答也显得犹疑："我不是……你知道我不是白人！"（126）吉丁在一定程度上利用了这个角色，改变并塑造着自己的行为模式。她说："与白人玩，规则就更简单了。她只消装聋作哑，只消让他们相信她不像他们那样聪明。要说显而易见的事，要问愚蠢的问题，要恣意大笑，要做出感兴趣的样子。"（131）很明显，在与包括叔叔婶婶、儿子在内的关系密切的黑人面前，她是以黑人自居的；但除此之外，吉丁的高等教育经历、职业及其与瓦莱里安一家的关系促使她在骑士岛以近似"白人"的模式生活，行为举止都趋于白人并在绝大部分黑人面前显示出了某种优越感。尽管历史和现实造成了吉丁的这种分裂，但她还是积极地在夹缝中生存。

现代社会主流文化对少数族裔群体的塑造在一定程度上导致了文化

---

① ［美］托妮·莫里森：《柏油娃娃》，胡允桓译，南海出版公司2014年版，第9页。本文中出现的其他引文只标注页码。

边界的模糊。在巴黎期间，吉丁在一次超市购物中突然看到了一个"黄裙子"女人的幻象。黄裙子女人有着柏油色的皮肤，美丽、高傲、自信，代表了吉丁追求的另一个自我；但一刹那间，"黄裙子"女人"齿间喷出一道唾液的箭"将吉丁击回现实，她开始怀疑起自己的肤色可能造成的后果。"我猜我要嫁的男人是他，不过我不知道他想娶的人是我或者仅仅是个黑人姑娘？而如果他要的不是我，只是长得像我、言谈举止也像我的任何黑人女孩，当他发现我讨厌大耳环，我不需要拉直一头卷发，明戈斯①只会让我昏昏欲睡，有时我还想尽情释放躯体内的灵魂——不是美国人，不是黑人——只做我自己，这时他会怎样？"（49）尽管吉丁在反思自我和社会身份之间可能会出现的矛盾，但更为突出的是她的社会身份带来的困扰。作为一个被欧洲时尚界接受的黑人女性，他们选择吉丁的理由完全是为了提振或者更新大众审美感受，是权力阶层追逐和满足大众猎奇心理的一种表现。"青铜的维纳斯"（119）是时尚杂志对吉丁的包装，这无疑是融合了西方文化与黑人群体的身体特征塑造而成的新的审美形象，这个形象同时试图更新人们的消费观念。"如果您像吉德（即吉丁）一样在美国人所谓的快车道上疾驰，就需要优雅又易叠的裙装。"（121）在商业催生的新的审美目光下，吉丁的美国人身份也是非常重要的，这强化了吉丁的国族属别，她被称为"旅居巴黎和罗马的美国人"（120）。黑人的身体特征成为大众审美消费的新趋势，这给黑人女性带来了机会，同时也挑战着她们文化身份的边界。吉丁游走于"黑""白"之间，举棋不定。

  阶级的变化导致了家庭关系的变化，同时促成了吉丁在文化身份上的错位和游离状态。在《所罗门之歌》中，奶娃因为父辈的发迹而跻身于资产阶级行列，这种社会身份使得奶娃在很大程度上疏离了民族文化和传统，成为一个没有文化归属感的黑人青年。吉丁12岁时母亲去世，叔叔西德尼和婶婶昂丁成为她唯一的亲人。吉丁每年夏天都会到瓦

---

① 查尔斯·明戈斯（Charles Mingus，1922—1979），美国黑人爵士音乐家。

莱里安的宅子消夏，但从来没和叔叔婶婶一起生活过。在瓦莱里安的资助下，她靠着自己的努力完成了学位并获得了较高的收入，社会地位得到提升，已然跳出了西德尼们惯常扮演的社会角色。接受过高等教育的吉丁，以极其理性的头脑思考过她和西德尼夫妇之间的关系。西德尼夫妻没有孩子，他们自然而然地将吉丁视为自己的女儿，并承担了吉丁的部分生活花销。但是，无论是血缘还是义务，都不足以成为吉丁文化身份选择的必要因素。因为缺乏深刻的感情，吉丁并没有过多地认同西德尼和昂丁，只是在他们面前努力地"扮演女儿角色"（70），以尽自己的伦理义务。与奶娃不同的是，吉丁并没有选择靠近或者追寻民族传统和文化，只是一味地观望和徘徊。正如上文所揭示的，她对黑人爵士音乐完全不感兴趣。在欧洲学习艺术期间，她认为"毕加索比伊图玛面具①要强。他被它迷住证实的是他的天才，而不是面具制作者的"（77）。对美国黑人文化、非洲文化的无感与对欧洲文化的推崇，揭示出欧洲中心主义观念对吉丁的塑造。吉丁的这种文化选择及与叔叔婶婶的关系都成为其否定自己民族文化立场的突出表征。瓦莱里安的自我流放、迈克尔的缺席、西德尼和昂丁的无嗣、吉丁的孤儿身份等，恰巧所有的因素联系在一起，形成了一个脆弱的社会秩序和伦理关系。正是这种环境滋养了吉丁游离的、无中心的后现代状态，并造成了身份的颠倒和错位。

颇为有趣的是，吉丁迅速地与儿子（Son）建立了亲密关系，二人迅速建立起的亲密关系揭示出吉丁内心的空虚与飘忽不定。儿子本来是一个误入者，但瓦莱里安对这个黑人表示出了极大的宽容和友好，视其为座上宾。玛格丽特对儿子的出现表现出白人对黑人的惯常态度，认为黑人很危险，会对白人妇女的安全构成威胁，因而唯恐避之不及。作为家庭忠实仆人的西德尼和昂丁对儿子的态度出奇地一致，认为儿子是一个危险分子，应该送给警察或者被驱逐。尽管西德尼和儿子同为黑人，但后者被他们叫作"黑鬼"，不是"我们"。瓦莱里安对此表现出极大

---

① 伊图玛面具是一种原始的非洲工艺品，毕加索受其启发开创了现代派艺术。

的兴趣，因为"义愤填膺的吉德、西德尼和昂丁那近乎轻蔑的失望"。他的做法无疑在周围的黑人中间投掷了一个"显形弹"，大家的反应造成了黑人间冲突的局面。圣诞节晚餐，瓦莱里安邀请了吉丁、仆人西德尼、昂丁以及误入者儿子在内的所有人。在那个场合，"所有人的'位置'都不合适"（167），所有的矛盾都在那一刻爆发了。事后，冲突局面很快就被打破了，儿子是坚定的民族历史和文化的追随者，对自己的同胞表示出极大的同情并很快与昂丁和西德尼保持了一致的立场。吉丁苦心维持的家庭伦理秩序在这场混乱中迅速瓦解，与儿子迅速升温的感情成功地将她的注意力转移。

有学者认为，莫里森在《柏油娃娃》中的两难困境是如何讲述当代黑人女性英雄的诉求，而这个女性刚好是一个将自我意识建立在对自己文化遗产的否定和对其他文化遗产的认同之上的文化孤儿。[①] 这种判断是建立在一种二元对立的逻辑基础上的，文章认为吉丁是文化孤儿，儿子则代表着黑人民族文化。[②] 但是，莫里森对柏油娃娃故事的运用并没有最终结论，"反而使其陷入了更进一步的模棱两可"[③]。这种模棱两可来自"是"与"非"之间的无限可能。吉丁尽管没有坚定的民族文化立场，但也不能否认她作为非裔美国人的身份。叙事也提供了种种便利，超越国界的复杂的文化环境，瓦莱里安的自我流放、迈克尔的缺席、西德尼和昂丁无子嗣、吉丁的孤儿身份等，恰巧所有的因素联系在一起，形成了一个脆弱的社会关系和伦理关系。正是这种环境滋养了吉丁游离的、无中心的后现代状态，她在"黑"与"白"的角色之间游弋，提供了一种特殊的身份"颜貌"。

[①] Marilyn E. Mobley, "Narrative Dilemma: Jadine as Cultural Orphan in Toni Morrison's *Tar Baby*", *The Southern Review*, Vol. 23, No. 4, 1987.

[②] 持这种观点的还有 Trudier Harris, *Fiction and Folklore: The Novels of Toni Morrison*, Knoxville: University of Tennessee Press, 1991; Craig Werner, "The Briar Patch as Modernist Myth: Morrison, Barthes and *Tar Baby* As-Is", in Nellie Y. Mckay, ed., *Critical Essays on Toni Morrison*, Boston: G. K. Hall & Co, 1988, pp. 150 – 167.

[③] Yogita Goyal, "The Gender of Diaspora in Toni Morrison's *Tar Baby*", *MFS Modern Fiction Studies*, Vol. 52, No. 2, 2006.

二　纽约与黑人文化身份重塑

黑人女权主义者苏珊·威利斯曾经说："对于黑人妇女小说中所写的旅行，不能仅视作作者为便于串联情节事件而使用的结构技巧，应该联系过去，整体地理解穿越空间的概念，把它与历史的展现与个人的意识发展联系在一起。这样在一个地理空间中旅行就有了深广的意义，它就是一个女人走向认识自我的过程。"[①] 威利斯的研究证实了空间位移对黑人女性的意义，对她们来说，空间不仅仅是一个背景，它与事件的走向及人物的塑造都有着密切的关联。莫里森笔下的女性秀拉、吉丁、维奥莱特等，她们都是通过出走或返乡来实现她们对个体价值的追寻与身份的重塑。

从加勒比海到纽约，吉丁的文化身份从游离走向了稳定，开启了对黑人文化认同的新阶段，自我得到更新。在骑士岛，吉丁始终在黑人与白人身份之间游移，甚至让某些刻意的轻率行为成为习惯，比如把吉迪昂和格蕾丝持续地称为"杂工"，扮演了被当地人称作"玛丽"的女性，这些做法掩盖了她内心的彷徨并强化了对白人群体的认同。当儿子到达骑士岛后，他在一定程度上打破了以瓦莱里安为核心的父权制式的白人统治局面，平衡了家庭内部白人和黑人的力量。小说将欧洲中世纪骑士的浪漫爱情叙事模式移植至儿子身上，使处在复杂家庭旋涡中、身份错位的吉丁获得了象征性的拯救。有评论称，是儿子"最终促使每个人都回归到真实自我"[②]。吉丁对儿子的接纳意味着她开始正视自己身体的自然属性，同时表明了她从身份游弋走向黑人文化身份认同。

到达纽约后，吉丁身上的黑人身份的向量开始增强，获得了一个相对完整而稳固的文化身份。吉丁在纽约感到自由。"纽约让她觉得想

[①] Susan Willis, "Black Women Writers: Taking a Critical Perspective", in Gayle Greene and Coppelia Kahn, eds., *Making a Difference: Feminist Criticism*, London: Methuen, 1985, pp. 211 – 237.

[②] Lauren Lepow, "Paradise Lost and Found: Dualism and Edenic Myth in Toni Morrison's *Tar Baby*", *Contemporary Literature*, Vol. 28, No. 3, 1987.

笑,她真高兴又回到了那个有裂缝的牙齿和狐臭的酒鬼的怀抱。纽约给她的关节上了油,她走起来就如同被上了油。在这里,她的腿显得更长了,她的颈项当真连接着她的身躯和头部。经过两个月与无刺蜜蜂、蝴蝶和鳄梨树为伍的生活,第五十三街上漂亮而细长的树使她精神焕发。这些树都齐人高,修剪整齐,建筑物也不像那岛上的群山那样咄咄逼人,因为这里到处都是人,他们的关节也和她的一样上了油。"(233)让吉丁自由的另一个方面是纽约的多元和包容。上文中曾提到,吉丁的成功和她对黑人身份的积极认同并不完全是自主选择,资本和商业的推波助澜成为更重要的原因。在纽约这样的城市,人们需要多元化的事物来刺激消费,包括黑人女孩在内的边缘群体也因此获得了一些工作机会。对吉丁来说,纽约提供了一个全新的环境,在这里有她的朋友,有良好的工作机会,这些都让一度分裂的她建立起明确的文化身份,同时获得了某种归属感。

在相对稳固的文化身份下,吉丁重塑了自我。纽约为少数族裔们提供了一个良好的栖息地,在这里,他们获得了自我价值并强化到了其身份。吉丁的重塑,跟与儿子的情感高度关联。在纽约,两人像正常的恋人一样不再躲躲闪闪,度过了一段最美的时光。吉丁将自己童年的遭遇和盘托出,成年之后的所有纠结和痛苦都在儿子的包容和保护下得到了释放,吉丁获得了某种治疗,情感充当了坚实的护盾。吉丁乐于把儿子介绍给自己的朋友,而儿子也在这段情感中强化了自己的角色和职责。"她渐渐不再有孤儿的感觉。他珍惜着她,保卫着她……他完全驱散了她那种孤儿的感觉。给予了她全新的童年。"(241)吉丁童年中的缺憾或者在骑士岛的处境得到了彻底的改变,她不需要在她的资助人面前维持被塑造成的样子,也不必在叔婶面前掩饰内心的不安。

有趣的是,吉丁的成功和她对黑人身份的认同并不完全是自主选择,更重要的是,资本和商业起到了推波助澜的作用。在包括莫里森小说在内的绝大部分黑人叙事文学中,黑人获得成功并能够愉快生活的案例并不是太多。《所罗门之歌》中的麦肯·戴德的发家致富是基于岳父的帮助，背弃黑人传统道德原则使他走得更远。男性或有可能成功，很多是出于政治原因，女性成功的案例更是稀少。在少有的女性成功案例中，她们往往是由于商业的原因走红。学者苏珊·埃德蒙斯（Suan Edmunds）在其研究中指出，《本质》（Essence）杂志为理解莫里森在《柏油娃娃》中涉及的黑人民权运动期间的口号"黑即是美"的政治争议提供了重要的互文文本，同时她运用这部作品来艺术化并阐释了这些争议。在《本质》杂志创办和历次更换定位的过程中，"这些事件突出了白人资本注资'黑即是美'口号的方式，这加剧了黑人社会的阶级和性别冲突，激起了他们对奴隶制的灼热记忆"[①]。尽管该杂志办刊的初衷"号召黑人妇女自强"，但却与广告部和产品制造商的目标不一。[②]显然，资本左右着杂志的定位和走向。在莫里森的新作《孩子的愤怒》中，女主人公布莱德的成功就是商业销售的副产品。布莱德成功地打造了"真我女孩"系列化妆品，一跃成为黑人女性中的翘楚。究其原因，布莱德健康的黑肤色成为销售的卖点，它打破了以往以白为美的惯例，消除了审美疲劳，更新了人们对美的感受。"黑皮肤"成为新的审美消费品，就像吉丁一样。在纽约这样的城市，人们需要多元化的事物来刺激消费，同时也为包括黑人女孩在内的边缘群体提供了机会。当色彩主义（colorism）进入消费领域，这会在一定程度上修正黑人的文化认同。但从根本上说，被消费的事实揭示出他们作为少数或边缘群体的地位，他们的存在补充和满足了主流群体对其他文化的想象。

　　吉丁眼中的纽约几乎是个真空地带，里面充满了爱和未来，但在儿子眼中，纽约是"哭泣的姑娘和跺脚的男人的岛屿"（231）。阶级或许是一部分原因，但更重要的是两人的文化立场，这也预示着以后的分道扬镳。尽管吉丁认可了自己的黑人身份，但如上文所述，这种认同是建

[①] Susan Edmunds, "Houses of Contention: Tar Baby and Essence", American Literature, Vol. 90, No. 3, 2018.

[②] Susan Edmunds, "Houses of Contention: Tar Baby and Essence", American Literature, Vol. 90, No. 3, 2018.

立在白人群体审美消费基础上的,可以说是有被动认同的因素在其中。所以,两人的认同度完全不同。在纽约街头,儿子看到的不是吉丁眼中的"第四十二街图书馆"、"阿祖玛咖啡店"和"萨格兹酒吧"等,他看到的是黑人遭受的痛苦。

"他在哪儿都找不到黑人孩子。矮个子和十二岁以下的人是有的,但他们没有童稚的脆弱,也不会想笑就笑。""可是为什么所有的黑人姑娘都在汽车里、在红苹果线上、在交通灯下、在化学银行柜台背后哭泣呢?……所有的哭泣都是默不作声的,掩藏在梅红色的唇膏和快活的细眉背后。""街道上塞满了漂亮的男子,他们发现既做黑人又做男人的状况实在太难维持,便抛弃了它。他们把自己的睾丸剪下来贴在胸口;他们把阿尔玛·埃斯特梦寐以求的沉重假发戴在头上,把羽毛般轻软的睫毛粘到眼皮上。他们向左右两边摇摆着突出的臀部,对那些哭泣的姑娘和踮着脚走路的男人笑容可掬。"①

与吉丁相比,儿子是带着浓厚的黑人民族历史和受其滋养的价值观上场的,尤其是他的民族主义性别逻辑②,让他无法忍受城市对黑人群体造成的改变。作为下层社会的普通劳动者,儿子经历了越战,过了数年无身份的漂泊日子,非常理解黑人这类世界流散人群的处境。他们需要活下去,但毫无庇护,在世界的各个角落和各种身份中间流动、栖息。尽管纽约这样的大城市具有较高的包容度,但所有的人已活得面目

---

① [美]托妮·莫里森:《柏油娃娃》,胡允桓译,南海出版公司2014年版,第226—227页。
② Yogita Goyal, "The Gender of Diaspora in Toni Morrison's *Tar Baby*", *MFS Modern Fiction Studies*, Vol. 52, No. 2, 2006. 文章中认为,儿子对吉丁的批评是基于黑人民族主义性别逻辑的。这种性别逻辑主要强调男性要具有凶猛而稳定的气概,这种情况很可能在非洲存在。因而儿子像其他国际军团的人一样,拒绝将这种英雄般的欲望和抱负降低到一份简单的工作上。这也就解释了为什么他看到纽约街头黑人男子的工作而感到难过。

全非，就像《爵士乐》中的乔（Joe）和维奥莱特（Voilet），森林中最优秀的猎手变成了城市中最循规蹈矩的中年男性化妆品推销员，出色的农业劳动者变成了城市中的精神分裂者。尽管吉丁认可了自己的黑人身份，但如上文所述，这种认同是建立在白人群体审美消费基础上的。所以，认同基础和程度的差异也预示着日后两人的分道扬镳。

三 埃罗和"局外人"

"地方是一种特殊的物体。它尽管不是一种容易操纵或携带的有价值的东西，但却是一种价值的凝结物，它是一种人们可以在其中居住的物体。"[1] 因此，在地理空间的转换过程中，人们常会遭遇到价值观的碰撞，这就需要我们运用地缘政治思维，考量地理空间传达的政治意义。这种思维意味着询问这一问题：一个空间实体——本土的、地区的、国家的、跨国的——如何转变所有的个体、集体和文化的身份认同。[2] 也即，个体与地方之间的关系，常常是通过个体在空间和地方中的"位置"来判别的。"内"或者"外"、"接近"或者"远离"都给个体造成了一种心理上的感受。个体的价值观与地方相符或者趋于认同，那么他就会产生一种归属感，比如《所罗门之歌》中的奶娃，他虽然不属于沙理玛，但他认同该地的文化，进而能够融入该地并获得自由的感受；如果价值观悖逆，个体就无法融入新的文化环境，处处感受到被限制，进而会产生一种"局外人"的感受。

吉丁努力建立并维持的黑人身份在美国南部黑人乡村埃罗遭到挑战，这种缺乏历史和传统的黑人身份被质疑。摆脱了加勒比海的多重身份，吉丁在纽约经历了一个短暂的文化身份塑造时期，她在种种流动的身份中寻求到一个确定的方向，光明正大地认可了她的黑人身份并进一

---

[1] ［美］段义孚：《空间与地方：一个经验的视角》，王志标译，中国人民大学出版社2017年版，第9页。

[2] ［美］苏珊·斯坦福·弗里德曼：《图绘：女性主义与文化交往地理学》，陈丽译，译林出版社2014年版，第155页。

步强化。但是，儿子却打破了这种局面，他对家园的执意追求迫使吉丁再次遭遇了身份困境。在儿子的坚持下，两人回到儿子的老家埃罗。埃罗位于佛罗里达州，远僻而落后。"坐飞机是到不了埃罗的。他们得先到塔拉哈西或者宾萨科拉，然后乘汽车或火车到庞西，随后再开车到埃罗，因为那里不通长途汽车，至于出租车嘛——唉，他觉得怕是没人肯载他们去那里。"（257）埃罗和莫里森其他小说中的黑人乡镇具有相似的特点，地处南部偏远地带，交通不便，政府无暇管理，近乎自给自足，比如沙理玛、洛特斯、黑文等。叙事权威赋予了这些地方一种特殊的属性，就是它们几乎成为被遗忘之地。正是因为被遗忘，传统才得以保持，这些地方就成为黑人文化保留最完整的地方。

吉丁到达埃罗后，进而进入纯粹而真实的另一种黑文文化生活并感到处处不适应。"其实她一点都不理解，就像他听不懂儿子同士兵、德雷克和艾琳以及路过的人谈话时所用的语言一样；就像她不明白（或不接受）男人们把她排除在外，让她和艾琳与孩子们为伍，而自己则聚在门廊上，互相打招呼后仍不理睬她一样；她也不明白他在听到一个姓布朗，叫萨拉、萨莉或萨迪的女人——她从他们提到名字的发音猜出那是个女人——去世的消息时何以既会惊骇又喜悦。"（259）吉丁在所有的困惑后一连两次发出了感慨，"天哪。埃罗"。语言的模糊、鲜明的性别对立和无法共享的记忆都将吉丁排除在当地的生活之外。与此同时，吉丁在纽约刚刚建立起的相对明确的黑人文化身份在此地失效，她无法与她的同胞们获得认同和共情。她在埃罗黑人群体面前成了一个"局外人"，浪漫的"返乡"之旅失去了想象中的玫瑰色。

小说以极其魔幻的形式写到了吉丁的一个梦境，这个梦境成为吉丁思想斗争的外化形式。在梦中，儿子的妻子、他过世的母亲及其他亲人都出现在她的房间里，她们挤成一团并盯着她看。吉丁在惊恐至极时喊叫了出来，这些女人便纷纷拽出乳房给她看。吉丁回应说她也有乳房，而女人们则把乳房托得更高更远。那个曾经出现在梦中的黄色连衣裙女人则伸长胳膊给吉丁看她手里的三个鸡蛋。在非洲文化中，已故的家人会以各种方式生活在其后代左右，为他们的生活提供庇护或者指引。在黑人文化保留相对完整的埃罗，儿子已故的家人们出现在吉丁左右，这在一定程度上意味着对她的期待和干预。"乳房"和"鸡蛋"意味着抚育与传承，女人们的出现意味着她们质疑甚至否认吉丁具备这种能力。黑人女性被赋予了养育后代和传承文化的职责，但吉丁却不能，因为她所建构的黑人身份缺乏民族历史和文化传统。尽管吉丁在梦中回应了女人们，但她的努力显得微不足道。从吉丁的角度来说，这些女人的出现对她此前已经确立的黑人身份构成了威胁，否定了她在纽约的种种努力。

"那些夜里的女人倒不仅是针对她（针对她个人——与他无关），不仅是她们高踞于袋样乳房和折叠肚皮之上的优越感，而是她们似乎一致地对待她的态度，全力以赴地要得到她，捆绑她，束缚她。抓住她尽心竭力想要成为的人，用她们又软又松的奶头来闷死她的追求。"（277）在吉丁看来，女人们试图把她拉进某种传统中，而这恰与她的自我追求相悖。吉丁不是一个黑人女英雄，而是另一个追求自我的"秀拉"。在埃罗，人们对黑人女性有着某种共同的期待，她们都是具有社会身份的群体，承担着抚育黑人后代的社会责任。一方面，吉丁的自我追求与埃罗人对黑人女性寄予的社会责任之间出现了明显的矛盾，吉丁不愿意为此牺牲自我；另一方面，自我追求被用来掩盖更大的矛盾，即文化身份的差异。吉丁虽然通过与儿子的关系明确和认同了自己的黑人身份，但这种身份与包括儿子在内的埃罗人的身份认同有着巨大的难以调和的矛盾。

如果说儿子是"文化返祖者"，那么吉丁在很大程度上是一个趋于未来的角色。吉丁认为这些女人的存在对她的文化身份塑造构成了反向力量，而她自己则是趋向未来的。"她想，旧石器时代的老古董。我和一帮尼安德特人待在这儿，他们认为性是肮脏的或者奇怪的东西，而站在这儿的他都快三十岁了，还是这么想的。愚蠢。愚蠢。"（271）"埃罗比先前更腐朽，更让人厌烦。一个烧光的地方。那里没有生命。或许过去有，但绝没有未来，而且说到底，了无情趣。一个南方小县城的浪漫色彩无非是一个谎言，一个玩笑，不过是在别处一事无成的人才会保守的秘密。是一个引人上钩的借口。"（274）对吉丁这样一个"外来者"来说，埃罗的价值在于传统和历史，但这些东西在快速发展的现代化进程中显得落后并在一定程度上成为此地发展的绊脚石。在吉丁看来，埃罗是停滞的，正如2012年的《家》中的洛特斯一样，对未来充满渴求的年轻人们总是对这种停滞表现出厌烦和鄙夷。南方小镇的浪漫是只有在经历了现代性淘染后的人们才会有的一种心理状态。

很明显，就吉丁来说，尽管她有着和儿子一样的黑皮肤，但她依旧是一个"外来者"和"局外人"，无法融入埃罗的文化环境。她的身份在这里虽然没有加勒比海骑士岛那么复杂，但也不是毫无问题。她的黑人身份是真实存在的，但也被一个代表了传统文化所在的乡村否定。作为黑人，到底哪个身份才是没有问题的？就吉丁来说，她拒绝在明显的对立中做出选择——"变黑或者失去内在"（54）。也就是说，她拒绝将外部形象——无论是黑色还是白色——内化为自我的定义。① 正如她自己所说，"我属于我"（101）。"我"是一个没有社会标签的角色，不需要在"是"与"非"这样的二元对立中做出选择。所以，吉丁选择出走，巴黎成为她"漫游"的另一个地理空间。

四 巴黎及其他与身份漫游

波德莱尔笔下19世纪末的巴黎，是一个充满了现代气息的都市。进入20世纪，这个都市以它极其包容的胸怀囊括了现代和后现代的种种哲学思潮和文化现象。在《柏油娃娃》中，以巴黎为代表的欧洲世界是一个更为开放和多元的现代都市，它没有美洲大陆根深蒂固的种族压迫和种族歧视，相对宽松的政治环境为各种文化背景的漫游者提供了一个相对自由的空间。巴黎之于美洲大陆来说，是一个疏离的地理空间，美国少数族裔个体在其中避免了必要的文化选择，其立场和身份都

---

① Lauren Lepow, "Paradise Lost and Found: Dualism and Edenic Myth in Toni Morrison's *Tar Baby*", *Contemporary Literature*, Vol. 28, No. 3, 1987.

流于一种漫游的状况。

小说第一次提到巴黎是在吉丁回到骑士岛前两个月里的一天，她刚刚被选为《伊人》杂志的封面女郎，获得了艺术学学位以及几位"大方"的男士为她庆祝。吉丁到超市买了很多食材并举办了一个小型家宴，购物清单包括"格雷少校牌酸辣调料，地道的褐色大米，新鲜的西班牙辣椒，罗望子果皮，椰子和两只羊糕的胸肉片。还有中国蘑菇和芝麻菜，棕榈心和博陶立牌的托斯卡纳橄榄油"（45）。购物清单成为巴黎的一张无声的名片，这里有来自世界各地的食材，以此表征出巴黎的世界性。这是一个无所不包的文化空间，其包容性和多样性成为后殖民时代都市的突出特征。吉丁为客人准备了一份充满了东方风味的宴会，以此来满足各种客人的需求，尤其是西方人的猎奇心理。而她本人取得成功，也在一定程度上归功于类似的社会心理。谈到黑人在欧洲的境遇，吉丁认为"白种欧洲人不像白种美国人那样坏"（50）。显然，欧洲人对少数族裔的接纳程度要高于美洲。

吉丁在超市买东西时出现了一个幻象，即"黄裙子女人"。上文中提到，"黄裙子女人"是吉丁的另一个自我的追求，也就是说，她是个黑人，她渴望这个身份以外的其他文化身份。这个女人是一个综合体：她有着"柏油色"皮肤，手里举着三枚"粉白色"鸡蛋，从兜里掏出"十路易硬币"。[①] 这样一个幻象，这位"女人中的女人——那位母亲/姐妹/她"，她的美让所有人为之倾倒。在巴黎这个社会环境中，吉丁塑造了一位闪闪夺目的柏油色的女性，她成为吉丁理想的化身。这个化身俨然是多元文化的产物，她揭示出吉丁复杂的心理状态及"拼凑"的文化身份。

当儿子从埃罗返回后，两人不可挽回地分道扬镳了。儿子认为吉丁是个没有种族立场的黑人，是个地道的"柏油娃娃"。柏油娃娃是美国黑人民间传说中的一个形象，是被农夫置于田间当作诱饵诱捕兔子的。

[①] 路易硬币是铸于17世纪的法国金币。

小说题目所揭示的意义到这里几乎有了明确的所指，吉丁就是柏油娃娃，而儿子则自认为是农夫意欲捕捉的兔子。在小说的前言中，作者说："柏油做的玩偶在完成使命后便被故事所遗忘，但仍然充当了它古怪而沉默的中心，以及黏合主人和农夫、农场主和奴隶的媒介。"故事里的柏油娃娃是一个"疏离、冷漠却又充满魅力的女人"，"她诱惑了他"，使他"在挣扎着想要重获自由时却越缠越紧"。① 这样，莫里森就将当代黑人的诉求与其传统美学结合起来，探讨全球化时代黑人的命运。在儿子看来，吉丁是白人化了的黑人，她的存在就是为了弥合种族之间的差异和历史，把更多的黑人引到这条道路上来。"你把黑人婴儿变成了白人婴儿；你把你的黑人兄弟变成了白人兄弟；你把你的男人变成白种男人，而当一个黑种女人照我的本色、我真正的属性来对待我时，你却说她惯坏了我。"（286）吉丁则认为他们需要忘记过去，以获得更好的未来。失去了感情的后盾，纽约也就失去了意义，吉丁一度在纽约建立的信心和认同此时流于虚妄，确定而单一的身份遭到瓦解。

巴黎再次登场意味着吉丁回避了对确定性的追求而趋向一种身份的漫游。在纽约和埃罗期间，巴黎是缺席的，但当两人的矛盾不可调和时，吉丁前往巴黎，选择与欧洲白人共赴未来，这意味着她放弃了对稳固身份的追求。漫游意味着放弃二元对立，是一种直面现实的人生状态。小说关于兵蚁和蚁后的叙事暗示了吉丁对自己命运的认知。有学者认为，在实施了对吉丁的强奸后，儿子就象征性地死亡了。他促使吉丁获得正宗的种族化和性别化身份的任务就结束了。② 对吉丁来说，生命短暂，有太多的事情需要处理，她再也没有时间和心力让他人为自己构筑安全的巢穴。"回到巴黎，开始走台。松开那些狗，与那个穿黄色连衣裙的女人纠缠——与她和所有那些看着她的夜晚的女人纠缠。再也没有肩膀和无垠的胸膛。"（307）杜瓦尔把《柏油娃娃》的创作和作家自

---

① ［美］托妮·莫里森：《柏油娃娃》，胡允桓译，南海出版公司2014年版，第3页。
② John N. Duvall, "Descent in the 'House of Chloe': Race, Rape, and Identity in Toni Morrison's *Tar Baby*", *Contemporary Literature*, Vol. 38, No. 2, 1997.

己的经历联系起来，认为吉丁与莫里森有着内在的一致性。小说在1981年出版时，莫里森独自带着两个儿子离开了俄亥俄州洛兰镇，同时对事业的重视促使她成为自然和文化创造者。[1] 和莫里森一样，吉丁从一段感情中获得成长，离开了曾经生活的地方，奔赴一个新的地方和不确定的未来。

有评论认为，"《柏油孩》便试图将黑人文化与白人文化加以重新整合，体现出对'融合'的必要性和可行性的思考，以及对黑人通过自我救赎及自我创造达到从边缘向主流位移、重建民族意识可能性的理性探索"[2]。这种探索呈现了当代黑人的多重生存面貌，并让主人公在各种力量交织中角逐。较之早期作品《所罗门之歌》中的鲜明立场，这部作品传达的含混意义使它成为莫里森小说中的一个奇特存在。在以往包括此后的作品里，莫里森都展现出了鲜明的立场，而《柏油娃娃》中却无法判定作家到底持哪种立场，是儿子所代表的文化返祖路线，还是吉丁代表的部分接受西方教育的都市黑人女性所持有的反传统路线？这种纠结真实地表现在叙事中。两人都在心中有拯救对方的想法："一个人有过去，另一个有将来，每个人都承担着文化的责任，用自己的双手来拯救自己的民族。被妈妈宠坏了的男人，你愿意和我一起成熟吗？传承文化的黑种女人，你传承的是谁的文化？"（285）尽管吉丁选择了"漫游"，但这并不意味着她放弃了自己的黑人身份；儿子虽然被称为"文化返祖者"，但他毅然追寻吉丁的开放结尾也揭示出其自身的某种变化，说明他试图接纳吉丁和她践行的另一种黑人文化模式。

莫里森曾在一次采访中说："在《柏油娃娃》中，如果你同意杰丹

---

[1] John N. Duvall, "Descent in the 'House of Chloe': Race, Rape, and Identity in Toni Morrison's *Tar Baby*", *Contemporary Literature*, Vol. 38, No. 2, 1997.

[2] 李美芹：《"伊甸园"中的"柏油娃娃"——〈柏油孩〉中层叠叙事原型解析》，《外国文学评论》2007年第1期。

（吉丁）的非常现代的价值取向，你必定会失去什么。另外，如果你像森（儿子）那样只追寻历史，不能接受任何现代的东西，你也会失去什么。最满意的解决办法是寻求某种平衡。"[1] 所以，无论是吉丁还是儿子，其所具有的文化身份也因个体经历差异而表现出各自的特点，并不是整齐划一的。所以，以所谓"黑人性"标准来讨论任意一个角色都有削足适履之嫌。[2] 黑人群体的流散经历决定了他们身份的复杂性，这种状况会随着时间和空间的变化而呈现出不同的面貌。"身处不同文化'间隙'的黑人游走于不断变化的空间，始终处于'居间'和'之外'的状况，其主体性脱离了传统的、固定的阶级、种族、性别等基本类别，只能把对身份的诉求放置在各种民族性、社会利益、文化价值的差异中。"[3]

在后殖民时代，身份并不是一个稳固的毫无问题的存在，而是一个在多重文化身份之间滑翔的能指。不光是吉丁，其他人也有着类似的经历。叙事借儿子之口说出了这一境况。"这是一支国际军团，成员有临时工、打手、赌徒、路边小贩、移民、运送危险品的货船上无执照的水手、钟点工、全职舞男和路边乐师。"（171）所以，非裔美国人的境遇只是这支"国际军团"中的一部分。霍米·巴巴在访谈中说："少数人化的问题是出现在也是通过某种将民族置于黑板擦子之下的状态而生的，因为少数人居于一种夹缝之中，少数人从来就不是完全的公民，只享有部分的身份资格。"[4] 从根本上说，国际军团相对于政治实体（国

---

[1] 马丽荣：《托尼·莫里森小说〈柏油孩〉的双重意识》，《四川外语学院学报》2002 年第 6 期。

[2] 莫里森曾在文章中指出："黑人性是建构的，本身不能成为一个真正的问题。医学和科学曾对黑人的物种属性以及黑人所具有的特性做过研究，这些无疑对种族主义起到了推波助澜的作用，直到今天，我们对其中的一些都认为是理所当然的。"所以，这个概念是基于某种政治目的建构。孰是孰非并不是一个政治问题，而是伦理问题。以此概念判定黑人身份认同度是不合适的。参见 Toni Morrison, *The Origin of Others*, Cambridge: Harvard University Press, 2017, p. 56。

[3] 马艳、刘立辉：《第三空间与身份再现：〈柏油孩子〉中后殖民主义身份建构》，《湖南大学学报》2017 年第 3 期。

[4] 生安锋：《后殖民主义、身份认同和少数人化——霍米·巴巴访谈录》，《外国文学》2002 年第 6 期。

家）来说，他们无疑隶属于少数人，因而无法享有明确而清晰的身份。"只有当散居的黑人寻求建立一个政治议程，在这个议程中，根深蒂固的理想被确定为文化完整性形式的先决条件，从而确保他们所追求的国家地位时，对'根'的吁求才成为紧迫的问题。"[1] 对流散群体来说，吉尔罗伊的药方有些遥不可及。在世界日趋全球化的过程中，人口流动带来的身份流动将是一种普遍存在的文化现象。无论是固守原来的身份，或是主动拥抱新的文化身份，都将是一个纠结而复杂的过程，而像吉丁一样时而处于"居间"身份也成为一种常态。

第二节 《恩惠》：殖民时期的种族景观及种族主义生产

出版于2008年的《恩惠》是继"历史三部曲"之后的又一力作，莫里森在这部小说中不刻意强调黑人群体的处境，而是把时间回溯至美洲新大陆被殖民时期。尽管小说的叙事地点是弗吉尼亚地区，但作品明显淡化了南部地理的重要意义，转而关注前种族主义时期的社会状况，放大了这个时期的种族景观以及种族主义形成的细微历史。这样的安排跳出了作家以往以美国国内政治权力中多数—少数、黑—白等二元对立为主题的基本叙事模式，把问题引向造成诸种现象的初始境遇，以一种全球化的国际视角来审视美国乃至世界格局形成的根由和过程。美国著名作家厄普代克赞颂《恩惠》说，作者"在这个原生状态、充满纷争的殖民地世界发现了诗意"[2]。厄普代克的评论切中肯綮地指出了莫里森写作中的某种转向。

霍米·巴巴借诗人艾德里安娜·里奇（Adrienne Rich）《险境地图》的组诗来强调重新设想历史文化远景的重要性："屈从于'自己的历

---

[1] Paul Gilroy, *The Black Atlantic*, Cambridge: Harvard University Press, 1993, p. 112.

[2] John Updike, "Dreamy Wilderness: Unmastered Women in Colonial Virginia", *New Yorker*, Vol. 35, No. 3, 2008.

史'——区域性历史——或成为其主体,让诗人在超越国家的历史流中'不得满足',陷入对自己身份和其社群未来的焦虑。"① 巴巴认为,以这种方式来看待不同文化间的关系,可以把它们看成一个复杂的"少数群体"现代化复杂进程的一部分,而不只是多数和少数、中心和边缘的两极对立关系。就美国而言,巴巴的这种"本土世界主义"② 观念致力于实现民主管理的共同目标,与美国的少数族群的政治实践和伦理选择不谋而合。巴巴高度评价 W. B. 杜·波伊斯的思想和政治实践,认为他是杰出的非洲裔美国本土主义者。作为美国的少数族裔作家,莫里森的写作在某种程度上超越了地域性、群体性相关的界限,并把视野投向更广阔和更深远的世界现代化进程领域。在接受全国公共广播电台(NPR)采访时,莫里森说道:"帝国依赖被奴役的人,这很常见。美国的起源也是这样,但不同的是,美国的贵族和士绅为了保护自己免受穷人——包括欧洲的契约仆人、被奴役的非洲人和美洲土著——的影响,因而就可以随意羞辱、杀死或保护任何黑人。"③ 在揭示帝国形成的过程中,白人群体对经济利益的维护促成了美洲被殖民时期种族景观的形成,它同时也成为美洲种族主义的根源。

殖民时期新大陆的种族景观是世界现代化进程和政治格局形成的一种突出面向。16 世纪末,随着美洲被发现,欧洲人对新大陆的探索和开发由此拉开了帷幕。作为帝国殖民史的一部分,欧洲强国对新大陆的占有、划分、买卖改变了这块土地的生态,世代居于此地的美洲土著人的命运也由此改变。帝国的意识形态伴随着殖民进程逐步渗透到美洲大陆,来自欧洲的移民在带有鲜明种族话语的科学(尤其是人种学)的

---

① [印]霍米·巴巴:《全球化与纠结:霍米·巴巴读本》,张颂仁、陈光兴等编,上海人民出版社 2013 年版,第 15 页。

② "本土世界主义"是霍米·巴巴在其文章《向前看,向后看》(收录于《全球化与纠结:霍米·巴巴读本》)中提出的一个概念,它和"全球世界主义"不同,意在强调以少数派的眼光来衡量全球发展。其对自由平等的追求尤其强调人人有权保持"平等的个性",而不是"全球世界主义"背景下的"二元经济"基础上的多元。

③ Toni Morrison, "Toni Morrison on Bondage and a Post-Racial Age", December 10, 2008, https://www.npr.org/templates/story/story.php?storyId=98072491.

推波助澜下摇身一变成为美洲的主人，本土的美洲印第安人失去了家园、地位和权力，而被贩卖至此的非洲人则成为奴隶，新大陆的种族景观由此形成。

一 从"弃儿"到"主人"：欧洲白人移民的身份转变

17世纪初，由英国大商人和土地贵族组成的股份公司——伦敦公司（又称弗吉尼亚公司）和普利劳斯公司被国王授予开发北美殖民地的特权。这两家公司是一个集海外贸易、走私、奴隶贸易于一体的跨国性综合贸易机构。1607年5月，首批移民经由公司运送至北美洲，他们主要是投机者、破产贵族和契约奴隶。这批移民到达北美东南海岸，建立了詹姆斯敦，这是英国在北美建立的第一个永久殖民地，詹姆斯敦后来发展成为弗吉尼亚殖民地。这批进入美洲的欧洲白人经历了一个较长的适应过程，包括与当地印第安人之间长期而复杂的战争。值得注意的是，在稍晚的移民群体中，有相当一部分是因为英国国内的宗教纷争而前往美洲的。在"五月花号"运送的英国人中，全船102名移民中就有35名分离派教徒①，他们因不堪国内的宗教迫害，取道荷兰最终抵达北美大陆。这一欧洲列强海外殖民时期也正是美洲进入世界目光的特殊历史阶段，《恩惠》通过叙事再现了新大陆（抑或美国的起源）的历史颜貌。小说依旧延续了作家惯用的写作模式，以时序和视角的交叉转换为篇章架构的基本策略，通过不同人物的叙述展现了殖民时期新大陆弗吉尼亚地区的种族景观。

小说中占有重要比重的人物是来自英国的穷白人雅各布·伐尔克，他在一定程度上是欧洲文明的"弃儿"。雅各布是出生于英国的白人，漂泊不定，跃跃欲试地进行海外投机，意外地获得了素未谋面的叔父留下的位于美洲的一百多英亩的休闲地。在当时来看，这份遗产本身对于欧洲人来说并不具有任何诱惑力，它远在海外的蛮荒之地，也未经过任

---

① 分离派教徒是英国清教中最激进的一个教派，其教义与国教相悖，因而遭到迫害。

何开发,存在巨大风险,只有喜好冒险的投机者或者流浪汉才有可能感兴趣。雅各布是家族的弃儿,所以漂洋过海到一个荒蛮之地继承这份遗产是个不错的选择。雅各布的情况并不是个案,当时美洲在欧洲人的眼里就是遥远的荒蛮之地,很多触犯法律、道德的人,包括异教徒在内,都会被流放到美洲。小说多次提到了这种状况,比如雅各布的妻子丽贝卡,她的父母是虔诚、激进的宗教徒,对到了婚育年龄的女儿没有多少耐心,当听说有人需要一个不要嫁妆的妻子时,两人便毫不犹豫地用一张船票把女儿"邮寄"到美洲。与丽贝卡同船的女人大多都是被抛弃者、妓女、流浪者,以及被卖到美洲的契约工人。小说中的威利和斯卡利就是来自英国的契约奴隶。

相比于家族和欧洲文明的"抛弃",雅各布身上所具有的清教精神构成了对英国文明的反向"抛弃"。马克斯·韦伯在《新教伦理与资本主义精神》中从宗教出发详细论证了资本主义的发展与新教提倡的禁欲、节俭、积极入世的伦理精神密不可分,正是这种精神促进了资本主义的发展。尽管雅各布的经历在传统欧洲人眼中是悲惨的,但他自身的朝气蓬勃的实干精神反而映照出欧洲的没落。"这块领地完全为天主教所控制。教士在各个城镇中招摇行走;他们的教堂威胁着广场和街区;险恶的布道团会突然在土著人的村庄边出现。法律、法庭和贸易都由他们一手把持,而身着盛装、脚蹬高跟鞋的女人们坐在由十岁黑人孩子驾着的马车里。他被天主教这种放荡、虚浮的狡猾所激怒。"(14)雅各布到达美洲后,对欧洲贵族的做派和天主教的横行表现出极度的不满。因海外奴隶贸易发财的英国商人德奥尔特加一家人将英国贵族骄奢淫逸的生活方式复制到了美洲,因生意管理混乱和铺张浪费而陷入财务危机。雅各布对这种古老的欧洲遗产抱以轻蔑,并拒绝了对方提出的合作进行奴隶贸易的建议。在与德奥尔特加的交锋中,雅各布意识到"分隔他们的只是事物,而不是血统或品行"(29),他以一个成功的平民地主身份挑战了士绅阶层,这让他倍感兴奋,决心要证明"他个人的勤劳也能够为他积累德奥尔特加所获得的财富和地位"(29)。

雅各布在某种意义上是克鲁索·鲁滨逊的先驱。18世纪的笛福在《鲁滨逊漂流记》中塑造了一个生机勃勃的帝国的探险者和殖民者形象鲁滨逊。作为信心十足的大英帝国的文明人，鲁滨逊对蛮荒小岛进行了有意识的占领和改造，帝国意识表露无遗。雅各布初到美洲也经历了类似鲁滨逊的感受。

> 在一片如此崭新、危险的天地里，呼吸着这般生疏而又充满诱惑的空气，从来都令他生气勃勃。刚一驰出温暖的金色海湾，他便望见了自诺亚时代就未被碰触过的森林，海岸线美得叫人落泪，野果在等待采撷。公司那套有关唾手可得的利润在等候一切新来的人类的谎言并没有使他称奇或者消沉。实际上，正是艰难和冒险吸引着他。他的一生充满着对峙、风险及和解。如今，他从一个落魄的孤儿变成了地主，从四处流浪变得拥有一席之地，从原始粗野地生存变到了心平气和地生活。①

小说呈现了一个"外来者"眼中的新大陆和自然景观，雅各布对此充满了征服的欲望和蓬勃信心。与鲁滨逊不同的是，17世纪的雅各布并没有把对美洲土地的占有视作是理所当然的，他身上还保留了对美洲大陆居民的基本道德感和对其天然权利的尊重，对一切受侮辱和受损害的人或者物都报以同情心，尽量不去破坏和奴役他们。当然，雅各布本人并不排斥帝国开拓事业，所以能够积极地投身于对美洲的占有和改造，成为一名名副其实的美洲地主。尽管雅各布意识到美洲大陆上正在发生的不公正的事情，但作为欧洲白人移民，他是诸多帝国殖民事业的受益者。首先，雅各布所从事的农业及贸易是建立在对美洲土地的占领和对当地人的掠夺的基础上的。尽管雅各布的林地是继承叔父的，但这显然是帝国殖民的获益，他间接攫取了原属于美洲土著居民的土地和资源。

---

① [美]托妮·莫里森：《恩惠》，胡允桓译，南海出版公司2014年版，第12页。本节引文均出自本书，下文引文只标页码。

起先，雅各布是以毛皮和木材为副业的公司中的一名小规模生意人；雅各布后来发现自己马马虎虎算是个继承人的时候，他便醉心于成为一名拥有土地且独立自主的农场主并为之努力：娶妻，找帮手，种植，修建等。雅各布一系列行为显示了其角色的转变，从"外来者"变为一个"本地人"，而且在美洲开疆拓土的过程中他丝毫没有展现出对母国的留恋和怀念，而是自始至终都以积极进取的精神为当下的身份和地位努力。

有趣的是，雅各布执意给自己修建一座类似于朱伯里庄园的农庄，这种想法的背后是对自己新身份的认同以及对稳固地位的渴望。朱伯里庄园的主人德奥尔特加是一个牧民的儿子，但乐于模仿欧洲贵族的做派以掩盖自己的真实身份。莫里森对经典的戏拟嘲弄了盎格鲁/欧洲皇室帝国身份政治的特权。[①] 当雅各布踏上庄园和德奥尔特加谈生意时就产生了修建农庄的想法，但要摒弃奢华无用的装饰。在修建的过程中，我们似乎看到了福克纳笔下的萨德本·百里地的影子。《押沙龙，押沙龙！》中的萨德本从印第安酋长手中骗得了一百英亩的土地并带来黑奴和法国建筑师为自己修筑了一个大庄园。萨德本修筑大庄园是为了在杰弗逊镇上获得更高的社会地位并娶到当地门第高的妻子以繁衍血统纯正的子嗣，而这所有行为的心理根源大概在于自己曾经与西印度群岛有黑人血统的富家女的一段婚姻，有黑人血统的妻子和孩子是他人生的污点。带着历史上场的萨德本终究无可避免地陷入血统、家族命运的泥淖中。与此相比，雅各布对农庄的执念源于自己曾经的漂泊经历，他一再地修建符合自己理想的房子，在某种程度上是为了强化自己新的身份。然而，在第三栋房子完工时，雅各布因感染水痘病逝。

其次，雅各布卷入了农作物贸易，身份的便利以及商业的成功使其从穷白人变成了富有的地主兼商人，逐渐跻身于权力阶层。雅各布在酒馆听到关于朗姆酒的生意，并发现比起闭塞和一成不变的农业生活来说，他更喜欢商业。他计划从事糖的生意，但心中一度泛起某种

[①] Geneva Cobb Moore, "A Demonic Parody: Toni Morrison's *A Mercy*", *The Southern Literary Journal*, Vol. 44, No. 1, 2011.

曾经出现过的感受，"在朱伯里奥庄园黑奴的亲密无间和远在巴巴多斯的劳动力之间存在着一个深刻的差异。对吧？对的，他想，同时抬眼望着因繁星儿显得庸俗的天空"（37）。如果说雅各布在初登陆美洲大陆时还带有正义观念和怜悯之心的话，那此时他在巨大的商业利益面前开始为此前所不齿的贸易开脱，自顾自地否定了巴巴多斯和本地生意的联系，否定了自己将从事的农作物生意是建立在美洲黑奴的劳作基础上的。糖和朗姆酒贸易都是以农业生产为基础的，种植、运输和贩卖在很大程度上是依赖黑奴的无偿劳作的。包括雅各布的林地和农庄的劳作，都是由身份不明的弃女"悲哀"、印第安女人莉娜和黑人女孩弗洛伦斯等人的无偿劳动完成的。所以，雅各布所从事的商业间接推动了海外奴隶贸易，其早期的伦理观念在利益的冲击下不堪一击，他自己也成为奴隶贸易的受益者和同谋。更进一步，雅各布的身份变化以及商业行为间接地造成了美洲大陆的种族景观，即欧洲白人移民逐渐成为这片土地的统治者，而黑人和美洲土著受制于农业生产和贸易活动，逐渐成为本土的"他者"。

从上述论述中可以看到，雅各布完成了从欧洲移民到美洲地主和商人的嬗变过程，而其性格也经历了复杂的转变和发展，从一个带有正义观的穷白人变成了一个间接蚕食他人的帝国主义事业的帮凶，正如厄普代克评价的，"白人比黑人更加栩栩如生"[1]。尽管雅各布充满怜悯地收留了几个被抛弃的孩子，也未像其他欧洲移民肆意掠夺和践踏美洲的土地及资源，但就其身份来说，雅各布在很大程度上代表了欧洲殖民者，他逐渐由一个外来的"他者"变成了美洲的"主人"，并在各类开拓事业中掌握了话语权，间接参与制造了美洲的种族景观。尽管17世纪的美洲被称为"前种族主义"时代，"美国尚处于流动、临时状态"[2]，但

---

[1] John Updike, "Dreamy Wilderness: Unmastered Women in Colonial Virginia", *New Yorker*, Vol. 35, No. 3, 2008.

[2] Toni Morrison, "Toni Morrison on Bondage and a Post-Racial Age", December 10, 2008, https://www.npr.org/templates/story/story.php?storyId=98072491.

种族主义话语已然开始形成，尤其是在法律、政治领域，白人逐渐成为规则的制定者和受益者，而本土的其他居民则逐渐沦为被奴役和被剥削者。这是早期殖民者的观念，对美洲大陆的一切稍微能报以客观的态度，虽然在叙事中也未见过多地对其他族群的野蛮的描述，但依然出现了这种苗头，尤其是对印第安人的描述方面。

二 "本土的背井离乡者"：印第安人主体性的失落

在文化研究领域，主体性问题与身份问题是二而一的问题。在后现代哲学那里，主体性不是稳固的、一成不变的本质性的自我，而是充满了张力的、动态的语言，政治和文化的社会建构。伴随着对美洲的发现和欧洲的殖民，印第安人的身份和地位持续地遭到了挑战和处置，从最早的美洲大陆的主人逐渐沦为被统治的"他者"，其主体性日渐衰落。

1763年3月，英国驻北美总司令杰佛里·阿默斯特（Jeffrey Amherst）爵士在给时任俄亥俄—宾夕法尼亚地区进攻印第安部落的亨利·博克特上校的信中建议把"天花医院的毯子"给那些反叛的印第安部落送去。① 博克特采纳了这个建议，把医院天花病人用过的毯子和手帕作为表示"和解"的"礼物"送给当地印第安部落。很快，在印第安世代居住的地区出现了从未见过的流行疾病，大量居民死于这场疫情，而英国殖民者不费一兵一卒便取得了胜利，英军随即获得了在当地的控制权。这就是著名的"天花毛毯"事件，殖民者就是通过这种手段使美洲印第安人口数量急剧下降，从而达到对美洲的占领和统治的目的。美国大屠杀历史学家大卫·E. 斯坦纳德（David E. Stannard）认为，天花、流感和麻疹是欧洲人带到新大陆的三种"最迅速流行"的疾病，当地人对此没有免疫力。在弗吉尼亚詹姆斯敦及其周围的波瓦坦部落的人口，从10万下降到1.4万，"因为英国、法国和西班牙的掠夺和疾病"。与当地人口急剧下降情形形成鲜明对照的是，英国人口从1607年

---

① Howard Zinn, *A People's History of the United States*, New York: Harper Perennial, 1995, p. 86.

到 17 世纪末由 107 名定居者增长到了 6 万人。①

《恩惠》影射了历史上著名的"天花毛毯"事件。印第安女人莉娜所在的部族遭受了严重的疫情，大部分人死于他们从未见过的疾病。"有的死在灯芯草席上，尸体在湖畔重重叠叠，有的蜷缩在村里的小路上和村外的树林里，但大多数都是在对着既不能多留又不忍抛弃的裹在毯子里的孩子撕心裂肺的哭泣中死去的。"（50）死亡席卷了村庄，遍布四野的尸体给野兽提供了饕餮大餐。"穿蓝制服"的操法语的男人们到达村庄后，先将狼群扫射驱散，救下被野兽逼到树上的莉娜和另外两个男孩，最后把村庄付诸一场大火。两个男孩下落不明，而莉娜被送到了当地的长老会。很明显，"穿蓝制服"的是法国军队，在疫情消灭了大部分印第安人后，士兵们烧毁了土著居民的家园并实施占领。包括莉娜在内的幸存者成了无家可归者，被欧洲入驻此处的各类宗教机构收留和改造。限制叙事视角揭示出事件的巨大反讽意味：幸存者觉得是欧洲人救了他们，但造成灭族的病菌实际上是他们投放的。印第安人的命运卷入了帝国扩张和殖民历史中，他们由美洲主人身份变成了本土的少数族裔，权力的倒置使他们成为"本土的背井离乡者"。正如莉娜对着山毛榉树林说道，"你们和我，这块土地是我们的家园"，"可我跟你们不一样，我在这里背井离乡"。（64）

印第安人被想象和塑造成懒惰、原始、渎神的形象，这强化了海外殖民者的"使命感"，同时造成了印第安群体的"他者化"。"16、17世纪的欧洲文化倾向于将印第安人等同于野人，敌视和同化印第安人的思想是贯穿于这一时期印、白文化接触历史的一条主线。"② 殖民时期的众多游记、信件、文学作品都显示了白人群体对印第安人形象的塑造。在玛丽·罗兰森（Mary Rowlandson）的《上帝的主权与恩慈》中，作者

---

① David E. Stannard, *American Holocaust*, New York: Oxford University Press, 1992, pp. 68, 107.

② Nicholas P. Carpenter, *Why Have You Come Here?*: The Jesuits and the First Evangelization of Native America, New York: Oxford University Press, 2006, p. 7.

以受害者的姿态描述了印第安人的恐怖形象："我看到如此多的基督徒倒在血泊之中……他们就像被饿狼撕碎的羊群，被这些地狱之犬们剥光了衣服。"[1] 印第安人的"野蛮"形象深入人心，激发了欧洲读者的同情，也为殖民地人使用暴力对抗印第安人提供了合理性。与此相似，莉娜被长老会收留后取名"麦瑟琳娜"[2]，简称为"莉娜"。为了改造莉娜，他们烧掉了她的鹿皮裙，剪短了她的头发，并让她参加每日的餐前祈祷。所有行为都是为了让莉娜摒弃掉她身上的原始和野性，使她变成"文明人"。但当发现莉娜难以改造时，他们一致认为"叫麦瑟琳娜的那部分还是抑制不住地爆发了"（53）。这种对印第安人的想象把文明的"自我"和野蛮、原始的"他者"区分开来，加剧了美洲种族不平等的政治景观。

幸存的印第安居民被进行了充分的意识形态改造，赤裸裸的屠戮被改造成救世神话。"对新英格兰清教徒来说，美洲印第安人所在的蛮荒之地是一种融合了威胁与应许之地的象征。它既是一种道德真空、充满诅咒和危险的被遗弃之地，也是清教徒远离罪恶和迫害的避难、净化和检验之所。"[3] 这种观念一方面对印第安人进行了道德审判，"他者化"了这些土著居民，另一方面强化了自身的殖民认同，增强了其海外殖民的"使命感"，让他们感到是要拯救堕落的美洲土著。清教徒们以《圣经》作为主要思想资源对他们在美洲大陆的行为进行了美化，试图向社会传递出印第安人因为自身的堕落导致族群灾难。莉娜进入长老会后，长老们表达了对绅士和土著男人同样的憎恶。"上帝对懒散且不敬神的人们的大怒——先向他们的出生地，那妄自尊大、亵渎神明的城市

---

[1] Mary Rowlandson, *The Sovereignty and Goodness of God*, Boston: Bedford/St. Martin's, 1997, pp. 4-6.

[2] 麦瑟琳娜（公元17年或20—48年）是罗马皇帝克劳狄乌斯的第三任妻子，以女色情狂的形象闻名于世，后来即成为其代名词。作者在这里依旧使用了惯用的命名策略，以此姓名强调莉娜身上所保有的土著女人的生活习惯和原始性情。

[3] Roderick Nash, *Wilderness and the American Mind*, New Haven and London: Yale University Press, 1967, pp. 16-24.

抛出黑死病,接着是熊熊烈火——他们只能祈祷,莉娜的族人在死前能够明白,落在他们头上的灾难只是上帝不高兴的第一个迹象:只把七个碗中的一个倒在了地上,而当最后一个被倒空则预示着上帝的到来和年轻的耶路撒冷的诞生。"(52)从基督教教义中寻找合法资源,是欧洲殖民者惯常使用的策略。长老们把印第安人所遭受的瘟疫归咎于他们自身的懒惰和渎神,而他们是代表上帝来"拯救"他们的。自认为是"上帝的选民"的欧洲移民用他们自己的宗教精神和清教伦理对土著居民进行了"缺席"的审判。这就意味着,印第安人失去了生存空间的主导权,进一步丧失了话语权,成为被"言说"的"他者"。

成年后的莉娜对自己部族的处境有了深刻的认识,以旅人和鹰的故事来谈论欧洲殖民者和印第安人的关系。故事讲述了一个旅人在登上山顶后对无限美景发出了感叹:"完美极了。这是我的。"(68)正在附近孵蛋的鹰听到奇怪的雷鸣后便俯身飞向旅人,试图消除这异常的危险,旅人执杖将鹰击落。

> 弗洛伦斯几乎无法呼吸。"那些蛋呢?"她问。
> "它们自己孵化。"莉娜说。
> "它们活了吗?"她低低的声音变得急切。
> "我们活下来了。"莉娜说。

叙事刻意将幼鹰与莉娜的角色进行衔接和转换,这导致了两者之间关系的含混,故事的象征意味被凸显和强化。作为幸存的印第安妇女,莉娜意识到,是欧洲人的欲望和野心促使他们霸占了原本不属于他们的美洲土地,造成了当地居民的"他者化",并进一步对其实施了奴役。最终,美洲土著居民在被殖民政府分配的土地上遭遇"内部殖民"。[①]

这种奴役始于不平等的种族关系。有文章认为,"雅各布农场是一

[①] Geneva Cobb Moore, "A Demonic Parody: Toni Morrison's *A Mercy*", *The Southern Literary Journal*, Vol. 44, No. 1, 2011.

个去种族化的空间,在这里聚集了各类种族和文化背景的人,包括被奴役的印第安人、非洲黑人奴隶、自由黑人、混血女孩、白人契约工人和欧洲移民"①。但种族不平等和白人对其他种族的奴役是显而易见的。首先,莉娜是雅各布婚前买来的帮手。"她在法律上没有立足点,没有姓氏,也没有人会相信她的话而去与一位欧洲人为敌。他们只是与印刷工斟酌着招贴上的词句。"经进行文明改造遭遇失败后,莉娜被长老院随意变卖,而买主就是白人地主雅各布。莉娜凭借自己的生活经验帮助雅各布种植农作物和管理农庄,有一定事务处置权,并和女主人丽贝卡关系密切,共同经营庄园的生活。但她始终依附于雅各布夫妇,没有人身权利,当男主人身故后,她随时面临着被卖的命运。

其次,在殖民地人的宗教生活中,莉娜的异教徒形象强化了她被主宰和奴役的地位。莉娜和丽贝卡的关系经历了一个非常微妙和复杂的过程。最早,莉娜对后来的女主人抱有一定敌意,而丽贝卡也试图摆出主人的姿态;后来两人都发现,面对从未开垦过的土地和从未经历过的农庄生活,合作是最好的办法;当几个孩子和雅各布相继去世后,丽贝卡与莉娜产生了根本的分歧并开始信仰宗教,绝大部分时间都用在了阅读《圣经》而非从事俗务。莫里森在《他者的起源》中提出了她对种族现状的认识,即丢弃种族化的区分就意味着摒弃自己珍视和秉持的差异。② 随即以《恩惠》为例说明她对这种难题的探索。丽贝卡在孩子们和雅各布相继离世时,她开始笃信教义严苛的宗教而失去了以往的宽和并随意对待奴隶。丽贝卡每次去教堂从事宗教活动的时候,莉娜都被要求同去但不能进入教堂,只能在外等候。莉娜一开始就对白人的宗教表示出了轻蔑,认为他们"崇拜一个麻木迟钝、毫无想象力的神"(59),并认识到雅各布"砍死那么多树,而不经过它们同意,他的努力当然会招来厄运"(48)。莉娜显然是印第安文化的代言人,认为自然与人

---

① 哈旭娴:《历史的重现,当下的共鸣——论莫里森〈恩惠〉的历史书写》,《福建师范大学学报》2016 年第 4 期。
② Toni Morrison, *The Origin of Others*, Cambridge: Harvard University Press, 2017, p. 30.

类是休戚与共的关系，他们的自然崇拜与基督教世界的排他的一神教有着本质的区别。二人的分道扬镳根源在于两种不同的文化，而二人关系的变化也揭示出后者所代表的印第安人逐渐被压抑、被奴役的种族关系。

三 非洲黑人奴隶的"他者化"

小说中涉及了两类奴隶：一类是来自欧洲的契约奴，他们大多是在英国圈地运动和产业革命中破产和丧失生产资料的贫民和手工业者，还有一部分是宗教运动的受害者。这些契约奴的偿还劳动年限大多有时间限制，经过数年的劳动后就可以获得自由。比如《恩惠》中的斯卡利和威尔就是契约奴，斯卡利就是因为母亲的"放荡不驯"而被流放美洲的，她身故后债务就转移到儿子斯卡利身上，直到完成债务才能获得自由。另一类是来自非洲的黑奴。他们通常是由非洲贩运至美洲，完全失去人身自由且世代为奴，包括其子女都是作为财物隶属于买主的。弗洛伦斯的母亲就是被从非洲卖至葡萄牙，后跟随白人主人到达美洲的。期间，她与其他黑人女奴被强行与黑人男子配种，生下的孩子继续作为奴隶被奴役或者变卖。对于白人奴隶主来说，黑奴由于肤色和故地遥远而难以逃跑，且是终身制的。比起白人契约奴来说，黑奴显然能带来更多的收益。因而，到18世纪，契约奴贸易大幅下降，而黑奴贸易隆盛，与之相应的政治话语和法律制度开始逐步确立。

美洲被殖民阶段是各种话语开始出现并逐渐被强化的历史时期，包括移民与欧洲宗主国、美洲之间认同的复杂变迁过程。在众多历史话语中，最为突出和一致的就是对于非洲人的压制与统治。在《恩惠》出版后的一次关于这部作品的采访中，莫里森认为17世纪是一个比较好的历史时期，尽管世界各地都有奴隶制，但它还未和种族结盟。随后，她谈到了美洲的情况，不同寻常的事情发生了。贵族和土地绅士需要保护自己免受穷人的影响，包括流浪者、来自欧洲的契约仆人、被奴役的非洲人。以弗吉尼亚为例，白人在此处扎根并可以因任何理由而羞辱或杀死任何黑人，这完全是白人的发明。① 作者强调了美洲奴役史的特殊性——它在奴役中引入了种族因素，这导致了今天美国根深蒂固的种族主义。在经历了"历史三部曲"的写作后，回到种族主义流行以前的时期，这里暗含着作者深刻的历史意识，并试图展现黑人地位发生急遽转变的历史进程。

对这种历史进程的表现，作家是以黑人少女弗洛伦斯的情感和生活经历为主线来表现的，她成长过程中的一个典型事件表征了这种深刻的历史转变。弗洛伦斯是非洲奴隶的后代，小说有六章是以她的视角来组织叙事的，分别穿插于不同时期。弗洛伦斯最早是被作为债务抵偿给雅各布的。由于原来的主人经营不善，他想向雅各布贷款，弗洛伦斯作为债务的一部分最终被以28美分的价格转让给雅各布。虽然身为奴隶，弗洛伦斯身上保有一定的自我意识，这突出地表现在她对鞋子的渴望上。对一个奴隶孩童来说，赤脚是惯常的做法，而对鞋子的痴迷则显示了弗洛伦斯渴求关爱和保护的深层隐秘心理。鞋子的意象构成了对身体保护的屏障。

在弗洛伦斯的成长过程中，关于自由的理解构成了人物价值感来源的重要方面。对被贩卖至美洲的非洲奴隶来说，自由意味着什么？在身体被缚的情况下，自由是否还有意义？约翰·穆勒在《论自由》中所讨论的个体权力之于社会的范围和限度对非洲黑人奴隶来说显然不具适用性，但小说在另一个层面上展示了自由的价值。小说首先塑造了一个自由的非洲男性形象——铁匠，他受雇于雅各布的农场，承揽了修建新庄园所有的铁艺活儿。莉娜从铁匠身上看到了从未见过的非洲人的举动，"他直盯着太太，由于个子很高，目光向下俯视，那双仿佛公羊似的、八字形的黄眼睛始终都没有眨一下"。然而莉娜随即又描述了此地非洲人惯常遭受到的待遇，"大火毁了她的村庄后，在她被带去的那个镇子上，任何非洲人要是胆敢如此冒失，就要依法受到鞭笞。一个不解

---

① Toni Morrison, "Toni Morrison on Bondage and a Post-Racial Age", December 10, 2008, https://www.npr.org/templates/story/story.php?storyId=98072491.

之谜。欧洲人可以平静地砍死母亲，用滑膛枪爆破老人的脸，响声比麋鹿的叫唤还大，可要是一个非洲人直视一个欧洲人的眼睛，他们就会勃然大怒"（50）。莉娜表达了眼前的这种困惑：一方面是铁匠带来的非洲人的新鲜的自由人形象，他平静而不失自我；另一方面是非洲人在美洲普遍的非人待遇，欧洲人并没有把他们看作是与自己一样的人类甚至是同一物种。

与铁匠高度的自我意识相比，弗洛伦斯的自我几乎在奴役中被耗尽。弗洛伦斯在年方十六时遇到铁匠并对他一见钟情，称"我第一次活着"（41）。从某种意义上来说，新鲜的情感经历使弗洛伦斯在日常奴隶生活之外获得了另一种生活可能，自我价值得到更新。而这种新的情感经验和价值感构成了对奴隶地位的挑战和瓦解，自我意识由此得到强化。有学者评论，"弗洛伦斯对浪漫爱情的追求，特别是在奴隶制刚起步和发展的历史背景下，她的这种追求照亮了奴隶的人性，而不是仅仅关注奴隶空虚的生活"[①]。文章论述了弗洛伦斯追求的爱情与早期美洲女性寻求安稳可靠爱情的差异，强调了前奴隶制向奴隶制过渡时期这种浪漫之爱的意义。除此之外，叙事并没有给予这种浪漫之爱以虚幻的超越性。弗洛伦斯的价值感是建立在与他人关系基础上的，不具有独立性，因而容易趋于弱化甚至消失。两人经历了一段炙热的感情，铁匠在雅各布农庄完工后离开。当弗洛伦斯抱着巨大的希冀再次找到铁匠时，小男孩马莱克挡在了两人中间。弗洛伦斯意外将小男孩的胳膊拽脱臼，误会使得铁匠放弃了对她的信任和感情。在两人的一段对话中，铁匠指出了弗洛伦斯的问题，认为她内心已被奴役。

"你说你见过比自由人还自由的奴隶。一个是披着狮子皮的驴。一个是披着驴皮的狮子。你说是内在的枯萎使人受了奴役，为野蛮打开了门。"（176）铁匠的这一段关于自由的诗意表达，实际上强调了人类的意志自由。尽管非洲奴隶身陷桎梏，但心灵和精神的自由是不可磨灭

[①] Sandy Alexandre, "Lovesick in the Time of Smallpox: Romancing the State of Nature in Toni Morrison's *A Mercy*", *Criticism*, Vol. 59, No. 2, 2017.

的。弗洛伦斯曾经有过类似自由的体验，而惯于被奴役的她害怕宽松，于是就选择了"不想被松开"（76）。正如莉娜所说的，弗洛伦斯是一株"风中飘荡的蕨类植物"，正是她的自我缺失导致了其内心被奴役的状态。进而，弗洛伦斯将自我捆绑和束缚于与铁匠的关系中，以期获得某种安全感。

小说中关于自由的讨论有着突出的现实意义，在种族主义甚嚣尘上的时代，保持心灵的自由对非裔美国人来说是极为重要的。铁匠的形象自始至终都显示出一种超乎其他非洲人的冷静与智慧，没有恐惧，超然物外。从某种程度上来说，叙事提供了一个理想非洲人的范本。莫里森借铁匠之口传达了自己关于自由的看法。而且她在几乎所有作品中都塑造了相对理想的非裔美国人形象，比如《所罗门之歌》中的派拉特、《家》中的德埃塞尔等。她们虽然都身处无权境地，但无一例外地保持了心灵自由。非洲人在被贩卖至美洲大陆伊始，他们就失去了人身自由，直到南北战争后，这种境况才得到了改观，但根深蒂固的种族主义始终使他们处于"他者"的境遇中。只有保持对自由的信念和追求，该群体才会在政治身份和权力的斗争中获得不竭的动力。

在殖民地时期，欧洲移民关于非洲黑人的看法是来自欧洲人固有的观念的，它持续而深刻地影响了后来西方世界的伦理秩序。弗洛伦斯外出寻找铁匠期间，她曾求助于白人寡妇伊玲。伊玲的女儿简因为斜视而被认为是魔鬼的化身，周围的基督教徒为此纠缠不休。寡妇为了向他们证明自己的女儿不是魔鬼，就在女儿身上制造了很多伤疤，因为基督教徒认为"魔鬼是不会流血的"。这种情况在欧洲中世纪非常多，他们把左手、精神症、斜视等视为异常，是魔鬼附体的表现。从根本上说，这是在科学不发达时代神学话语权力的表现。黑人女奴的出现成功地转移了基督教徒们对简的非难。

一个女人开口说，我从来没见过这么黑的人。另一个说我见过，这个人和我见过的其他那些人一样黑。她是非洲人。是非洲人,而且黑得多,又一个说。看看这孩子,第一个女人说。她指着身边那个又是呻吟又是发抖的小女孩。听到了吧。听到了吧。那就没错,另一个说。魔鬼就在我们当中。这是他的奴仆。那小女孩怎么都哄不好。被她紧紧抓着裙子的那个女人把她带到了屋外,在外面她很快就安静了。①

莫里森在一篇文章中以奥康纳(Flannery O'Connor)的作品《人造黑鬼》(*The Artificial Nigger*)说明了"他者化"的过程。在这个过程中,叙事展示了白人对作为"陌生人"的恐惧心理、对黑人幻象的制造及其对白人群体的影响。② 几个女基督徒原本是到寡妇家找其女儿简的,但意外地发现了黑人奴隶弗洛伦斯,基督徒们的关注目标迅速转移至年轻的黑人女奴身上。她们调动所有经验和记忆一遍又一遍地讲述弗洛伦斯的皮肤有多黑,实际上传递了她们对目标群体的未知和恐惧,这种恐惧强化了他们对黑人群体的塑造,并将这种形象与西方的宗教经典联系起来。在欧洲人眼中,非洲人是含③的子孙,是没有机会得到救赎的一批人。弗洛伦斯"赤身裸体地接受她们的检查,我想看看她们眼中都有些什么。没有憎恨,没有恐惧,也没有厌恶,可是她们隔着远远的距离看着我,看着我的身体,没有一丝一毫的认可。猪崽从食槽中抬起头看我时,都带着更多的认同"(126)。至此,弗洛伦斯逐步被"他者化",被认为是魔鬼的奴仆,而简的斜视就无足轻重了。

如果说奴隶制禁锢了非洲黑人的身体,而"他者化"则在精神上摧毁了非洲黑人奴隶的信心和自我认知。弗洛伦斯自己说道:"我知道我的枯萎是在寡妇的那间储物室里诞生的。"(176)在寡妇的家里,弗洛伦斯亲历了被区分、被观看、被侮辱的"他者化"的过程,个体的

---

① [美]托妮·莫里森:《恩惠》,胡允桓译,南海出版公司2014年版,第124页。
② 参见 Toni Morrison, *The Origin of Others*, Cambridge: Harvard University Press, 2017 中第二篇文章 Being or Becoming The Stranger, pp. 19–39。
③ 含是《圣经·创世纪》和《古兰经》中的人物,诺亚的次子,相传是非洲人与亚洲人的祖先。

自我彻底丧失。非洲黑人奴隶主体意识的失落从根本上是由社会造成的，是被遍布于生活每个角落的话语塑造成的，个体无法逃离。尽管殖民地时期种族主义还未开始流行，但承袭自中世纪的种族差异观念却是根深蒂固的。随着黑奴在种植园经济中发挥着越来越重要的作用，种族主义便在美洲大陆一发不可收拾地泛滥。

非洲黑人奴隶作为"他者"的地位在美洲大陆逐渐被法律化和制度化。小说提到了1676年的一场"人民之战"（影射的是历史上的"培根暴动"①）——由黑人、土著人、白人和黑白混血人（获得自由的奴隶、奴隶和契约劳工）与当地绅士阶层的战争。战争以"人民"的失败告终，战争本身导致了敌对部族之间的屠杀、驱逐以及一系列法律的形成。"依据新法，禁止解放黑奴，禁止黑人集会、旅行和携带武器；授予任何白人以任何理由杀害黑人的特权；而通过补偿伤残或死亡奴隶的主人，进而永远地将白人与其他人隔离开来，加以保护。"雅各布对此的反应是，"这些法律无法无天，鼓励了残酷行径"（11）。由此可见，由"人民之战"引发的后果是殖民者运用强权干预了当地的种族和政治格局，通过加强对白人移民的保护和剥夺其他群体的基本权利的手段逐步将其种族主义观念制度化、合法化。② 这是种族主义在美洲扎根、泛滥的关键性步骤。

由琼·珀塞尔·吉尔德（June Purcell Guild）收集的《弗吉尼亚黑人法律》最早出版于1936年，专门论述了弗吉尼亚州的黑人、契约和自由。内容囊括了自弗吉尼亚议会通过的法律、决议和条例，一直到1936年的相关黑人法律。这些法律知识在历史谱系中具有重要地位和深刻的认识价值，包括黑人的政治地位、白人的特权等，揭示了美国近

---

① 培根暴动（Bacon's Rebellion）是贵族纳萨尼尔·培根（1646—1676）在1676年雇用奴隶和契约劳工时，就土地全权、印第安人、税收等问题与当时的弗吉尼亚总督威廉·伯克利发生武力对抗。在暴乱中，培根为奴隶和契约劳工提供报酬，但有一系列带有种族区分的法律形成，欧洲白人劳工被给予特权，而黑人奴隶和印第安人则受到限制。

② 哈旭娴：《历史的重现，当下的共鸣——论莫里森〈恩惠〉的历史书写》，《福建师范大学学报》2016年第4期。

三百年来的社会生活结构和权力关系。比如一条1705年的规定,"不信仰国教者、罪犯、黑人、黑白混血儿和印度仆人,以及其他不是基督徒的人,在任何情况下都不能称为证人"。根据1847年的刑法,"任何与奴隶或自由人聚集的白人给黑人教授阅读或写字,应该被监禁不超过六个月,罚款不超过一百美元"。通过这些法律可以看到,从新大陆被殖民时期到美国内战前,美洲社会经历权力划分和群体淘染,而非洲黑人及其后代的"他者"地位逐渐被强化。

《恩惠》提供了一幅殖民地时期的美洲种族景观。在这个帝国对外扩张的时代,我们可以看到新大陆政治格局的形成以及美国种族主义的雏形。欧洲白人殖民者,因为帝国扩张事业来到美洲大陆,并在开拓中逐渐形成了主体意识。这种主体意识虽然没有明确地与母国认同产生分裂,但为后期的认同转变奠定了基础。美洲印第安人的土地被欧洲殖民者以欺骗、买卖、种族屠杀等方式占据,土著人口急遽大幅下降。殖民者同时对幸存的印第安人进行了意识形态灌输,让他们认为是自己部族的道德缺失和渎神造成了部落的没落或消亡。同时,大量印第安人被白人奴役。尽管身处自己的家园,却沦为本土的"背井离乡者"。非洲人是作为商品被贩卖至美洲的,"他者"的身份使其始终处于奴隶的地位且世代为奴。为了维持非洲黑人奴隶对美洲经济的巨大贡献,压抑和统治非洲黑人奴隶的种族主义话语开始出现并逐渐被制度化。

小结

出版于1981年的《柏油娃娃》和2008年的《恩惠》在莫里森的大部分小说里显得有些突兀,内容与单纯反映非裔美国人生活的小说有些不一样,作品透露出的文化立场也有些暧昧不清。实际上,作家在这两部作品中提出了一些全球化时代共有的问题,即流动人口的伦理关怀问题。大规模的全球化人口流动始自帝国时代,西方国家通过商品贸易和殖民活动改变了农耕时代的文化环境和生态。这些流动人口与故乡和新家园的关系是怎样的？尽管以上两部作品依旧以各种方式与美国南部发生关联，甚至就在美国南部土地上，但作品显然超越了单纯的地理空间叙事，把目光投注于流动群体的伦理关怀方面。

《柏油娃娃》展示了当代黑人在全球化背景下的生存状态，它以流动的地理作为身份变换的突出表征，将非裔美国人在传统与现代、地方与世界之间复杂而纠结的选择生动地传达出来。加勒比海地区、美国南部乡村埃罗、纽约以及巴黎都在吉丁甚至儿子的生活中具有极其重要的意义。在吉丁看来，被认为是黑人文化传统保留最完好的埃罗是没有未来的，那种曾经活跃于黑人群体中的文化因子被认为是落后而沉寂的。包括吉丁在内的这些边缘群体试图建立起明确而清晰的文化身份，但主流社会意识形态的排他性使得他们无法直面和高扬民族传统，只能在两者之间做出某种平衡。似是而非的"居间"状态甚至成为后殖民时代大部分流散群体、边缘群体的主要生存状态。

为什么在21世纪，美国第一任黑人总统巴拉克·奥巴马获选之际出版了一部关于美国前种族时代的小说？如果说莫里森是一位立场鲜明的黑人作家，那么写前种族时代的故事，意义在哪里？对于"历史三部曲"中的残酷记忆来说，对种族主义的野蛮行径，是否有另一个故事要讲？在奥巴马就任前，《恩惠》出版。这是一部历史小说，在小说中作者以极大的热情回溯了美洲殖民地时期的历史，呈现了17世纪美国建国前弗吉尼亚地区的种族景观。上文中提到，欧洲白人从"欧洲弃儿"变成了"美洲主人"，而美洲印第安人从"主人"成为本土的"背井离乡"者，被贩运至美洲的非洲黑人则渐渐成为与白人群体相对立的"他者"。由于巨大的经济利益所驱使，白人殖民者制定出一系列法律维持以非洲黑人及其后代的奴隶身份。这些人逐渐丧失了法律地位，人沦为物，进而导致了大规模流行于美洲社会的种族主义的产生和传播。

莫里森以巨大的勇气追溯和展示了殖民时代的种族景观及后来种族主义格局的形成，让人们清楚地认识到美洲大陆种族主义产生的阈限性阶段。《恩惠》以个人的细微历史展现了一个时代的风貌，它对当代人有着显著的实际意义。一方面，对美洲白人群体来说，这段历史是不可回避的，正如美国学者迪安所说，"背井离乡"之感是所有美国人都会有的心理状态①；另一方面，对美洲少数族裔群体，这种清晰的历史建构是为经济利益所驱使，所有种族主义观念都是服务于这一目的的。这会在一定程度上修正少数族裔群体负面的自我想象，减少种族主义带来的伤害，增强民族自信心。

莫里森在2017年的非叙事作品集《外来者的家园》中指出，除了包括19世纪的奴隶贸易达到峰值外，大规模人口流动在20世纪后半叶和21世纪初表现出更强劲的态势。这种大规模迁徙的景象不可避免地引起了人们对边界的关注，认为关于"家"的概念在驻守不严场所受到了"外来者"的威胁。②随后，作家谈及了全球化的问题，认为全球化与商品和资本分配裹挟在一起，造成了普遍的联系，文化的边界被打破，这种模糊感成为一种常态。③作家列举了非裔美国人的例子，认为他们对非洲有着复杂的感情，她"既是我们的又是他们的，既与我们联系，又是外国"④。她谈到了欧洲传教士和作家（包括康拉德、赫胥黎、哈葛德等）对非洲的书写，塑造了一个个欧洲人想象的非洲，非洲也成为一个形而上学的、被塑造的非洲。⑤最后，她以非洲作家卡马拉·莱伊（Camara Laye）的小说作结，一个没有任何政治力量支持的欧洲人去除了偏见，以开放和包容的心态完成了在非洲的旅行，他终于看到了一个不同于欧洲人塑造的真实的非洲面貌。

在这篇看似有点跑题的散文中，前半部分主要论及全球化时代移民的历史和当下境遇，他们有着迫切的家园诉求；后半部分主要讲述了文

---

① [美] 威廉·迪安：《美国的精神文化》，袁新译，商务印书馆2013年版，第48—80页。
② [美] 威廉·迪安：《美国的精神文化》，袁新译，商务印书馆2013年版，第93—94页。
③ Toni Morrison, *The Origin of Others*, Cambridge: Harvard University Press, 2017, p. 99.
④ Toni Morrison, *The Origin of Others*, Cambridge: Harvard University Press, 2017, p. 100.
⑤ Toni Morrison, *The Origin of Others*, Cambridge: Harvard University Press, 2017, pp. 102–111.

学叙事对非洲真实形象的蒙蔽。实际上，我们依旧可以在这篇文章中看出作家的立场。这种立场不仅仅是非裔美国人与非洲的历史和文化关联，更重要的是，非洲的形象是根据欧洲人的需要建构出来的，是傲慢和偏见制造了非洲的"黑暗大陆"形象。只有保持一种公正的心理才能看到真实的非洲。作家以文学叙事作为实例来说明这种偏见和遮蔽，同时呼吁人们破除执念，以开放和包容的心态对待这些"外来者"。无论是美洲大陆还是其他地方，人口流动不可避免，《恩惠》将这种流动提前至殖民时代，在一定程度上消解了白人群体的优越感。因此，"本地人"或主流群体对于"外来者"或流动的少数族裔群体的"新家园"的诉求也不可回避。两部小说依旧涉及南方地域，但叙事显然超越了对地域本身的执着而趋向更宏大的时代命题。

第四章　回归南方：现代性视野下的地域构想

　　肇始于启蒙运动的现代性问题逐渐演变成一个全球性的话题，诸多思想巨擘都对此问题展开了深入的研究。卢梭、黑格尔、尼采、马克思、弗洛伊德、哈贝马斯、吉登斯等西方理论家从不同角度回应了这个问题。因为现代性是一个复杂的、体系庞大的问题，本书就涉及的社会现代化过程略作论述。马克斯·韦伯认为，"现代性是'西方社会经历了一个祛魅'的世俗化、理智化和理性化过程"[①]。在韦伯看来，工具理性的"分裂"渗透到了社会的每一个角落，因而在社会领域内部是无法消除的。现代化这个过程一方面给西方社会带来了福祉，丰富的物质财富和便利的生活使得理性精神深入人心；另一方面对理性的高扬同时导致了个体主体性的萎缩，人倍感压迫、焦虑。尤其是进入后工业社会，局部战争、经济危机、环境恶化等源自现代社会机体内部的问题开始暴露出来。

　　"齐美尔将都市生活作为一个重要的干预楔子嵌入了世界精神历史中。如同波德莱尔的巴黎生活一样，齐美尔的都市生活是现代生活的重要表征。都市，是现代性的生活世界的空间场所。也可以说，现代性，它积累和浮现出来的日常生活只能在都市中得以表达。现代性必须在都市中展开，而都市一定是现代性的产物和标志，二者水乳交融。"[②] 同样，

[①] ［德］马克斯·韦伯：《学术与政治》，钱永祥等译，上海三联书店2019年版，第199页。

[②] 汪民安、陈永国等编：《现代性基本读本》，河南大学出版社2005年版，第5页。

路易·沃斯也论及了现代性问题的城市空间维度，他说，"城市的发展和世界的城市化是现代时期最令人难忘的事实之一"①。无论是齐美尔、波德莱尔，还是沃斯，他们都注意到了现代性得以展开的地理空间——城市。在城市，人们感受到了现代生活方式及情感对传统的更新和冲击。

与社会现代性相生的是审美现代性。"现代性的历史就是社会存在与其文化之间紧张的历史。现代存在迫使它的文化站在自己的对立面。这种不和谐恰恰正是现代性所需要的和谐。"② 鲍曼对现代社会和文化的认识揭示出现代文化的反叛和反思气质，这决定了审美现代性的基本走向，它同时呈现出世俗的"救赎"、拒绝平庸、对歧义的宽容、审美反思等层面。③ 因此，现代艺术通常呈现出对现代社会的反思，走向与现代社会价值相悖逆的方向。在现代社会，文学中的反现代性叙事基本上遵循了这一路径，常以反叛的姿态或者通过对"非现代"价值的肯定来展现作家个人的立场和姿态。

第一节 《爵士乐》：音乐、小说形式与政治

《爵士乐》是莫里森"历史三部曲"的第二部，出版于1992年，被美国文学界誉为后现代主义杰作。作者在这本书的序言中说，"在《宠儿》对母爱的聚焦之后，我试图研究夫妻之爱——将婚姻关系中的'个体'重新配置，将张扬个性与承担义务进行妥协。浪漫之爱在我看来是二十世纪二十年代的指纹，爵士乐是它的发动机"④。在对南部奴隶制记忆的书写之后，作家把时间坐标放在了20世纪20年代，地点则是北部大都市纽约上城的哈莱姆区。把这两个坐标放在一起，马上就可

---

① ［美］路易斯·沃斯：《作为一种生活方式的都市主义》，载汪民安、陈永国等编《现代性基本读本》，河南大学出版社2005年版，第700页。
② Zygmunt Bauman, *Modernity and Ambivalence*, Cambridge: Polity, 1991, p. 10.
③ 周宪：《审美现代性的四个层面》，《文学评论》2002年第5期。
④ ［美］托妮·莫里森：《爵士乐·序言》，潘岳、格雷译，南海出版公司2013年版，第4页。本节所引原文均来自本书，下文引文只标明页码。

以想到的是被历史学家称作"爵士时代"或"咆哮的二十年代"。斯科特·菲茨杰拉德的《爵士乐时代的故事》被认为是开启了美国历史上的"爵士时代",即从1919年到1929年这十年时间。

时间、地点坐标的转换以及把极富时代特征的艺术形式——爵士乐——的引入都表明了作家将目光转向了北方城市的黑人群体。在完成《柏油娃娃》后的一次采访中莫里森谈道:

> 我同意约翰·伯格的看法,认为农民们不写小说,因为他们不需要小说。他们对自己的看法来自于闲聊、故事、音乐和节日庆祝。那就足够了。工业革命开始时,中产阶级需要自己的形象,因为旧的印象已经不适用于这个新的阶级,小说正好起到了这个作用;今天,它仍是如此。它讲述的是城市的价值。现在,我的人,也就是我们"农民",来到城市,这就是说,我们和它的价值生活在一起。部落旧的观念和新的城市价值观之间存在着冲突,令人困惑。必须有一种形式起到音乐为黑人起到的作用,代替我们过去私下里的相互关系和我们在白人文明下存在的文明活动。我想这正好说明了我的书的听众。我不是在向所有的人讲述什么。我的作品是见证,告诉大家谁是犯法的人,谁在什么情况下幸存下来,为什么幸存下去,在社区内什么是合法的,而在社区外合法又意味着什么。故事结构中存在着的一切就是为了起到音乐曾经起到的作用。音乐曾使我们充满活力,但它已经不够了,我的人正在被吞食。每当我对自己的作品感到不安时,我便想:我书中的人如果读了这本书会有什么反应呢?这就是我不停运转的方式。我就是为他们写作的。①

尽管这次访谈发生在20世纪80年代,但其鲜明的文化与政治立场

---

① [美]托马斯·勒克莱尔:《"语言不能流汗":托妮·莫里森访谈录》,少况译,《外国文学》1994年第1期。

以及对黑人音乐的认知已经为十一年之后的《爵士乐》做好了思想上和艺术上的准备。现代化进程改变了黑人的生活方式，他们大量移居城市，成为"新黑人"，开启了夹杂于美国城市史的一段黑人民族历史。与此同时，南方农业生产生活经验的缺失带来了价值观的断裂，城市黑人陷入前所未有的迷惘中。用什么来弥合这种断裂？莫里森在上述引文中的论述揭示出小说和音乐对黑人群体的重要意义。小说起到了连接现在和过去、南部农村和北方都市生活的作用，黑人音乐扮演了同样的角色。作为一种文化载体，黑人音乐涵盖了民族历史、情感和记忆，是民族身份最重要的标识之一。但问题是，流行于都市的爵士乐是不是像他们曾在田间地头的歌唱一样，成为城市黑人的日常？黑人布鲁斯和爵士乐的关系是怎样的？就小说本身来说，这种音乐资源发挥了怎样的作用？爵士乐与北方都市和南方经验有什么样的深刻联系？本节试图以小说中爵士乐及其呈现出的艺术面貌为着眼点，考察爵士乐形式与小说结构及其历史文化语境之间的深刻关联。

一　爵士乐与小说形式

从音乐理论中获得文体上的启示，是 20 世纪初文学理论的重大进步。巴赫金在《陀思妥耶夫斯基诗学问题》中提出了对话理论和复调艺术。巴赫金借用这个术语来概括陀思妥耶夫斯基小说的诗学特征，以区别于那种基本上属于独白型（单旋律）的已经定型的欧洲小说模式。文体或者文学形式的演进不仅仅是某一领域的进步，其背后有着深刻的社会动因。以笛卡尔为伊始的近代哲学确立了人的绝对地位和权威，个体价值得到凸显。复调小说这种类型的文学作品就是这一哲学动向的突出表现形式，它不迷信主人公或叙述者的权威，而是强调个体的价值，每个人物都有其独特的思想和行为逻辑，因而构成了与包括主人公在内的多个人物的不同的声音。

爵士乐起源于 19 世纪末 20 世纪初，是一种发源于非洲裔美国人的日常生活（主要来源是黑人灵歌和布鲁斯）并由各族裔美国人（包括欧裔美国人），结合着非洲的节奏、民谣以及一些民间曲风和欧洲古典音乐的乐理与和声，共同创作、发展、成就的一种跨越国界、跨越种族、跨越文化、跨越语言的乐种。[1] 拉格泰姆（Ragtime）和布鲁斯（Blues，有的译为"蓝调"）是早期爵士乐的两种最显而易见的音乐形式，而其中的布鲁斯对于今后美国的所有流行现代音乐的发展都起到了至关重要的作用。可以毫不夸张地说，布鲁斯几乎是所有美国流行音乐的根。[2] 爵士乐天生所具有的包容精神使这种音乐形式在世界上很多地方流行，并形成了以地域为中心的地方性爵士乐，比如拉丁爵士乐、日本爵士乐等；同样也形成了诸多的流派，包括后期的波普等形式。

爵士乐能够在 20 世纪上半叶成为引领世界音乐潮流的艺术形式与美国资本主义突飞猛进的发展和社会思潮有着深刻的联系。一战过后，美国迎来了前所未有的大变革时代。基础建设带来了大量就业机会，电网的铺设使得电气化成为可能，高速路网为工业化铺平了道路，汽车工业的飞速发展使得美国成为"车轮上的国家"。此时，文化产业也应运而生，全国性的娱乐生活也成为可能。在 20 世纪 20 年代的西海岸，好莱坞成为举世闻名的电影工业聚集地，城镇居民的观影周期大约是一周一次以上，而电影院每周售出约 5000 万张电影票，相当于当时美国人口的一半。和平、繁荣、富足的 20 年代，现代科技的发展促进了商业的繁荣并由此带动了都市文化产业的发展，摩登女郎、个性解放将维多利亚时代的道德观念和流行风尚一扫而光。位于纽约上城的哈莱姆区是 20 世纪 20 年代著名的黑人文化生活中心，爵士乐在很大程度上是从此处走向现代并闻名于世的。作为日常休闲方式和消费品，爵士乐开始进入普通人的日常生活。

爵士乐作为一种音乐资源广泛地进入了文学创作。一部分是非裔美国作家，他们往往把爵士乐作为自己民族的文化遗产加以保护、研究和运用。20 世纪上半叶，部分美国黑人思想者意识到，"民间流传下的这

---

[1] 丁铌：《爵士乐：美国的古典音乐》，对外经济贸易大学出版社 2012 年版，第 15 页。
[2] 丁铌：《爵士乐：美国的古典音乐》，对外经济贸易大学出版社 2012 年版，第 3 页。

些音乐形式是社会现实的一个延伸部分，因此具有一种文学潜能"[1]。有着音乐学院学习背景的拉尔夫·埃利森率先将这种文学潜能转化成文学实践。他写了一系列以布鲁斯为主题的文章，包括《精诚所至》《理查德·赖特的布鲁斯》《布鲁斯民族》《与音乐共生》和《切霍火车站的小人物：美国艺术家及其观众》等。"拉尔夫·埃利森不仅从黑人音乐旋律中看到了黑人的生存方式，还将之视为一种地道的美国本土的存在主义形式，是一种展现生命哲学的途径。"[2] 此外还有很多黑人作家，包括理查德·赖特、兰斯顿·休斯、詹姆斯·鲍德温等，他们或者谈及音乐的重要性，或在写作中涉及音乐形式或者思想。

另一部分是白人作家和研究者，他们把爵士乐视为现代音乐的一种形式，发掘爵士乐可能造成的意义和影响。萨义德在其著作《爵士乐和文学》中谈到了法国的爵士乐，认为法国早期文学关注的并非爵士乐本身，而是从事爵士乐的黑人，黑人音乐家的形象在超现实主义诗人的作品里经常出现。[3] 人们到了30年代才逐渐意识到爵士乐与现代社会的相互作用。当代法国作家勒克莱齐奥在其作品中大量地借用了爵士乐这种音乐类型。他的早期小说里的爵士乐主要与"城市"和"现代性"主题相关，认为爵士乐是一种与现代性相关的艺术表征形式；在后期小说里，爵士乐作为一种包容的、吸收了不同地域文化影响的熔炉音乐，与作家在后期写作中关注的文化交融和身份建构问题相呼应。除此之外，爵士乐的切分、摇摆、重叠乐句和口语化的特点在作家的艺术语言中也有所体现。[4] 出生于波西米亚南部的德国作家汉斯·杰诺维兹（Hans Janowitz）早在1927年就出版了同名小说《爵士乐》。在这部小

---

[1] Bernard W. Bell, *The Afro-American Novel and Its Tradition*, Amherst: The University of Massachusetts Press, 1987, p. 27.

[2] 谭惠娟：《布鲁斯音乐与黑人文学的水乳交融——论布鲁斯音乐与拉尔夫·埃利森的文学创作》，《文艺研究》2007年第5期。

[3] Yannick Séité, *Le jazz, à la lettre: La Littérature et le Jazz*, 转引自李明夏《勒克莱齐奥与爵士乐》，《外国文学》2016年第3期。

[4] 李明夏：《勒克莱齐奥与爵士乐》，《外国文学》2016年第3期。

说中，尽管作家不是直接写爵士乐的，但叙述声音却有意识地模仿爵士乐，而且也写了一个爱情故事。① 为了使小说充满爵士乐感，杰诺维兹在结构与风格上采取的策略与后来者莫里森几乎相同。② 受20世纪四五十年代波普爵士乐的影响，凯鲁亚克的创作在主题方面与爵士乐所体现的时代精神相吻合，即"垮掉的一代"对真实和永恒的追求。③

莫里森在《爵士乐》的序言中写道："我写过几部小说，其结构就是为了增强意义而设计的；而这回，结构就是意义。这个挑战就是揭穿和埋葬技巧，超越规则。我并非只想要一个音乐的背景，或者仅仅把它当作点缀随便提及。我希望这部作品能够展示音乐的智力、感性、无序；展示它的历史、它的流变，以及它的现代性。"④ 作家有意识地将小说结构与爵士乐的美学特点进行关联，试图让结构本身获得更深刻的意义。有研究者已经从爵士乐入手，探讨作为音乐形式的爵士乐与小说结构形式之间的近似。音乐与文字在空白与呼应中达成默契，这种停而不断、绵长激越、"充满裂痕与线索"⑤ 的节奏正是"按照谱子演奏的古典音乐家与仅凭耳朵即兴演奏的爵士乐师之间的典型碰撞"⑥。《爵士乐》每章没有任何标识，而是用一页空白来表示段落与篇章，自然形成一种乐章的形式。莫里森希望她的创作能够"在叙事的展开中重现表演以音乐作为叙述的策略性与随意性"⑦。《爵士乐》正如由文字、音

---

① Jürgen E. Grandt, "Kinds of Blue: Toni Morrison, Hans Janowitz, and the Jazz Aesthetic", *African American Review*, Vol. 38, No. 2, 2004.
② Jürgen E. Grandt, "Kinds of Blue: Toni Morrison, Hans Janowitz, and the Jazz Aesthetic", *African American Review*, Vol. 38, No. 2, 2004.
③ 陈杰：《爵士乐精神与"垮掉的一代"的本真追求》，《西南民族大学学报》2009年第11期。
④ ［美］托妮·莫里森：《爵士乐·序言》，潘岳、格雷译，南海出版公司2013年版，第5页。
⑤ Carolyn M. Jones, "Traces and Cracks: Identity and Narrative in Toni Morrison's *Jazz*", *African American Review*, Vol. 31, No. 3, 1997.
⑥ ［美］格雷厄姆·瓦里美：《爵士乐》，王秋海译，生活·读书·新知三联书店1992年版，第33页。
⑦ Toni Morrison, "Memory, Creation and Writing", *Thought*, Vol. 59, No. 4, 1984.

符与意象汇成的网络，交织着几代非洲裔美国黑人的命运。

《爵士乐》一书讲述了一对黑人夫妇乔·特雷斯和维奥莱特在20世纪初离开弗吉尼亚进入纽约的生活。乔在半百之年爱上了年轻的女孩多卡丝，后枪杀移情别恋的多卡丝，多卡丝受伤后拒绝医治而亡。维奥莱特试图通过了解多卡丝而理解乔，两人最后卸掉了身上的重负并恢复了平静的生活。小说共十章，文本结构仿照爵士乐演奏中的缓冲与停顿形式，各篇章没有序号，仅以一页空白自然隔出。小说不同于传统的小说叙事方式，而是采用了作者一贯使用的时序错乱、多重视角、叙述主体交错，包括类似于"元小说"的创作手法安排整个篇章结构。比如小说第一章就完成了杀人的动作，乔和维奥莱特双双陷入一种失魂落魄的局面，而第三章多卡丝的姨妈爱丽丝开始讲述多卡丝的成长经历，到第九章则是多卡丝的好友费莉丝讲述多卡丝受伤到死亡的真相。《爵士乐》在形式上多处借用了爵士乐的表现形式，造成一种独特的小说风格。

首先，小说在整体结构上模拟了爵士乐的即兴风格，通过叙述视角和叙述主体的转换达到了类似爵士乐的即兴变奏形式。即兴（Improvisation）是指瞬间作曲的能力，是爵士乐有别于其他音乐的最为独特的表现方式。爵士乐是一种现场表演艺术，它注重团队的配合，以乐队合奏的形式为主，而在整个充满激情的团队中，每个人都是乐队的重要组成部分，此时你可能为别人伴奏，但是很快你就会得到属于你的华彩乐章，也就是个人的即兴独奏部分。[1] 通常情况下，即兴演奏者是由演奏台上的音乐家和观众中的听众当场裁定的，竞争对手是两个互相演奏相同乐器的音乐家，每个玩家在开始时合唱，然后逐渐将单独空间减少到四个度量（被内行称为"交易四肢"），有时甚至是两个或一个。

有研究者指出，要研究小说的美学特质就必须结合爵士音乐史。文章追溯了活跃在20世纪40年代著名的爵士乐手德克斯特·戈登（Dex-

---

[1] 丁铌：《爵士乐：美国的古典音乐》，对外经济贸易大学出版社2012年版，第21页。

ter Gordon）和沃登·格雷（Warden Gray）之间的演绎历程，重点讨论爵士乐中的切分竞技（Cutting Contest），这种竞技恰之于小说中的莫里森裂缝和艾灵顿断裂[1]。维奥莱特的分裂意识导致了她的切入，这预示着乔追寻他的母亲和自己的情人多卡丝。小说的戈登·格雷部分以交替的平行情节线结尾：首先，乔在寻找一个弗吉尼亚州魏斯伯尔县被称为"野人"的神秘女人，他相信她是自己的母亲。乔寻母和寻找多卡丝说明他们以一种类似于"追逐"或任何切分竞技的方式交替进行：叙述者的声音讲述乡村追寻"野人"，同时交替着乔自己的声音，这个声音主要讲述乔在城市对多卡丝的追寻。然而，叙述者在切分竞技中趋于失败。作为一种当时创作的音乐，所有的爵士乐，尤其是即兴演奏会和切分竞技，都依赖于音乐家之间以及表演者和观众之间的相互作用。正如爵士乐，《爵士乐》也依赖于声音和听众、叙述者和读者之间的互动。[2]

　　叙述者的个性化介入是小说呈现出即兴特点的关键。"由于爵士乐的一个主要特点是'演奏者的个性'在音乐中的参与，《爵士乐》的第一/第三人称叙述者似乎深深地参与到小说的世界中，在叙述故事时并不回避自己的想法。因此，作为一个人，与传统的第三人称叙述者不同，她犯了错误，并经历了错误判断，这是她最终公开承认的。"[3] 叙述者始终参与在乔、维奥莱特、多卡丝、野女人、戈登·格雷的生活中，时而强悍，时而微弱，它支离破碎的故事最终变成了一曲复杂的爵士乐，读者只有通过仔细阅读才能与作品展开互动。这种多重视角和不同叙述主体的策略体现了对经验的有限性和相对性之尊重，在风格上达

---

[1]　Jürgen E. Grandt, "Kinds of Blue: Toni Morrison, Hans Janowitz, and the Jazz Aesthetic", *African American Review*, Vol. 38, No. 2, 2004. 此处的莫里森是与艾灵顿同时期的爵士乐手。艾灵顿（Edward Kennedy Ellington, 1899—1974），著名爵士音乐家。

[2]　Jürgen E. Grandt, "Kinds of Blue: Toni Morrison, Hans Janowitz, and the Jazz Aesthetic", *African American Review*, Vol. 38, No. 2, 2004.

[3]　Sima Farshid, "The Composing Mode of Jazz Music in Morrison's *Jazz*", *Journal of African American Studies*, Vol. 16, No. 2, 2012.

致了爵士乐中即兴创造的特点。小说的基本情节如同爵士乐中的主旋律,各个相对独立的叙述片段则是其即兴变奏。① 由作家构造的这种叙述方式和深层结构,其审美形式与爵士乐的审美形式取得了某种一致性。

除了叙述者的声音,人物的声音也构成了即兴部分,它们恰切地与主旋律互动,造成了突出的即兴风格。小说的第五章,乔开始以第一人称的口吻讲述自己对多卡丝的情感以及人生的七次改变。这段第一人称的讲述不疾不徐,饱含深情和无奈之感。乔曾经的生活镶嵌于南部重建的历史中。这个时期,白人以极其卑鄙的手段强行驱赶黑人,造成了乔和"野女人"的无家可归,二人的悲剧都是这个时代的产物。"一九三八年我第三次改变。那时维也纳烧成了一片废墟。白纸花了太长时间完成的事,红彤彤的火焰很快就解决了:废除所有契约;腾空每一块田地;那么快地把我们从自己的家里清除出去,我们只好不停地从县里的一头跑到另一头,不然就没处跑。"(132)第八章多卡丝死前的第一人称叙事让我们了解了这个姑娘生命中的"匮乏"以及她寻求自我的努力;第九章费莉丝的讲述从朋友的角度补充了多卡丝的"缺席"部分,使得多卡丝的形象更为清晰和完整。

其次,连续章节之间采取了类似爵士乐的连奏与滑奏,造成了小说连绵、均质之感。小说每一章结束的话题或者关键词都会在下一章的开始重复。第四章维奥莱特从爱丽丝家中出来到杂货店,叙述者指出维奥莱特注意到"春天来了。春天来到了大都会"(120)。紧接着,下一章的叙述者继续讲道:"当春天来到了大都会,人们开始在路上彼此注意;注意到与他们分享过道、餐桌以及洗涤私人内衣的洗衣店的陌生人。"(123)第七章叙述了乔最终找到"野女人"位于洞内的居所,他发出了疑问:"她在哪儿?"(195)第八章开篇就写道:"她在那儿。这个地方没有跳舞的两兄弟,也没有等着白灯泡变成蓝灯泡的气喘吁吁的

---

① 王守仁:《爱的乐章——读托妮·莫里森的〈爵士乐〉》,《当代外国文学》1995年第3期。

姑娘们。"（197）通过这样的"应""答"，叙事把对"野女人"的追寻切换成乔在城里追寻多卡丝的过程。"这样的安排颇似摇摆乐（swing）风格的爵士乐队中铜管组与簧管组的对答。第九章以'痛苦'一词中止并顺利滑入同样以'痛苦'一词开篇的第十章，又宛如乐曲中的连奏与滑奏。"①

有研究指出，莫里森的《爵士乐》触动了一个解放的和弦。这和弦包含了三个音乐主题：圣歌，它表达了对一个家的渴望和保证，一个在荒野中休息的地方；布鲁斯，它通过痛苦和混乱的哀号来缓释；爵士乐，它与熟悉的主题相呼应，走向新的认知。②依据这三个主题，他把小说看作是一个由四个部分组成的复杂乐章：确认、决心、追求和诗篇。第一部分是确认，这是小说的开篇，直面维奥莱特和乔的生活危机，它集中提供了一个父母缺失和家园缺失/思乡——孤儿和流放的视角。对于这对夫妇来说，乔不断的哭声是他们面对危机的一种告白。第二部分提供了解决方案，从维奥莱特应对这场危机的决心开始。第三部分，追求。它从维奥莱特和爱丽丝·曼弗雷德的谈话开始并持续了几个月，是最长的部分。在这部分，叙述者和人物分别讲述他们年轻时的故事。第四部分，诗篇。人物有了新的开始：乔找到了一份夜班工作，这份工作可以让他看到纽约令人难以置信的天空，并在黎明后与维奥莱特一起散步。当然，四个部分的名称仅仅是一种识别工具，对于合奏中的每个角色，包括维奥莱特、乔、爱丽丝、多卡丝、费莉丝、叙述者和爵士乐自身，这四个乐章都有不同的声音。③

二 移民潮、北方都市和爵士乐

埃里克·方纳在《美国历史：理想与现实》中写道："如果20世

---

① 王维倩：《托尼·莫里森〈爵士乐〉的音乐性》，《当代外国文学》2009年第3期。

② Judylyn S. Ryan and Estella Conwill Majozo, "Jazz... on 'The Site of Memory'", *Studies in the Literary Imagination*, Vol. 31, No. 2, 1998.

③ Judylyn S. Ryan and Estella Conwill Majozo, "Jazz... on 'The Site of Memory'", *Studies in the Literary Imagination*, Vol. 31, No. 2, 1998.

纪早期的城市有什么鲜明特征的话,那就是,它们是由移民人口组成的城市。"从1901年到1914年一战在欧洲爆发,总共有1300万移民来到美国,其中大部分人来自意大利、俄国和奥匈帝国。事实上,进步时代的移民活动是一个更大的、世界范围内移民运动的组成部分,它是由工业化的扩展和传统农业的衰落推动而产生的。[①] 与此同时,美国国内的移民也呈现出一个小高潮。因为大量移民的进入和科技的发展,美国国内就业和消费市场都得到了极大拓展,对劳动力的需求致使成千上万的产业工作开始向黑人工人开放,从而导致了一场从南向北的黑人大移民运动。在一战爆发前夕,90%的非裔美国人仍然居住在南部,但在1910年至1920年,有50万黑人离开了南部。芝加哥的黑人人口增加了一倍多,纽约市的黑人人口增加了66%,其他城市也出现了类似的情况。这批黑人移民们把这次移民称作是"第二次解放",他们充满信心地奔向"迦南之地"。

乔和维奥莱特在1906年离开弗吉尼亚的魏斯伯尔县,搭乘"南方天空"号黑人车厢抵达纽约。都市的景观以及无限的自由对他们来说都是极大的鼓舞。"那种诱惑力持久不退,失去控制,抓住了孩子、年轻姑娘、各式各样的男人、母亲、新娘和酒吧里买醉的女人。他们一旦顺利地到达了大都会,就觉得更加自如了,更像是他们一直相信自己原本应该成为的那种人了。什么都不能把他们从那里撬走;大都会就是他们梦寐以求的样子:奢靡,温暖,吓人,到处都是和蔼可亲的陌生人。怪不得他们忘记了布满鹅卵石的小溪,怪不得在他们没有彻底忘记天空时,就把天空当作有关日夜时辰的一小片信息。"(35)带着对都市的憧憬,两人开启了在北方的生活。乔做过很多工作,包括洗鱼、清扫马桶、客房服务员等,同时兼职推销一种叫作"克里奥佩特拉"牌子的化妆品。维奥莱特则是一个勤劳能干的美容师。大都会的景观和两人的工作属性都与当时的商业状况高度吻合,这显示出作家对该历史时期的

[①] [美]埃里克·方纳:《美国历史——理想和现实》,王希译,商务印书馆2017年版,第847页。

精准把握和描述。"为了再现这个时期的原汁原味,我读了一九二六年的每一期'黑人'报纸,那些文章、专栏,甚至是广告。我读了主日学校课程、毕业典礼日程,以及妇女俱乐部的会议备忘录、诗刊、随笔。我听了带刮擦声的'黑人'唱片,标签上标着正点、黑天鹅、象棋、萨伏伊、国王、孔雀。"①

都市生活改造着包括南部黑人移民在内的所有人的精神生活,自由和压迫成为都市人的精神生活的两个向度。齐美尔在《大都市与精神生活》中从社会学、经济学和心理学的角度讨论了都市生活对人类精神生活的塑造和影响。他认为:"现代文明的发展通过那种可以称之为客观精神的东西对主观精神的优势而形成了自己的特点,即在诸如语言和法律、生产技术和艺术、科学和家庭环境问题上体现出了一种总体精神,这种总体精神日渐发展,结果是主观的精神发展很不完善,距离越拉越大……这种差异的主要原因是分工越来越细。因为分工越来越细,对人的工作要求也越来越单一化。这种情况发展到极点时,往往就使作为整体的人的个性丧失殆尽,至少也是越来越无法跟客观文明的蓬勃发展相媲美。人被贬低到微不足道的地位,在庞大的雇佣和权力组织面前成了一粒小小的灰尘。"②

齐美尔的这段经典论述充分解释了都市生活对人性异化的过程和方式。乔和维奥莱特一方面感受到了充分的自由,这种自由源于都市生活中个人对自然及他人依赖性的降低;另一方面,在都市生活了二十年的夫妇俩更多感受到的是精神的荒芜和枯萎。乔在弗吉尼亚时是"猎手中的猎手"的继承者,有着敏锐的感觉力和丰富的丛林经验,二十年的城市生活把乔磨炼成为一个稳重、安全、循规蹈矩的中年男人,但内心空虚、精神枯萎。遇到情人多卡丝后,乔开始絮絮叨叨地向她讲述自己早年在南方的生活,

---

① [美]托妮·莫里森:《爵士乐·序言》,潘岳、格雷译,南海出版公司2013年版,第3页。

② [德]齐美尔:《桥与门——齐美尔随笔集》,涯鸿、宇声译,上海三联书店1991年版,第275—276页。

包括自己母亲的故事。而维奥莱特在乔找到情人前就已经"跌进过一两道裂纹了"①。她曾在大街上被认为有偷婴儿的嫌疑，后来则无端地"坐大街"。维奥莱特认为是"城市让你绷紧了弦儿"（84）。所以，在多卡丝葬礼后的很长一段时间里，维奥莱特试图去了解这个姑娘，包括听她最喜欢的"苗条贝茨"乐队，跳她曾经跳过的舞步。

20世纪20年代的爵士乐是都市文化消费市场中的一种重要艺术形式，不仅有现场的乐队演奏，同时又以唱片的形式进入普通人的生活中。小说第一章多次写到了爵士乐，包括了费莉丝胳膊底下夹的"正点"唱片，多卡丝喜欢的"苗条贝茨"乐队以及看孩子的小姑娘心仪的"长号蓝调"唱片。对非裔美国人来说，灵歌和布鲁斯最早是他们日常生活的一部分，是黑奴们在田间劳作时的劳动号子和田野呐喊，以及做宗教祷告时的福音音乐。这种音乐主要用来抒发自己在繁重劳动和被奴隶主欺压过程中的苦闷。这种随口即来、任何生活内容都能被演唱者即兴加入的音乐形式后来逐渐被专业化并形成了早期的爵士乐。在两次黑人移民潮中，爵士乐被黑人艺术家从南方的新奥尔良地区带入北方城市，经过新的文化环境改造，爵士乐成为一种融合多元文化的现代艺术形式。同时，伴随着科技和工业的进步，爵士乐被灌录成唱片，以一种艺术产品的形式进入大众消费领域。那么，都市的爵士乐呈现出什么样的艺术面貌？

> 在天花板的灯光映照下，一对一对都动了起来，仿佛双胞胎一般，就算不是为彼此而生，也是一起出生的，好像第二根颈动脉一样与舞伴的脉搏一同跳动。他们相信自己比音乐更懂得手脚该如何动作，然而那个错觉是音乐秘密操纵的：它欺骗他们，让他们相信那种控制属于他们自己；那种先知先觉其实是它造成的。在更换唱

---

① "裂纹"（crack）一词在此处是双关语，含有"精神错乱的意思"。叙事中对"裂纹"是这样说的："我称之为裂纹，因为事实就是如此。不是裂口，也不是裂缝，而是白天的阳光中那些黑暗的缝隙。""有时候，正赶上维奥莱特心不在焉，她就会跌进这些裂纹，就像那回，本该把左脚迈到前面，她却后退一步，一盘腿坐到了大街上。"（22—23）

片的间歇里，姑娘们往衬衫里面扇着风，把汗津津的脖子和锁骨晾干，并不安地用双手拍着被要命的潮气弄乱的头发，男孩子们则用叠好的手帕擦着脑门。笑声掩盖了表示欢迎和默许的轻率的眼神，也减弱了表示背叛和遗弃的手势。①

这是多卡丝背着姨妈爱丽丝·曼弗雷德和费莉丝去酒吧参加舞会时的场景，也是小说中爵士乐呈现出的一种面貌。尽管爱丽丝多年来刻意用高统鞋、厚长袜包裹住外甥女体内逐渐生长起来的欲望，但这种努力在多卡丝进入青春期后完全被摧毁，社会风气助长了她对异性的渴望和追求。在20世纪20年代，也就是美国第一个"现代化"十年，人们的日常生活开始受到了大众媒体、名人生活、消费主义的全方位影响，公共权利让位给了私人权利，在从印第安纳州的曼西到宾夕法尼亚州的萨默塞特，全国人民的品味与嗜好有了相同的标准。② 由商业打造的摩登女郎的性感装束及其传递出的审美取向影响了整个时代风气，年轻女性开始纷纷效仿摩登女郎的装扮。多卡丝和费莉丝在参加舞会前尽力装扮自己，她们把衣服领口扯大，使自己看起来更风骚些。年轻的身体和欲望在音乐的掩盖甚至怂恿下变得明显而大胆。多卡丝和费莉丝冲进舞池，努力摇摆，以吸引男性的注意。多卡丝在她中意的俩兄弟的目光中被认可、赞许并放弃，她在这次舞会上遭遇了失败，"她所栖身的身体没有了价值"（67）。所以，当乔出现的时候，多卡丝单调的生活总算有了一丝波澜，她遭到严重蔑视的身体敞开了其汹涌的欲望。

多卡丝的这种欲望背后是个体价值在时代潮流中被极端漠视的结果。多卡丝五岁时，居住在圣路易斯东区的父母在暴乱中丧生。多卡丝爸爸并没有参与暴乱，没有武器，但被人从一辆有轨电车上拖下来活活剁死了。她妈妈回到家后试图忘掉丈夫内脏的颜色，但房子被点燃，她在火焰中被烧焦。消防车呼啸而过，但没有在人们呼救的时候到来。多

---

① ［美］托妮·莫里森：《爵士乐》，潘岳、格雷译，南海出版公司2013年版，第67页。
② ［美］乔舒亚·蔡茨：《摩登女》，张立译，上海人民出版社2008年版，第9页。

卡丝因为在好朋友家睡觉而躲过了火灾，但却在五天内参加了两次葬礼，期间没说过一句话。黑人大量涌入城市，白人感到恐慌，因而制造了各种惨案。多卡丝是这些社会问题的受害者，她的惊恐和愤怒随着火焰中炸裂出的一小片木屑深深藏在身体里。"肯定有一小片飞进了她大张着发不出声的嘴，然后进入了她的喉咙，因为它还在那里冒着烟，燃烧着。多卡丝一直没有把它吐出来，也没有把它扑灭。"（63）这个有些奇幻的场景成为多卡丝性格发展的一个起点：生命中存在某种深刻的匮乏感。所以，多卡丝总对生活中的未知事物有着强烈渴望和期待。和同学在一起时，她总是试图怂恿他们做出骇人的举动，对自己的身体也是，缺乏正常人的对自己起码的管理和约束。

充满激情的爵士乐是整个时代个性解放思潮的表征。美国早期电影业的中流砥柱 D. W. 格里菲斯等导演在 1908—1912 年间拍摄的电影大多都表现了道德和风俗变革的主题，男女主人公都从内心寻找力量，从而战胜对维多利亚时期美德的有害威胁，他们反对饮酒、性欲、犯罪和激情。而 1913 年或者 1914 年，快乐、兴奋、暴力喜剧、崇尚运动和奢华这样的主题开始大行其道，更确切地说，消费文化正在很快主导美国的文化。① 尽管电影巨头对这个时期道德堕落现象表现出鲜明的反对立场，但历史还是不回头地快速奔入一个全新的现代社会。小说同时提供了另一个视角，即让中年女性爱丽丝·曼弗雷德作为观察者，通过她的感受与多卡丝的遭遇相呼应。

> 这时候，三个女人在厨房里坐下，一边喝着"波斯吞"，一边针对"死到临头"的征兆哼一声、叹口气：比如，不仅是脚踝，连膝盖也完全露出来了；嘴唇抹得像地狱之火那么红；把火柴梗烧了涂眉毛；手指上染了血——你都分不出哪个是野鸡哪个是妈。而男人们，你知道，他们对着任何一个过路的女人肆无忌惮地大声说

---

① ［美］乔舒亚·蔡茨：《摩登女》，张立译，上海人民出版社 2008 年版，第 235 页。

出来的东西,是不能在孩子们面前重复的。他们还拿不准,可她们怀疑那些舞蹈肯定龌龊得不得了,因为音乐随着每一个主显灵的季节的更替变得越来越不像话。①

爱丽丝以中年黑人女性的立场描述了弥漫于哈莱姆区的文化风潮,性解放在这个时代达到了空前的规模并渗透进爵士乐。爱丽丝进一步认为是"肮脏的音乐"导致了美国著名的圣路易斯东区的骚乱事件。"那种下作的音乐(它在伊利诺伊比在这儿更糟)跟那些在第五大道上游行示威的沉默的黑女人、黑男人有关,他们对圣路易斯东区的二百人的死亡表示愤怒,其中有两个是她的姐姐和姐夫,在暴乱中被打死了。"(58)"那音乐教人干不理智、不规矩的事。光是听见那音乐就跟犯法没两样。"(60)爱丽丝和米勒姊妹感受到的变化其实是她们的日常,这种日常以消费主义和性放纵为主要表征,弥漫于生活的每个角落。她们感受到了时代的变化,传统的伦理道德观念正在急剧地瓦解,年轻人是这股潮流的先锋。爱丽丝从布道和社论中得知,"那不是真正的音乐——只是黑人的东西:当然了,有害;没错,令人难堪;可是不真实,不严肃"(61)。显然,"布道和社论"有着明显的政治和文化立场。无论是保守主义者还是其他白人群体,他们把社会的道德沦丧归咎于黑人音乐,认为他们的文化中充满了原始情感,缺乏理性思考和道德约束。20世纪20年代《纽约客》的撰稿人洛伊丝·朗曾在描写哈莱姆区的文章中指出,黑人女孩的"舞蹈竟然会和她的身体如此天衣无缝",同时又表达了黑人妇女永远不会成为"美国妇女中的杰出人物"的观点。②这显示出白人群体在对待黑人文化上的暧昧态度,一方面看到了黑人文化优秀的地方,并试图把其引入美国的摩登文化中;另一方面又充满了种族敌意,把黑人排除在美国现代文明之外。朗的这种似是而非的看法基本上代表了这个年代白人看待黑人文化的主流观点。

---

① [美]托妮·莫里森:《爵士乐》,潘岳、格雷译,南海出版公司2013年版,第58页。
② [美]乔舒亚·蔡茨:《摩登女》,张竝译,上海人民出版社2008年版,第197页。

叙事绘就的爵士乐充满情欲的面貌非常忠于20世纪20年代的思想动向和时代风貌。爵士乐起源于新奥尔良，诞生地很可能是刚果广场，但如果没有斯托里维尔（是1897—1917年间非常兴盛的新奥尔良的红灯区）的存在，早期的音乐家就没有好的工作机会和收入。所以，爵士乐早期的存活和色情产业有密切的关联。爵士乐1917年转入地下，但一直到20世纪中期还保持得有声有色。"爵士乐时代"或"放荡不羁的二十年代"以其特有的摩登女郎（追求和表现性解放的年轻女子）、地下酒馆（违反禁酒法出售烈性酒的夜总会）以及由便利的信用和迅速致富的心态所推动的股市暴涨，表现出一种对从19世纪继承而来的道德规范的反叛。① 这种反叛心理促使白人群体不断光顾纽约哈莱姆黑人区的舞厅、爵士乐夜总会和地下酒店，20世纪20年代也成为有名的"到贫民窟猎奇"的年代。在白人的想象中，哈莱姆是一个任由原始情感放荡不羁、不受主流美国文化中的清教徒清规戒律约束的地方②。年轻人开始听这种新的音乐——爵士乐，他们跳狐步舞、查尔斯顿舞和其他新式的舞蹈，舞蹈时拥抱在一起的姿态，被长辈们看作是伤风败俗的行为。爵士乐和性放纵结合在一起，成为这个时代的风尚。所以，这个时期的爵士乐本身也成为美国20世纪20年代文化思潮活动的重要场域。

莫里森在小说的序言中说："在这个结构中，题目应该尽可能靠近这个思想本身——爵士乐年代的本质。在这样的时刻，一种美国黑人艺术形式从多种途径定义、影响、反映着一个国家的文化：性放纵的勃兴，政治、经济和艺术力量的爆发；宗教和与世俗的伦理冲突；过去之手被当下碾碎。"③ 许多研究者都看到了小说结构与爵士乐形式之间的

---

① [美]埃里克·方纳：《美国历史——理想和现实》，王希译，商务印书馆2017年版，第952—953页。
② [美]埃里克·方纳：《美国历史——理想和现实》，王希译，商务印书馆2017年版，第988页。
③ [美]托妮·莫里森：《爵士乐·序言》，潘岳、格雷译，南海出版公司2013年版，第4页。

近似，但更为重要的是，爵士乐与时代精神有着深刻的关联。多卡丝的案例，包括爱丽丝观察到的哈莱姆区的个性解放风潮，同时还具有突出的社会意义，它准确而深刻地揭露了城市中黑人群体所面临的种族歧视、排挤和迫害，以及他们试图通过接受爵士乐带来的个性解放思潮来彰显他们自我并完成社会文化认同。这是他们面对不公正体制而寻求到的消极路径，在一定程度上传递出黑人群体的无奈与妥协。

三　南方经验与爵士乐

尽管爱丽丝对充满情欲的爵士乐表现出反感，但她还是为此做出了辩护，认为这种音乐中含有一种"复杂的愤怒"、"一种伪装成响亮而喧嚣的诱惑的仇恨"。(61)这种愤怒或者仇恨在多卡丝身上留下了深刻的烙印。长大后，多卡丝内心的空虚和愤怒只能借由她唯一可以掌控的身体释放出来。骚乱后，黑人举行了大规模的示威游行，游行中的鼓声成为聚拢大家的"绳索"，这绳索"又安全又结实"(60)。在一个寂静夜晚里，爱丽丝脑海里突然涌现出"我年轻力壮的时候，每时每刻都能吃烤肉"的歌词，这些歌词自顾自地在她脑海里歌唱。在爱丽丝看来，这些歌词和第五大道的鼓声是一样的东西，它是能够把黑人群体凝聚起来的东西，而这种东西与黑人的历史经验有关。

小说有相当多的篇幅是写城市黑人的南方生活经验的，这种经验构成了他们北上的"前史"，这在很大程度上决定了他们的心理状态和价值取向。第二章的第一节写了乔和维奥莱特在1906年乘火车来到大都会的经历。第四章维奥莱特回忆了自己在弗吉尼亚小镇罗马的生活。在外祖母特鲁·贝尔从巴尔的摩归来照顾女儿一家的四年后，母亲罗斯·蒂尔因丈夫的离开和生活的困顿投井自杀；维奥莱特外出打工遇到乔，两人结婚并在十三年后前往大都会。第五章以乔的视角写了他曾经在南部森林的生活和人生的七次变化。第六章和第七章是"故事中的故事"，前一部分是出自特鲁·贝尔的讲述，以其视角写她的白人女主人的混血儿子戈尔登·格雷寻找父亲的故事，期间碰到了一个即将临产的

第四章　回归南方：现代性视野下的地域构想　／　185

黑人女性，即乔的母亲；第七章是乔三次寻找母亲未果的经历。这些"前史"基本上来自奴隶制带给他们生活的后遗症，大多是较为伤痛的经历。

　　如果说爵士乐中展现出的充满情欲的部分是与都市生活、反叛精神结合在一起的，那么回忆南部经验则在一定程度上弥合了城市黑人的精神分裂。这种记忆将过去与现在联系在一起，使得移民北部的黑人获得了一种趋向未来的可能性，而都市黑人音乐的另一个面向即是这种变化的表征。在都市生活中，黑人融入发达的工商业环境中，以往南部的农业生活模式被彻底取代，与之相应的社会关系也发生了根本性变化，这造成了黑人价值观的断裂。乔和维奥莱特带着美好的憧憬来到大都会，两人像陀螺一样运行于各自的工作轨迹中，缺乏交流，二十年后各自都陷入了深刻的孤独当中。20世纪20年代，作为消费品的爵士乐在酒吧等地成为鼓励个性解放、性自由的一种音乐形式，但同时也保留了原来的以吉他为基本乐器的自由的、抒情性的演奏，这种类型的演奏主要在家中、街边和部分酒吧。①

　　　　柔和的空气中，盲人们一面匀速缓步走在人行道上，一面胡乱拨着弦子，哼着歌。他们可不想站近了跟那些待在街区中间的老大爷们比试比试，弹一回六弦吉他。
　　　　蓝调歌手。黑人蓝调歌手。黑人所以是忧郁的人。
　　　　人人知道你的名字。
　　　　"她去了哪儿，为什么走"之歌手。"如此孤独，令我欲死"

---

①　这里需要指出的是，在爵士乐发展早期，布鲁斯的独立形态也存在，它同时也进入了爵士乐，所以两者并没有十分突出的差别，30年代后爵士乐乐理体系才逐渐趋于复杂，包括后来大乐队的出现和多种器乐逐渐完备。舒勒在他的《早期爵士乐》中写道："在一个巨变的年代里，若干音乐风格汇流在一起，慢慢融合成爵士乐的主流，其中唯一保持原样的支流是蓝调。1880年到1920年间，蓝调几乎没有什么变化。"参见刘凯、谢彤编著《爵士音乐史》，上海文化出版社2007年版，第23页。另外，关于布鲁斯的独立形态及发展，可参看［美］古拉尔尼克等《蓝调的百年之旅》，李佳纯等译，中国人民大学出版社2005年版。

歌手。

　　人人知道你的名字。

　　那个歌手不容易错过,他就在人行道的中央,坐在一个柳条水果筐上。他那条假腿舒服地伸开;那条真腿既负责打拍子又要撑着吉他。乔大概认为那首歌是关于他的。他愿意这样相信。①

　　这是在1926年的春天,乔在多卡丝的葬礼后一直流泪不止,街上黑人布鲁斯歌手如诉如泣的歌声表达了乔的内心。在这段布鲁斯音乐中,叙述者转换成乔,他追溯了他人生的七次改变,包括第八次改变——选择多卡丝作为情人的经过。乔出轨多卡丝的根本原因是什么?叙述者揭示出部分原因,"它把他拽了进去,就像唱针在一张'蓝知更鸟'唱片的纹路上那样,在城里一圈又一圈地跑。大都会就是这样扒拉着你转,强迫你按照它的意愿行事,沿着铺好的路走。与此同时,让你觉得你是自由的,觉得你能跳进灌木丛是因为你的意愿"(126)。乔在都市生活中丧失了文化自我而不自知,始终像一个陀螺运转在自己的工作岗位上。自我的缺失使得乔对身份中的稳固性部分有着强烈的执念,突出地表现在他对母亲的渴望与追寻上。乔虽然在养父母家长大,但从小就被告知是孤儿,这造成了他性格中的分裂并以两只不同色的眼睛作为表征。成人后的乔得知了自己的母亲可能就是维也纳地区广为大家熟知的"野女人"时,进入了一种近乎疯狂的状态。后来三次寻母未果,乔毅然决然地离开了南方。可以说,乔本身是一个自我并不完整的人,而都市的生活强化了这种不完整感,使得乔不顾一切地弥补这种缺乏和空虚。多卡丝的出现可以说是乔的一根救命稻草,"她为他填补着空虚,正如他为她填补空虚一样"(38)。在多卡丝这里,乔不厌其烦地回忆和讲述南方生活以及自己的母亲,这种场景再现有效地将过去与现在勾连起来,使回忆主体走出伤痛。所以当多卡丝有意躲避乔的时

---

① [美]托妮·莫里森:《爵士乐》,潘岳、格雷译,南海出版公司2013年版,第125页。

候,他开始了相似的追寻,追寻多卡丝的过程与追寻母亲的过程类似,而他所居的城市也被转义。"如果布鲁斯作为一个群体记忆的场所,重申城市景观是自己的,这使乔得以提出真实的另一种表现形式。"① 评论者指出了布鲁斯、城市、南方记忆及当下行为之间的内在关联,认为乔把城市转化成了森林并在这个被置换的空间里,生命的意义才得以延续。同时,多卡丝死亡意味着这条情感通道被关闭,乔再一次陷入了孤独和沮丧。

作为大移民时代的"新黑人",维奥莱特试图在母亲缺失的乡村生活和没有子女的城市生活之间相互调适。② 维奥莱特一家在父亲出走的情况下获得了外祖母特鲁·贝尔的照顾,当生活境况逐渐好转时,维奥莱特的母亲罗斯·蒂尔投井自杀。母亲的离去让维奥莱特始终无法释怀,"那口井吸食着她的睡眠"(106)。维奥莱特是在外婆特鲁·贝尔的故事中建立起对未来的憧憬,那个叫作戈尔登·格雷的金色男子支撑着她远离母亲投井的阴影并对未来有所期待。遇见乔后,他成了戈尔登的"替身"(101),并将维奥莱特暂时从失去母亲的伤痛中拉出来。这一段经历镶嵌在南部黑人被驱赶的历史背景中。维奥莱特所在的罗马镇和乔的出生地维也纳,都遭到了白人粗暴地驱赶,这些地方的黑人被迫迁往更西的堪萨斯城、俄克拉荷马,或者北上至芝加哥、印第安纳州等,这在《天堂》中也有所体现。种族迫害导致了家庭的分崩离析,这种伤害持续影响后来的生活,维奥莱特对母亲的事情守口如瓶,同时下定决心永远不要孩子。但多年后,母性的渴望几乎把维奥莱特摧毁,她时常抱着一个布娃娃睡觉,对别人的孩子也充满了如饥似渴的热望。

上文中曾提到,莫里森认为小说和音乐是都市黑人保持其传统和维系文化身份的最重要的艺术手段。当然,无论是小说还是音乐,都必须保有

---

① Anne-Marie Paquet-Deyris, "Toni Morrison's *Jazz* and the City", *African American Review*, Vol. 35, No. 2, 2001.

② Angelyn Mitchell, "'Sth, I Know That Woman': History, Gender, And the South in Toni Morrison's *Jazz*", *Studies in the Literary Imagination*, Vol. 31, No. 2, 1988.

黑人艺术的文化立场和美学特质，这是黑人移民群体走出历史伤痛和抚平文化震荡的关键。在维奥莱特的客户中，一家中的所有女性都对自己南部移民的身份刻意掩饰，凭借"跟纸打交道"、"摆弄钱"的体面工作把自己塑造成举止优雅的城市人。尽管这是一种自我保护的做法，但叙事借由邻人之口表达了他们对此类黑人放弃民族文化身份和立场的否定。

  楼顶上的年轻人改变了吹奏的旋律；他们把吹口卸下来，给他通通气，摆弄摆弄；等过一会儿他们再把吹口插上、鼓着腮帮子拼命吹起来的时候，那音调就仿佛当天的天光，纯粹，平静，还有点亲切。他们照那样子一吹，会让你觉得一切都得到了宽恕。吹双簧管有点费事，因为铜管切得太精细了，吹出来的不是他们素来喜欢的那副下流腔调，而是又高亢又悠扬，宛如一个坐在小溪旁的姑娘，将脚踝浸在沁凉的溪水里，在唱着歌打发时光。那些吹管的年轻人可能从来没见过这样一个姑娘，或者这样一条小溪，可是那一天他们把她造了出来。在楼顶上……所以从莱诺克斯大道到圣尼古拉斯大道，穿过135街、列克星敦大道，从康文特大道到第八大道，我都听得见男人们用他们那枫糖般的心演奏着，在四百岁的大树身上割口子，让音乐流出来，流下树干，浪费掉，因为他们并没有一只桶来接它，也不需要什么桶。那天，他们就想让它那样流淌，要急要缓，都随它便，只要它是自由自在地从树上流下来，情不自禁地要放弃。①

  这是一段极为具象的音乐描述，把听觉转化为视觉，让音乐以一种视觉形象传达出来。音乐幻化成了一个"小姑娘"或者"小溪"，处处透露出平静与柔和，南方乡村的日常以这种形式进入维奥莱特和乔的生活里。不同于酒吧等场所演奏的音乐，楼顶和街边的音乐抒发和表达了

---

① ［美］托妮·莫里森：《爵士乐》，潘岳、格雷译，南海出版公司2013年版，第209页。

演奏者的情绪，是一种纯粹的剥离了商业气息的音乐。尽管维奥莱特还是在音乐中感受到了乔的啜泣，但自己已经开始释怀并能够正视自我，放弃了喝"狄医生益气增肥大补粉"增肥的做法，并接受了在她看来是另一个多卡丝的女孩费莉丝。费莉丝向乔讲述了多卡丝死前的情形，并把其遗言告诉了乔。多卡丝受的枪伤并不致命，是多卡丝自己失去了活下去的欲望，拖延时间让乔得以脱身，最后因失血过多而死。实际上，乔并不是因为得知真相而消除了负罪感，更重要的是，他通过遗言发现多卡丝真正理解他，正如他理解多卡丝一样，二人共享着他人所不知的秘密和悲伤。

　　黑人评论家胡斯顿·贝克把布鲁斯定义为："一种非裔美国人生活和文化交互表达的冲动，这种冲动提供了一个位置的概念……它不是朝上的，而就在黑人脚下。"① 贝克对布鲁斯的理解主要强调了黑人音乐的日常性，它不是一种殿堂艺术，而是黑人生活的日常。楼顶再次响起的音乐使乔和维奥莱特仿佛获得了新生，他们伴随着音乐翩然起舞，并邀请费莉丝加入。小说结尾的时候，乔和维奥莱特又养了一只鸟，这只鸟身体瘦弱、神情悲伤，维奥莱特认为这只鸟除了音乐什么都不热爱，于是带着鸟一同到楼顶听音乐成了他们的共同的乐趣。当费莉丝把奥肯（Oken）带入他们家——爵士乐被重新引入的时候（他们第二次购买的那只鸟也象征性地表示出音乐的再次进入他们的生活中），维奥莱特和乔的支离破碎的生活变得有意义和完整。② 与之前的那只只会说"爱你"的鸟相比，维奥莱特生命的匮乏被爱充溢，是爱、理解、包容以及黑人音乐将过往与现在连接起来，南部经验转化成一种坚实的动力。两人在温暖的力量中获得了平静并重归于好。小说以爵士音乐最后篇章中的"诗篇"③ 方

---

① Houston A. Baker, *Workings of the Spirit: The Poetics of Afro-American Women's Writing*, Chicago: University of Chicago Press, 1991, p. 132.
② Jürgen E. Grandt, "Kinds of Blue: Toni Morrison, Hans Janowitz, and the Jazz Aesthetic", *African American Review*, Vol. 38, No. 2, 2004.
③ Judylyn S. Ryan and Estella Conwill Majozo, "Jazz…on 'The Site of Memory'", *Studies in the Literary Imagination*, Vol. 31, No. 2, 1998.

式结尾,造成了莫里森小说中少有的圆满结局。

　　至此,我们看到了爵士时代爵士乐所呈现的两种突出面向:一种是受时代精神浸染的带有强烈情欲意味的爵士乐,它鼓舞着年轻人以性放纵的方式表达对维多利亚时期的道德秩序的反抗;另一种是保留了黑人布鲁斯的诉说与抒情功能的爵士乐形式,它帮助黑人群体保持并延续了其文化身份,使他们在一定程度上免于现代社会的侵扰。但是,正如爱丽丝认识到的,"想把第五大道的鼓声同那用钢琴弹出、又在每一部胜利牌留声机上回旋的'皮带扣'曲调分开是不可能的"(61)。在特定的历史时期,两种风格缠绕在一起,共同标识出鲜明的时代特征。美国学者威廉·迪安说,"透过美国的爵士乐,你会感到即兴发明和创造;透过即兴发明和创造,你会见到背井离乡;透过背井离乡,你会发现一个美国故事。在美国,即兴发明创造已经成为应对背井离乡的策略"①。这在一定程度上解释了爵士乐在美国生根、发芽和壮大的原因。和非裔美国人一样,美国其他移民共享着相似的"背井离乡"之感,因而带来了爵士乐的风靡。尽管迪安把即兴提高到"美国宗教遗产的产物"的高度②,把爵士乐视为美国精神文化的代表,但也不能忽略它对于广大黑人群体的意义。

　　黑人理论家科勒尔·韦斯特说:"新大陆的非洲人是一些深陷流放感的现代人。由于被迫离开家乡,被迫在一片永远得不到保护的土地上,在一块永远没有安全感的地区,或者在一个永远不受欢迎的国度过着一种终年作为'外人'的生活。因此,他们只能到那样一种充满激情与活力的语言和一种自由变化的音乐中去寻找一个'家'。"③ 韦斯特道出了非裔美国人在新大陆的真实境遇以及文化对于移民群体的重要性。对绝大多数非裔美国人来说,韦斯特所说的"新大陆"并不是一

---

① [美]威廉·迪安:《美国的精神文化》,袁新译,商务印书馆2013年版,第225页。
② [美]威廉·迪安:《美国的精神文化》,袁新译,商务印书馆2013年版,第195页。
③ West Cornel, *Keeping Faith: Philosophy and Race in America*, New York: Routledge, 1993, 转引自[美]威廉·迪安《美国的精神文化》,袁新译,商务印书馆2013年版,第70页。

个"他者",他们的"在场"构成了它近四百年的历史和现在,"美国人"的国族身份构成也是黑人身份构成的关键。莫里森也是同样的立场,始终强调非裔美国人的重要意义,并在此基础上为黑人群体的权力进行了坚决而深刻的斗争。同时号召非裔美国人要保持自己的文化,爵士乐在某种程度上也成为这种斗争再现的场域。在爵士时代,人们能想到的就是由爵士乐所引导的个性解放的十年,但值得注意的是,爵士乐绝不仅仅是时代精神的表达,其灵魂部分不应该被忽视和忘记。对于非裔美国人来说,黑人音乐始终是其生活的重要组成部分,是他们寄予信念、情感的重要方式。正如有学者评论,爵士乐不仅构成了莫里森小说的风格,也成为她笔下非洲裔美国黑人所特有的生存境遇的一种隐喻。①

第二节 危机与救赎:论《家》的反现代性叙事

与社会现代性相生的审美现代性可以说是对现代性问题的反思,是现代性问题的深化。有学者认为,在近三百年现代性确立的过程中,敏感而执着的优秀艺术家很少有屈就附和这个世俗社会的。他们在价值取向上大都是反现代性的。② 反现代性叙事实际上是通过叙事作品展现作家对现代社会的认识及思考,并以虚构的方式将自然的、非理性的因素植入文学作品,使其呈现出某种反现代特征。反现代性叙事并非彻底否定现代社会,而是试图借助叙事来挖掘人在现代社会生存的另一种可能,从而抵御来自现代社会对人的种种压迫。

2012 年,莫里森在耄耋之年推出了她的第十部小说《家》,关注的

---

① 翁乐虹:《以音乐作为叙述策略——解读莫里森小说〈爵士乐〉》,《外国文学评论》2000 年第 2 期。
② 叶舒宪:《反现代性与艺术的"复魅"——全球寻根视野中的朝戈、丁方绘画》,《文艺研究》2005 年第 3 期。

核心问题是战争与种族歧视带来的伤害。无论是战争还是种族迫害，都是现代社会的突出问题。面对这些问题，莫里森选择了取法西方文化之外的东西来应对，作品以突出的南部地域书写来展示黑人文化的积极意义。这种特点几乎贯穿了莫里森整个创作过程，作家塑造了包括早期作品《所罗门之歌》中的沙理玛、《柏油娃娃》中的埃罗，中期《天堂》中的黑文，以及新近作品《家》中的洛特斯在内的诸多南方村镇。叙事作品生动地呈现了黑人的生存经验，而其生活的南方村镇也显示出了异乎寻常的温情。有学者认为，莫里森的写作"从南方到北方，从城市到乡村，寻找祖先留下的财富，不仅对美国主流文学的空间进行颠覆，而且也对传统的非裔美国文学中地理空间的再现予以改写"[1]。在莫里森笔下，南方乡村和北方都市获得了迥异于其在早期非裔文学中的面貌，北方不再是天堂，而南方承载苦难的同时也展现出其淳厚的一面。本书以《家》为对象，探讨其反现代性叙事，进而揭示莫里森对现代性问题的回应及在应对当代美国黑人处境时的鲜明文化立场。

一　战争与人性的失落

社会性的或集体性的创伤往往与社会本身有关，战争和种族问题实际上都源于现代社会机体内部。现代社会是在工业革命的引领下，以资本主义生产方式为基础的社会形态。先进的生产力为现代社会带来了许多福祉，物资丰富、生活便利、文化发达，但崇尚理性精神的现代社会自身也产生了诸多问题，比如局部战争、经济危机、环境恶化等。战争本质是通过暴力对资源重新分配，发动战争的人或者群体认为这是解决问题的最优途径，因而做出了理性的选择。西方帝国殖民史突出地展现出战争的本质和动因，并且鲜明地改变了前现代社会的格局和伦理秩序。

《家》是以二战前后的美国历史为背景的，时间跨度大约是 20 世

---

[1] William M. Ramsey, "Knowing Their Place: Three Black Writers and the Postmodern South", *The Southern Literary Journal*, Vol. 37, No. 2, 2005.

纪初期至 50 年代，核心事件是参加朝鲜战争的弗兰克·莫尼的创伤经验和救治妹妹的经历。弗兰克生活的洛特斯镇位于美国南部佐治亚州，闭塞、落后、教育条件缺乏。在美国政治版图中，有大量黑人聚居区被忽略，基本上处于"治外之地"。《所罗门之歌》中的沙理玛是一个地图上都不曾被标识的地区，《天堂》中的黑文及其后继者鲁比，都是政府无暇管理的地方。尽管如此，这些地方也受到了现代化进程的影响，人们对世界正在发生的重大事件并非全然不闻。对这些信息的片面看法有可能成为他们认识自身处境的参照物。

> 佐治亚的洛特斯是世界上最糟糕的地方，比任何战场都糟糕。在战场上，你至少有目标，有令人激动的事，有勇气，有赢的机会，也大有输的可能。死亡是实实在在的，可活着的滋味也是真真切切的。问题在于你没法预知结果。在洛特斯，你倒是可以预知结果，因为在这里没有未来，只有无尽的待消磨的时光。除了呼吸，没有别的目标，也没有别的要战胜的东西，活着的唯一价值是看着其他人无声无息地死去。①

选择战争是黑人群体面对国内种族迫害和政治倾轧的无奈之举。童年的弗兰克和妹妹茜（Cee）常常被忙碌的父母遗忘，因而获得了一段非常快乐而自由的时光，但随着年龄的增长，像弗兰克一样的青年们很快就对洛特斯的生活感到厌倦，意识到此地的鄙陋和无望。朝鲜战争爆发，美国政府全面征兵，包括政治上弱势的黑人群体。弗兰克和他的两个朋友因参战而获得了走出此地的唯一机会。战争让青年们走出了洛特斯，也让他们付出了巨大的代价。一起出去的三个年轻人只有弗兰克活着回来了，而且留下了巨大的心理创伤，久久不愈。弗兰克们参战的目的并非纯粹的爱国主义情绪使然，而是想通过这个途径改变自己被世界

---

① [美] 托妮·莫里森：《家》，刘昱含译，南海出版公司 2014 年版，第 83 页。本节引文均出自本书，下文引文只标注页码。

遗忘的生存境遇。《天堂》中也有一个类似的反讽写法，从未出过远门的索恩·摩根认为参加战争是一件充满了希望的事情，远比在国内遭受种族迫害要好得多，于是她鼓励两个儿子参加战争以逃避国内横行的私刑和种族迫害，结果两个儿子都死于战争。有研究者也提到了美国的这种现实，"1945 年至 1950 年期间，非裔美国人被谋杀、殴打、焚烧、强奸和虚假监禁激增，几乎逼近战争中的伤亡人数"①。新的"一体化"军队为美国黑人提供了一个新的机会来证明他们的能力和价值。正如一位朝鲜战争老兵所说，"参战比在'国内'更好"②。

但是，参战回来的黑人士兵并没有得到同白人士兵一样的待遇，反而在某种程度上影响了他们进入正常社会生活的通道。弗兰克回国后一直在芝加哥，后因战争创伤被送进精神医院，后来趁势逃跑。叙事谈及了法律对黑人的控制，比如对流浪罪的界定，"站在外面没有目的的四处走动"就有可能被视为流浪罪。这个法律使得黑人在任何状况下都可能被逮捕。弗兰克和他的朋友在芝加哥街头随意被搜身和粗暴对待，被迫将钱藏在鞋子里以逃避警察的"例行公事"。"莫里森不仅仔细强调了表面上的种族主义事件，同时也指出更微妙的不公正，这种不公正阻止了美国黑人回家的可能性。"③ 正如学者所认为的，无论是战争表现出的男性气概还是认同美国主流文化，黑人都无法进入美国的民族空间。④

叙事揭示了美国国内深刻的种族矛盾以及黑人群体被倾轧的现状，并且以普通人的视角写战争更真实地揭示了战争的本质及其对于大众的

---

① Kimberley L. Phillips, *War! What is it Good For?*: *Black Freedom Struggles and the U. S. Military from World War II to Iraq*, Chapel Hill: University of North Carolina Press, 2012, p. 10.

② Kimberley L. Phillips, *War! What is it Good For?*: *Black Freedom Struggles and the U. S. Military from World War II to Iraq*, Chapel Hill: University of North Carolina Press, 2012, p. 114.

③ Candice L. Pipe, "The Impossibility of Home", *War, Literature & the Arts: An International Journal of the Humanities*, Vol. 26, No. 1, 2014.

④ 胡亚敏:《托尼·莫里森〈家〉中的民族空间与黑人战争书写》，《当代外国文学》2018 年第 2 期。

意义，官方宣传的宏大意义被消解。小说通过第二人称叙事把战争置于被观测和评判的中心位置，普通士兵的心理被放大，战争的意义得到凸显。

> 你为什么不快点？如果你早一点儿也许就能救他了。你本可以像拽迈克那样把他拽到小丘后面。你之后是不是杀红了眼？女人们拖着孩子狂奔。那个拄着拐杖的独腿老头在路边跌跌撞撞地走着，尽量不给那些跑得快的人拖后腿。你一枪爆了他的头，因为你相信那能补偿迈克裤子上结冰的尿，为那双喊着妈妈的嘴唇复仇？是吗？有用吗？还有那个小女孩。她凭什么受到那种对待？一切没有出口的质问在他看到那些场景的阴影里像霉菌一样繁殖。[1]

这是弗兰克在和莉莉一起生活时突然涌现的一段意识流，这段叙述以第二人称作为叙述者并对弗兰克发起了质问，质问他在战争中的真实想法和诉求。战争屠戮的对象都是平民，包括带着孩子的女人、腿脚不便的老人等，这在很大程度上挑战了弗兰克的伦理底线。他们杀害的是无辜的平民，这些平民并没有攻击他们。对弗兰克来说，与迈克、斯塔夫和红在一起的意义远大于战争本身，所以当战争夺去了这些人的生命时，弗兰克就"杀红了眼"，这仅仅是因为好友被杀，是"复仇"。这样，他便获得了杀戮的理由，减轻了负罪感。弗兰克的种种质疑实际上是伦理和激情之间的矛盾。一方面是人与生俱来的平等的生存权利；另一方面是战争双方由于某种需要而采取的极端行为。同样的战争叙事在海明威的《太阳照常升起》《丧钟为谁而鸣》中也时常出现。参加战争的士兵很多都不清楚战争的意义，甚至分不清敌我，只是一味地在战场中冲锋陷阵。这些士兵就像弗兰克一样，不明就里地成为战争的执行者和牺牲品。在一定程度上，弗兰克和战争中的受害者具有共情的基础，

---

[1] ［美］托妮·莫里森：《家》，刘昱含译，南海出版公司2014年版，第20页。

他作为黑人士兵在国内的不公遭遇和战场上的老弱平民一样,都是政治斗争的受害者。

　　小说第九章是战场的正面描写,对朝鲜小女孩的杀戮放大了战争的残酷以及人性的失落。叙述者以弗兰克的视角讲述了发生在朝鲜战场的杀戮事件。一个拾荒的小女孩时常跑到美军营地附近捡垃圾,当弗兰克第一次看到这个小孩子的时候,"那让我想到和茜一起在罗宾逊小姐家的树下偷捡落在地上桃子的情形"(94)。当被换岗士兵正面碰见的时候,小女孩"做了个看似匆忙甚至是条件反射般的动作","她笑着向他胯间伸出手去,她碰到了。那让他大吃一惊。呀咳呀咳?我的视线从她的手转移到她的脸上,看见她少了两颗牙,黑色的刘海覆盖在好奇的眼睛上,就在这时,他一枪打飞了她"。(96)这里,作者跟读者玩了一个文字游戏,有意混淆叙述主体,造成一种模糊感。先是"弗兰克"在讲朝鲜战场的事情,接着拾荒小女孩出现了,这让"弗兰克"想到了儿时的温馨画面;然后是"换岗士兵"看见小女孩,但却是"我"移开了视线,"他"一枪打飞了她。第三人称叙述往往被认为是最可靠的,所以尽管有诸多模糊之处,但读者大部分会判断杀死小女孩的是"换岗士兵",同时又留下了疑问。

　　在小说第十四章中,叙诉者以弗兰克的口吻坦白道:

> 打爆那个朝鲜女孩脑袋的是我。
> 被她摸到的人是我。
> 看到他微笑的人是我。
> 她说"呀咳呀咳"时是对着我。
> 那个被她挑起欲念的人也是我。
> 她只是一个孩子。一个很小的小女孩。
> 我没有思考。我不需要。
> 她还是死了的好。
> 在她让我发现内心深处我从未察觉过的那个角落之后,我怎么

可能让她活着?

　　如果我屈从于诱惑,当场拉下拉链让她为我服务,我又该如何面对自己,甚至继续做自己?①

前面的文字游戏在这里有了答案,叙述主体的混乱是为了掩盖弗兰克内心的阴暗,他不想承认和面对人性中刚要冒出头的粗粝部分,朝鲜小女孩因此成为牺牲品。首先,小女孩"条件反射般"地把手伸向男性胯间,企图用这种被训练有素的方式讨好对方以获得食物或者确保安全的做法显示了小女孩已经沦为男性的玩物,而她只是一个处于换牙期的孩子。莫里森在其最后一部小说《孩子的愤怒》中塑造的主要角色都或多或少地卷入了被猥亵、被抛弃以及被漠视的境遇中。从孩子的视角来展示人类自身的堕落,令人震惊。其次,弗兰克枪杀小女孩的根本目的是想掩盖自己难以启齿的欲望,这促使弗兰克急于灭口,急于把这种刚刚冒出头的令人羞耻的欲望掐灭在萌芽中。弗兰克既没有选择道德,也没有选择正义,而是站在强权一方,以一个士兵特有的权力杀死了一个毫无危害的孩子。假以"敌方"之名的屠戮实际上是弗兰克转换了自身所处的立场,站在强权一方处决了弱者。这种转换看起来没有问题,实则挑战了人类的基本伦理底线,使他无法面对自己,时常处于崩溃的边缘。对弗兰克来说,战争的意义几乎变成了良心的拷问和道德的自我审判。

二　人体医学实验、"斗狗":种族迫害与伦理

医学实验常常会伴有突出的伦理问题,它的推进考验着人类的道德底线。二战中臭名昭著的日本 731 部队的人体实验可以说是人类伦理史上的重大事件,被迫作为活体实验标本的中国人丧失了人的基本权利和尊严,社会的基本伦理秩序荡然无存。就北美新大陆来说,早期的殖民

---

①　[美]托妮·莫里森:《家》,刘昱含译,南海出版公司 2014 年版,第 140 页。

入侵和奴隶制造成了这片土地上严重的伦理缺失，印第安人被驱赶至人迹罕至的地方，来自非洲的黑人奴隶及其后代则沦为"非人"，有失公正的法律加剧了这种伦理现状，导致了美国国内根深蒂固的种族歧视。安德森（Benedict Anderson）认为，"种族主义的梦想根源事实上存在于阶级的意识形态，而不是民族的意识形态之中"①。也就是说，种族问题的本质是权力角逐，是强权者对弱势群体的统治。《简·爱》（Jane Eyre）中关于伯莎·梅森疯狂、病态、种族低劣的描述完全符合殖民统治者的腔调，目的是为以罗切斯特为代表的帝国统治者做辩护。可见，种族问题根本上是建立在生物学基础上带有政治旨归的社会性建构。

　　小说中，医学实验和种族问题裹挟在一起，成为美国伦理问题的一个向度。茜是弗兰克的妹妹，因为和父母及哥哥借宿祖父母家，她就成了继祖母丽诺儿的出气筒并被叫作"阴沟里的孩子"。弗兰克参军后，茜失去了哥哥的保护，轻易地被浪荡子普林西帕尔骗到手，两人偷偷结婚。"茜和其他许多女性人物一样，组成了莫里森小说中的经典人物，包括秀拉的好友奈尔·赖特、《所罗门之歌》的哈格尔，以及最近的一部《恩惠》中的弗洛伦斯，都是被遗弃的、对他人有着强烈依赖的孩子的化身。"② 这种依赖感在一定程度上导致了女性理性和自我的丧失，进而沦为玩物。获得了短暂信任的普林西帕尔如愿地得到了丽诺儿的汽车，他带着茜到亚特兰大后就把她抛弃了。为了生活，茜给白人医生做了医学助理，除了料理日常工作外，茜最主要的工作是作为活体实验人员供博医生进行医学实验。

　　　　在发现比起附近和亚特兰大的富人，医生帮助的穷人——尤其

---

① ［美］本尼迪克特·安德森：《想象的共同体》，吴叡人译，上海人民出版社2005年版，第177页。
② Maxine L. Montgomery, "Re-memory the Forgotten War: Memory, History and the Body in Toni Morrison's *Home*", *CLA Journal*, Vol. 55, No. 4, 2012.

是女人和女孩——要多得多之后，她对他更加崇敬了。他对待病人极为谨慎，十分仔细地检查她们的隐私部位，除了请另一位医生来与他合诊的时候。如果他尽心尽力的帮助没有效果，病人的病情恶化了，他会把她送进城里的慈善医院。如果某个病人在接受治疗后仍然撒手人寰，他会自己出钱补贴其丧葬费用。[1]

在不谙世事的茜看来，博医生是一位专业而仁慈的医生，同时也在进行医学发明创造，以造福更多的人。这里，茜显示出了与白人群体一致的看法与立场，这足以说明白人价值观在黑人群体中的渗透和改造。《最蓝的眼睛》中的佩科拉、《柏油娃娃》中的吉丁都是被改造过的典型，她们无法识别这些价值观的逻辑起点和对她们的负面影响，进而成为牺牲品。茜对白人医生的天然信赖，一方面显示了白人价值观的渗透，另一方面也揭示出她对自我价值的贬低。茜关于医学实验的看法停留在医生宣扬的价值和意义方面，认为它对人类的健康是非常重要的，而自身因此遭受的痛苦和疾病则不值一提。可以说，茜的这种自我认知缺乏最核心的要素，即对个人需求的极端漠视和对自我价值的否定。

实际上，博医生的妻子对此有着清醒的立场和认识，她虽然否认自己的丈夫不是"弗兰肯斯坦博士"（58），但这种言论反而强化了博医生的形象：他就是一个以黑人女性为实验对象的种族主义者。在医生家里工作的黑人女佣莎拉发现博医生正在以茜作为实验对象研制妇科窥镜，而茜的身体每况愈下，几乎丧命。医生以茜作为试验对象并不是偶然事件。从莎拉的讲述中可以得知，此前为医生工作的几任助手都因各种原因离开，包括一个政治立场与医生相左的人。尽管无法准确判断试验对象是白人还是黑人，但医生的种族主义立场是非常明确的。他的祖父曾在北边某次重要的战役中阵亡，而他本人也是南部联邦的支持者。

---

[1] ［美］托妮·莫里森：《家》，刘昱含译，南海出版公司2014年版，第63页。

支持蓄奴制，这就昭示出博医生的种族主义立场。茜在工作之余发现医生的书架上陈列着一些她完全不懂的书籍，包括《伟大种族的消失》①《夜幕下的幽灵》《遗传、种族与社会》等。这就不难解释医生以茜为试验对象的行为，在他的意识里，茜属于低劣的人种，可以被统治和试验而不必有道德和伦理的心理负担。

茜被作为医学实验对象有其个人原因，究其根本，乃是整个社会根深蒂固的种族主义观念造成的。在新大陆时期，维护白人利益的法律的制定造成了种族主义在美洲的横行，尽管这种状况在南北战争后有了一定好转，黑人获得了基本人权，但根深蒂固的种族观念一直延续至现在。20世纪初，为了掩盖这种赤裸裸的迫害和压榨，很多科学为种族主义推波助澜。比如美国政府对移民进行的智力测试，测试的结果是黑人的智商明显低于白人。黑人天生智力低下，道德水准低，就只能从事简单的重体力活儿和白人不愿意干的脏活儿。这种种族主义看法牢牢扎根于白人的意识中，以至于无所不在的种族思想也改变着黑人群体，使得他们也惯性地采用白人的价值观作为评判自己的标准，以至于彻底失去自我。《最蓝的眼睛》中的佩科拉就是典型的例子，她梦寐以求的就是能有一双和白人一样的蓝眼睛，这样母亲就会爱他，社会就不会欺辱他们。

如果说医生的医学试验是相对隐蔽的对人伦的挑战，而发生在洛特斯的"斗狗"事件则是赤裸裸的种族迫害和对人伦的践踏。弗兰克回到洛特斯后，试图寻找儿时经常造访的马场。在当地老人们七嘴八舌的回忆中，弗兰克得知了当年被随意埋葬在马场的黑人的身份和死因。

"茜告诉我养马的那个地方，那个种马场，现在玩斗狗，是真的吗？"

"斗狗。"塞勒姆捂住嘴，笑声从指缝中漏出。

"为什么笑？"

---

① 小说《伟大种族的消失》是一部宣扬种族主义的书籍，鼓吹日耳曼民族血统优越性和优生计划。此书在20世纪初期的美国非常流行。

第四章　回归南方：现代性视野下的地域构想 / 201

"斗狗。他们要真干那个倒还好。根本不是……"

"你想知道他们怎么斗狗的吗？""鱼眼"问。弗兰克的插话好像让他松了口气。"他们斗的是被当成狗的男人。"

……

"他们看腻了斗狗，把人当狗玩。"

"你信吗？竟然有人让当爹的和儿子决斗。"

"那小子说他求他爸：'不，爸，不要。'"

"他爸告诉他：'你必须干。'"

"那可是魔鬼的决定，你选啥都得下地狱。"①

　　大家告诉弗兰克，白人在洛特斯"斗狗"的活动一直持续到珍珠港事件前后。"鱼眼"解释了活动的真相，"他们斗的是被当成狗的男人"（144）。在这个赌博活动中，两个黑人被迫搏斗，每人手执一把弹簧刀互砍，只有一个能活下来，而白人则根据双方的实力下注赌哪方会赢。最残酷的是父子对砍，一个名叫安德鲁的男孩被迫杀死了自己的父亲。那个男孩从"斗狗"活动出来的时候，浑身是血，近乎崩溃。

　　类似"斗狗"事件在美国种族迫害史上并非个案，其背后是强权政治意志对人类伦理底线的挑战和对社会伦理秩序的破坏。埃里森在《看不见的人》中黑人被不明就里地放在搏击活动中也是基于这样的逻辑。首先，他们认识到黑人在某方面的突出才能是源自生物性的，比如超越白人的搏斗能力。其次，被迫搏击及供人观看和下注，是发挥了工具性的效能，黑人沦为白人的娱乐工具，成为"非人"的存在，人类的尊严和道德遭到了前所未有的践踏。"从字面和象征意义上讲，黑人身体是新世界被埋葬的黑人历史的见证者。"② 无论是茜还是搏斗中的

---

① ［美］托妮·莫里森：《家》，刘昱含译，南海出版公司2014年版，第143—145页。
② Mae Gwendolyn Henderson, "Beloved: Remembering the Body as Historical Text", in William Andrews and Nellie Y. McKay, eds., *Toni Morrison's Beloved: A Casebook*, New York: Oxford University Press, 1999, p. 86.

黑人父子，包括《宠儿》中的塞丝背部的"树"以及被塞丝杀死的孩子和被吊在树上烤焦的西克斯，他们的身体都"写"满了白人对黑人群体的迫害。

三　南归：塑造乌托邦和文化救赎

弗兰克参战回国后确实经历了种种不公平待遇，但这些问题并不完全是战争带来的，种族之间的屠杀和迫害是美国几百年来的突出社会问题，所以"国内"确实不是"家园"。有评论称，"即使我们允许黑人社区提供家的幻觉代替家庭或家庭住宅，这个家提供什么？莫里森认为是一个像猪一样死亡的恶性循环。对于弗兰克·莫尼来说，'家'——佐治亚洛特斯镇只提供死亡"[1]。但问题是，弗兰克回归南方的意义在哪里？实际上，在小说的后半部分，洛特斯这个曾经被弗兰克们"遗弃"的地方似乎焕发出了新的活力，各处景观都呈现出积极明丽的色彩，弗兰克的感受也与此前截然不同。

从走出洛特斯到参战，再到战后归乡，弗兰克奥德赛式的旅程实际上是其自身亲历现代化的一个过程。弗兰克从洛特斯出发，到境外参加朝鲜战争，战后滞留北方都市，后因救妹妹途经芝加哥、亚特兰大，最后回到洛特斯，完成了一个从南到北，再由北到南的过程。走出南方小镇实际上是弗兰克逐步被现代化的过程，但这种进程远未完成。从战场归来的弗兰克面临双重难题：一是战争带来的创伤；二是从乡村生活到都市生活的艰难转变。就城市而言，弗兰克是一个"外来者"。由此，他拉开了与城市的距离，把司空见惯变成了不同寻常，造成了观察的便利，因而能够敏锐地捕捉城市生活的特征。

"在由风和干净的傍晚的天空撑起的芝加哥，街头挤满了趾高气扬、衣着光鲜的行人——他们沿着比洛特斯任何一条街都宽的人行道往前走去，就像在赶某个截止期限。"（28）这是弗兰克途经中部城市芝

---

[1] Candice L. Pipe, "The Impossibility of Home", *War, Literature & the Arts: An International Journal of the Humanities*, Vol. 26, No. 1, 2014.

加哥时的感受。因为空间的位移,弗兰克获得了一种"旅行者"的身份并以别样眼光来审视城市与城市、城市和乡村之间的差异。芝加哥美国的大都市之一,在20世纪50年代就迎来了繁荣。高效和快节奏是这些城市的突出特征。快节奏的背后实际上是对经济利益的追求,人们希望在最短的时间内获取最大的收益。在城市里,人们对逼迫的感受是来自时空的变形。在前现代社会,时间的概念总是和空间关联在一起的,比如日出而作,日落而息。进入现代社会后,伴随着资本主义生产方式的深入,时间和空间发生了明显的重组。吉登斯(Anthony Giddens)认识到现代社会的一个重要的现象,即时钟在人们的生产和生活中的革命性的意义。"机械钟的发明和在所有成员中的实际运用推广,对时间从空间中分离具有决定性意义。"① 也就是说,时间变成了一种逻辑性的、抽象的虚化概念,失去了与空间的紧密联系。伴随着科技的进步,时间与空间的结合形式进一步发生了转变。比如交通工具的革新,乘坐飞机和马车,在相同的时间段里,人们对于空间的感受是完全不同的。现代社会的高速发展,出现了"时间空间化"的倾向,带来的结果是空间的迅速转换和距离感的消失,人们倍感时间的逼迫。

　　进入南方腹地后,弗兰克获得了不同于北方都市的时空感受。"和芝加哥不同,这里日常生活的节奏更人性化。很明显,在这座城市里人们有的是时间。他们有时间有条不紊地卷好一支烟,有时间用切割钻石的眼光审视蔬菜。"(108)与芝加哥相比,以亚特兰大为代表的南方城市节奏要慢得多,弗兰克眼中的人们已经不同于北方大都市,从高度紧缩的时间压迫中获得一定程度的解放。随着逐步深入南方农村,这种对时间的控制更显得松散和随意。从亚特兰大救出妹妹后,二人回到了家乡洛特斯镇。妹妹被交由年长的黑人妇女们照料,弗兰克则干活养家。弗兰克在父母住过的老房子里找到了妹妹儿时的手表,这只手表已经失去了记录时间的功能。"那只宝路华手表还在那里,上不了弦,也没有

---

① [英]安东尼·吉登斯:《现代性的后果》,田禾译,译林出版社2000年版,第15页。

指针——就像时间在洛特斯的流淌方式，纯粹，任何人都可以有自己的理解。"(124)在现代社会，对时间的精确掌控已经成为生活的常态，以时间来衡量效率和收益也已司空见惯。南方小镇洛特斯呈现出与北方都市截然不同的面貌。人们依旧保持了前现代社会的时间观念，依自然而动。故此，坏了的手表成为一种隐喻，暗示了时间的纯粹及现代性扩张在此处的失败。

现代社会的本质是工业社会。马尔库塞（Herbert Marcuse）指出，"在发达的工业社会中，生产和分配的技术装备由于日益增加的自动化因素，不是作为脱离其社会影响和政治影响的单纯工具的总和，而是作为一个系统来发挥作用的"①。因而，工业社会对人的统治似乎不易被察觉和辨识。反过来，人对工业社会的过度依赖，恰好证明了这种统治无处不在。在小说中，生活在洛特斯的居民对小镇的闭塞似乎并不以为意，只通过个人劳动获得生产和生活资料，极少依靠外来的现代工业及工业产品，营造了一个带有田园色彩的社会环境。

<blockquote>
埃塞尔小姐是个好斗的园丁，她会把威胁通通赶走或者消灭，好让果蔬健康生长。淋了加醋的水，鼻涕虫会蜷起来死掉；柔嫩的脚底一踩上植物周边铺着的碎报纸或是铁丝网，胆大包天、志在必得的浣熊就会尖叫着逃之夭夭；在纸袋下安静地睡觉的臭鼬不会去糟蹋玉米秆。②
</blockquote>

埃塞尔是洛特斯镇的妇女，以她为代表的黑人妇女沿袭了小镇传统的生产生活方式。她们笃信自然，通过各种自然规律来进行生产活动。借助草药治病，通过传统方法制作和保存食品，种植抵御病虫害的植物保护庄稼等。这样的生产方式从根本上异于工业社会的组织结构，客观

---

① ［美］赫伯特·马尔库塞：《单向度的人》，刘继译，上海译文出版社1989年版，第16页。
② ［美］托妮·莫里森：《家》，刘昱含译，南海出版公司2014年版，第135页。

上阻止了工业化及资本主义生产方式的入侵。同时，小镇居民对工业化及其产品的拒绝从另一个侧面反映了黑人对其传统文化的认同，而这种做法对于黑人传统文化的保存和传承具有重要意义。

有研究者指出，除了对话结构和多视角聚焦，小说还增加了人物从创伤过去逐步恢复过程的复杂性，修辞性语言的运用和一些鬼魂形象的反复出现也丰富了我们对人物的心理状况的理解。[1] 小说中奇幻的部分，包括医生管家萨拉"把女孩一切两半"（66）、穿祖特装男子的隐现以及"这里站着一个人"（145）等确实强化了人物的创伤感受或表现为某种寓言。但问题是，为什么弗兰克会重新埋葬儿时见到的被随意埋葬的黑人遗骸于树下并在牌子上写着"这里站着一个人"？其背后的文化逻辑是什么？

卡林内斯库（Matei Calinescu）在讨论现代性、上帝之死和乌托邦时谈到了现代性与基督教的关系。他借用了奥克塔维奥·帕斯的观点，认为"现代性是一个'纯粹的西方概念'，上帝之死的神话不过是基督教否定循环时间而赞成一种线性不可逆时间的结果"[2]。卡林内斯库的论述揭示出现代性趋于理性的走向和恪守了不可逆的线性时间的逻辑。与之不同，非洲的时间观念是循环的时间观念，最突出的表现是他们的祖先崇拜文化。他们认为，祖先去世了只是肉身消失了，但其精神依旧存在并以各种形式存在和参与到后人的生活。基于此，非洲文化的非理性特征客观上造成了一种反现代性效果。莫里森曾在一次访谈录中谈道："在文学活动中，非洲人特性的存在有时隐秘，有时明朗；它深刻而永久，成为可见又不可见的沉思着的力量。"[3] 她在访谈里表达了非洲文化对美国文学的重要意义。在她的作品中，可以很明显地发现她对

---

[1] Aitor Ibarrola, "The Challenges of Recovering from Individual and Cultural Trauma in Toni Morrison's *Home*", *International Journal of English Studies*, Vol. 14, No. 1, 2014.

[2] ［美］马泰·卡林内斯库：《现代性的五副面孔》，顾爱彬、李瑞华译，译林出版社2015年版，第63页。

[3] ［美］托妮·莫里森：《黑人的存在不可忽视》，陈陆鹰、汪立新译，《当代外国文学》1994年第2期。

非洲文化的兴趣和借用。

　　对自然的信赖和崇拜是非洲哲学观念的基本表现之一。小说中，茜因给白人医生做活体实验而命悬一线。后被哥哥弗兰克救出并带回家乡洛特斯，黑人老妇埃塞尔对其进行治疗。埃塞尔和一群黑人妇女对茜的治疗完全不同于现代医学的方式。她们"对待疾病的方式就好像是一种公然的冒犯，一个虚张声势的非法入侵者，不被鞭子抽一顿就不会老实"（125）。她们先用各种草药水治疗感染，接着是火疗，最后的一道程序是太阳的暴晒。她们认为拥抱太阳能帮助茜摆脱子宫的后遗症。完全康复后，茜被问起曾经的工作，黑人妇女们对医生和他的医学表现出极度的不屑和鄙夷。借助火、阳光等自然元素为人类治疗疾病的做法，在某些非洲部落仍然存在。"火还被看成是拔出不详和治疗疾病的圣物。"[①] 这种观念虽然是人类早期生产力发展的体现，但仍具有深刻的社会意义。在现代社会，科学技术成为社会进步和变化的主要力量，成为统治人类的新理性。这种理性一旦失去了正确的价值导向，就会走向另一面，给人类带来危害和灾难。白人医生为了研制治疗妇科疾病的办法，无视作为实验者的黑人女性的健康和生命，在"救人"和"害人"两极之间，现代性的张力得以显现。茜几乎死于白人医学实验却被黑人用自然方法治愈，二者形成鲜明对照。黑人妇女通过生活实践传递了他们的观念和传统，使后辈切身体验到非洲传统在当代的价值。

　　作品借用非洲祖先崇拜的观念完成情节构造并传递出强烈的象征意义。祖先崇拜是非洲文化的一个重要方面。他们认为，祖先死后灵魂不灭，继续生活在家人周围。在非洲一些部落里，通常存在着祖先之灵居住在树里的观念。人们往往在树根前进行祭祖和祈祷活动，以获得跟祖先的联系。[②] 从根本上说，轮回或再现的观念与西方的不可逆的线性时间观念是背道而驰的。莫里森在其作品中突出了非洲宗教和哲学观念。

[①] 宁骚：《非洲黑人文化》，浙江人民出版社1993年版，第131页。
[②] 宁骚：《非洲黑人文化》，浙江人民出版社1993年版，第146页。

在《家》中，返乡后的弗兰克把儿时在马场见到的被随意掩埋的黑人骨殖挖了出来，摆放成形，用妹妹缝制成的被套作为棺椁放进月桂树旁的垂直墓穴，并在树干上固定了一个木片，上面写着：这里站着一个人。这个事件具有突出的象征意义：其一，弗兰克通过对亡故黑人的再次下葬，获得了自己同先辈的联系，真正认同了自己的民族和文化；其二，对个体价值的肯定和高扬是抵御现代性的良方。小说中有一个细节，弗兰克讲述了他的一个战友在朝鲜战场杀死拾荒小女孩的事情。上文中已经提到，叙述者在讲述这个故事的时候"撒谎"了，那个"战友"其实是弗兰克自己。战争让弗兰克失去了正常生活的能力，他时常从梦中惊醒。弗兰克逐渐认识到战争的非正义性和荒谬。小女孩是一个无害的、纯洁的生命，而弗兰克以战争的名义杀害了"敌方"人员，以掩盖他原本正常的情感。然而这种感情在当时的弗兰克看来，是令人羞愧的，他居然对一个敌方的女孩产生了难以启齿的欲望。可以看到，某种不对等的观念隐匿在弗兰克心中。无辜生命的消逝和战争的荒谬改变了弗兰克对人的价值和世界的认识。闭塞的南方黑人小镇不再是无望的空间，而是一个充满了人性力量的地方。此地不仅仅是地理意义上的家，更是精神家园。

缝制百衲被的传统最早源于非洲和欧洲。黑人进入美洲后，将此传统带入，逐渐成了黑人传统文化的一部分。莫里森、艾丽丝·沃克等黑人女作家曾多次把这种习俗写进作品，使之成为了一个常见的意象。"这种场合下拼缝出来的被子代表对破碎生活回忆的整理，是对自己的个体、种族身份的认同。"[①] 病愈后的茜开始跟着黑人妇女学习缝被罩。大家聚集在一起，把昔日的旧衣衫剪成布头并拼在一起缝制成被子等，用以换取其他生活用品。茜的改变从根本上是来自在亚特兰大所遭遇的种族迫害。她受到白人种族主义观念的影响，认为自己低人一等并接受了来自社会的不公平待遇。回到家乡后，埃塞尔提供了一种茜所缺乏的

---

① 王守仁、吴新云：《国家·社区·房子——莫里森小说〈家〉对美国黑人生存空间的想象》，《当代外国文学》2013 年第 1 期。

安全感，变成了茜的"母亲"，而茜又做回了孩子，她在由一群妇女联合起来抵抗生活中痛苦时刻的农业环境中找到了一种完整感。① 对传统的拥抱使得弗兰克和茜更新了对世界的认知，重构了个体作为人的意义和价值。

　　反现代性叙事回应了西方现代性问题，试图探索出某种解决路径。"现代化、全球化促使传统文化与现代文化生死相搏，欧洲文化与殖民本土文化狭路相逢。"② 当代美黑人所面临的问题一方面是来自种族歧视带来的种种问题，包括白人文化对黑人文化的冲击和侵蚀，进而造成他们在自我、民族和国家认同方面的混乱；另一方面是在现代化过程中，黑人自身所面临的传统与现代的矛盾及在二者之间如何取舍问题。种族问题和现代性问题的其他方面裹挟在一起，个人如何应对？对比福克纳和伍尔夫，莫里森重在强调社区（集体）的力量。③ 以洛特斯为代表的南方地理空间具有异于都市日常生活的特征，不刻意追求效率、回归自然的生产生活方式及对传统文化的继承与发扬，这些对疗治现代社会造成的诸多问题具有一定作用。作品的反现代性叙事也成为一种积极的权力策略，它通过对白人价值观的质疑和对"非西方"文化的追求，消解了白人文化在黑人群体中的深刻影响，进而促进了该群体的主体性建构。

　　作品的反现代性叙事揭示出作家肯定和认同黑人文化传统及其非洲根源，展现出传统文化在当代的活力和意义。莫里森通过对西方经典作品的戏仿，让弗兰克实现了奥德赛式的空间位移和回归。与芝加哥或亚特兰大这样的"他者"相比，洛特斯这个南方黑人社区为弗兰克和茜疗治种族主义和战争带来的创伤提供了物理空间，在其间两人完成了各自的主体性重构。"小说中的家的概念与其说是与一个特定的地方有

---

① Maxine L. Montgomery, "Re-memory the Forgotten War: Memory, History and the Body in Toni Morrison's *Home*", *CLA Journal*, Vol. 55, No. 4, 2012.
② Paul Gilroy, *The Black Atlantic*, Cambridge: Harvard University Press, 1993, p. 163.
③ Erin Penner, "For Those 'Who Could Not Bear to Look Directly at the Slaughter': Morrison's *Home* and the Novels of Faulkner and Woolf", *African American Review*, Vol. 49, No. 4, 2016.

关,倒不如说与自我记忆所处的心灵空间有关。"① 构成这个地理空间的核心要素是文化传统,也就是说,作者通过对人物的主体性重构凸显了作为黑人文化源头的非洲文化及其衍生文化在当代的意义。

综上,莫里森对现代社会的反思,显示出了其鲜明的文化立场,肯定了传统文化才是黑人对抗现代社会负面效应的良方;同时也为现代人面临的个人与群体,地方与世界之间的复杂关系提供了某些启示。虽然"洛特斯"能逃过全球化浪潮的可能性微乎其微,但叙事权威所赋予的便利依旧可以提供某种理论意义,即创造出异于日常生活的特殊空间,如各类主题公园、度假区等,用以帮助人类暂时逃离现代性问题带来的困扰。

小结

1992 年出版的《爵士乐》开启了莫里森小说人物生活的另一个向度,即都市黑人的历史遭遇。伴随着 20 世纪初的两次移民潮,南部黑人带着对北方美好生活的憧憬来到芝加哥、纽约等大都市,他们无可避免地步入了美国现代化进程的快车道。一方面,进入都市的黑人虽然物质生活有所改善,但仍旧长期处于被歧视的境遇中;另一方面,南部农业生产生活经验的缺席造成了其价值观的断裂,黑人的精神生活近乎枯萎。《爵士乐》就记录了爵士时代普通黑人的都市遭遇。莫里森在小说中运用了具有突出民族和时代特征的音乐将叙事串联起来,造成了小说特殊的美学面貌。在结构方面,文本模拟了爵士乐的即兴风格,通过视角和叙述主体切换造成了文本的层次感和意义的丰富性,且在章节之间以首尾呼应(应答模式)的方式达到了"摇摆"的效果。在内容上,小说中的爵士乐呈现出两种面貌:一是以性放纵为突出表征的个性解放进入爵士乐并塑造了其强烈的、充满情欲的艺术面貌,这与爵士时代繁

---

① Aitor Ibarrola, "The Challenges of Recovering from Individual and Cultural Trauma in Toni Morrison's *Home*", *International Journal of English Studies*, Vol. 14, No. 1, 2014.

荣商业和消费文化为主的时代风尚相吻合。二是爵士乐同时呈现出严肃而忧伤的面貌，这部分音乐与都市黑人的南部经验有关。黑人移民通过这种充满抒情色彩的音乐来抵御都市生活造成的"分裂"。

与拉尔夫·埃里森一样，把爵士乐资源纳入文学写作显示了作家鲜明的文化和政治立场。白人作家惯常的做法是把爵士乐作为一种思想资源，借用爵士乐来传达时代精神。与之不同，黑人作家创造和吸收爵士乐元素，首先是对自己民族文化的肯定与发扬。黑人布鲁斯是承载和展现黑人日常生活的艺术形式，这对一个民族来说是极为重要的。继承这种艺术乃是黑人群体的社会身份标识之一。其次，强调黑人艺术形式，本身就是对居于主流地位的盎格鲁-撒克逊文化的一种挑战。爵士乐在美国，甚至欧洲各国的发展可以说是少数族裔文化进入主流文化市场的成功案例，同时也是多种文化融合的产物。爵士乐艺术的多元化特征在某种程度上构成了对西方中心主义、白人中心主义的挑战并开创了新的文化发展局面和路径。这种方式也符合莫里森一贯的立场与做法，即通过写作来强调非裔文学在美国文学中的重要地位，以及非裔美国人对美国性的重要意义。

对现代性问题的思考可以说始于作家在20世纪50年代对伍尔夫和福克纳的研究。她的硕士论文是以"弗吉尼亚·伍尔夫和威廉·福克纳作品中对异化者的治疗"为题展开的研究。由此，莫里森逐渐形成了自己关于这个问题的看法，这些看法散见于后来她的个人演讲、采访和散文中。[1] 与1977年大获成功的《所罗门之歌》相呼应，莫里森在2012年出版的小说《家》中提出了一个相似的路线：南归以获取黑人文化的滋养。如果说前一部小说的重心是强调文化对黑人群体的文化认同具有突出作用，那么这部小说则是在现代性的背景之下，不仅仅重申了黑人文化对黑人群体的意义，更重要的是，这种解决路径对整个美国

---

[1] Erin Penner, "For Those 'Who Could Not Bear to Look Directly at the Slaughter': Morrison's *Home* and the Novels of Faulkner and Woolf", *African American Review*, Vol. 49, No. 4, 2016.

社会的启发意义,即回到传统文化中寻求应对危机的方法。

从朝鲜战场归来的黑人士兵弗兰克处于精神崩溃的边缘,而国内的种族歧视和迫害加剧了这种状况。这也就是有些学者谈到的,战后黑人士兵无"家"可归的状况。[①] 与其他作家相比,莫里森开出了自己的药方:南归。弗兰克因为救妹妹一路南下,回到曾经被自己"抛弃"的老家佐治亚洛特斯。作者以极大的耐心再次写到了此处的景观,这里俨然是一个充满了生机的农业社会,居民主动拒绝来自工业社会的产品和文明,打造了一个近乎完美的前现代田园社会。叙事有意放大了此处的文化特性,同时以具有鲜明非洲文化及非裔美国文化特征的事件完成了人物创伤的治疗,促进了黑人在现代社会中自我和文化身份的重构。

无论是《爵士乐》中对南方的回忆,还是《家》中直接的"南归",都透露出黑人对南方故土的渴望。《家》在一定程度上提供了象征性经验,并非真的要回南部去,而这种类似于前现代的田园社会也是回不去的。小说提供的思路是取法于西方文明之外的文化,比如非裔美国文化。当然,美国社会本身也存在的突出问题:没有坚实的文化根基。尽管威廉·迪安以具有开拓精神的清教精神和实用主义哲学作为美国文化的基本要素,但这并不能从根本上改变由文化多样性带来的潜在分裂局面。所以,莫里森提出的这种思路对非裔美国人来说具有突出的意义,同时肯定了西方文明之外的东西,这与部分理论家和 20 世纪末的一些思潮不谋而合,即借用其他文化形式来抵御现代性危机。

[①] Candice L. Pipe, "The Impossibility of *Home*", *War, Literature & the Arts: An International Journal of the Humanities*, Vol. 26, No. 1, 2014.

结　　语

一　作为虚构和象征的南方

　　1931年2月18日，托尼·莫里森出生于俄亥俄州洛兰镇的一个钢铁工人家庭。在这个家庭周围并没有黑人邻居（洛兰镇的下层居民包括来自波兰和欧洲中部地区的移民，还有来自墨西哥、意大利和希腊的移民，构成了一个种族混居的环境[①]），莫里森在那里度过了种族意识缺席的青少年时期。[②] 在1992年的采访中，她说，"我没有吸收种族主义"，"我从来没有考虑这个，我写《最蓝的眼睛》就是为了弄清这种感受"。[③] 这部作品并没有鲜明的地理概念，主人公生活于黑白混居的种族环境中。在稍后的《秀拉》中，作家已然透露出对美国南部地理空间的某种偏向，在北方一个城市虚构出"梅德林"镇，并在该书出版四年后的一次访谈中表示："梅德林是位于俄亥俄南边的一个虚构的地方，大部分黑人居民在此居住。俄亥俄就在肯塔基右边，所以它和'南方'没有多大区别。"[④] 这种刻意的说明并不是随意为之，而是理性

[①] Linda Wagner, *Toni Morrison: A Literary Life*, New York: Palgrave Macmillan, 2015, p. 1.

[②] John N. Duvall, "Descent in the 'House of Chloe': Race, Rape, and Identity in Toni Morrison's *Tar Baby*", *Contemporary Literature*, Vol. 38, No. 2, 1997.

[③] Christopher Bigsby, "'Jazz Queen' Independent", *Sunday Review*, April 26, 1992, sec.: 28. Online Posting. *Nexis*. April 20, 1996.

[④] Robert Stepto, "'Intimate Things in Place': A Conversation with Toni Morrison", *The Massachusetts Review*, Vol. 18, No. 3, 1977.

思考的结果。1977年，也就是在访谈发生的同一年，这种经过仔细思考过的策略被付诸于《所罗门之歌》的写作实践中，这部小说中明显的南归引起了学者们的注意。①

值得注意的是，从莫里森的个人经历和写作经验来看，她小说中的南方并不完全是亲身体验，更多的是一种模拟和虚构，是一种有意为之的叙事策略。威廉·福克纳以其惊人的才华完成了一个"约克纳帕塔法"世系的创造，内容涵盖了美国南方社会在工业文明的冲击下人们价值观崩塌的一系列世象，揭露了在南方精神遗产掩盖下的奴隶制的罪恶和人性失落。除了《押沙龙，押沙龙！》直接写到了美国南方的种族关系，福克纳的大部分作品都是围绕着南部白人的生活展开的。一如其他南方作家的创作，作为南部主要人群组成的黑人始终没有成为叙事中心。尽管有《汤姆叔叔的小屋》这样的作品，但作家对白人和种族关系的美化使叙事的客观性多少有失偏颇。莫里森在《柏油娃娃》出版后的一次访谈中说道："为我的人民写的农民文学，它是必要的，也是合法的。"② 果然，黑人群体的遭遇在她的作品中成为叙事中心。黑人群体的历史记忆、情感体验和当代困境都成为莫里森写作的素材和动力，而美国南方是所有叙事发生的地理固着点。莫里森曾在南方任教的几年经历是她亲历南方的一段时期。这段体验强化了她的南部经验并促成了叙事中突出的地理倾向。可以说，小说中关于南方的虚构以及把南方作为精神家园的策略是经由作家个人体验和理性思考的结果。

在完成了前两部小说对黑人女性价值追求的探索后，莫里森的叙事扩大了人物的活动范围，让生长于北方城市的黑人男性青年到广袤的南地去寻求文化身份。《所罗门之歌》中虚构了一个令人憧憬的南部乡村形象，作家鲜明的文化立场使得这个偏远而落后的南方小镇带上了前现代的玫瑰色。沙理玛成为一个纯粹的非裔美国文化发源地，这里有深厚

---

① 对莫氏小说中南部地理的关注，已在绪论部分罗列，此处略。
② ［美］托马斯·勒克莱尔：《"语言不能流汗"：托妮·莫里森访谈录》，少况译，《外国文学》1994年第1期。

的非洲文化传统和四百年的美洲"在场"的痕迹，被象征性地塑造为非裔美国人的家园。

至此，莫里森文学叙事中的南方基本完成了其定位：落后但保留有相对完整的民族文化特征。《秀拉》从梅德林出走，在完成了长达十年的游历后再次回到故乡并最终死于梅德林。尽管对梅德林有各种微词，但秀拉终归实现了某种回归。在当代文化语境下，《所罗门之歌》中的黑人青年奶娃只有前往沙理玛才能获得完整的自我和文化身份的重塑。南方尽管闭塞而落后，但无论是居于此地的居民，还是生活在北方都市的黑人，始终将其视为祖先生活之地，是黑人文化发源之地，是所有人的精神故乡。

基于这种认知和立场，莫里森在随后的小说中探讨了美国南方与黑人民族历史和政治诉求之间的关系。《宠儿》再现了美国南方奴隶制的残酷，俄亥俄辛辛那提蓝石路一百二十四号的鬼魅连接了塞丝、保罗·D和贝比·萨格斯以往在肯塔基"甜蜜之家"的记忆和当下的生活。正是"甜蜜之家"的非人遭遇导致了塞丝杀婴和多年两界相通的魔幻事件。贝比·萨格斯的"林间空地"仪式也无法完成黑人的自我解放和救赎。有评论称："莫里森将我们现代的债务概念重新定义为文化损失和遗忘的问题，她是本着这种精神写作《宠儿》的。"① 此言不虚，唯有正确认识奴隶制遗产，黑人群体才能走出历史的阴霾。

对于家园的诉求，作家以精细的历史精神描摹了南部重建时期黑人群体的乌托邦实践。在小说《天堂》中，来自南部三角洲的一支蓝黑肤色的黑人试图在南部土地上建立自己的家园，他们的经历实际上构成了美国西进运动的一部分。早期建立在人迹罕至之处的黑文，是一个近似前现代社会的黑人城镇，形似托马斯·莫尔笔下的乌托邦社会。伴随着现代化进程的深入，后继者鲁比则显示出现代化进程对传统的侵蚀和影响，乌托邦特征渐趋消弭。与此处相邻的女修道院，收容了来自全国

---

① Richard Perez, "The Debt of Memory: Reparations, Imagination, and History in Toni Morrison's *Beloved*", *Women's Studies Quarterly*, Vol. 42, No. 1-2, 2014.

各地的肤色各异的女性，后来尽管成为鲁比传统瓦解和道德败落的"替罪羊"，但修道院自身的种族融合、地位平等的状况使其成为一个具有变革力量的理想政治样板。结合非裔美国人的历史遭遇，可以说，莫里森通过作品传递了广大黑人群体关于家园和政治地位的基本诉求。

1981年出版的《柏油娃娃》被认为是莫里森早期创作的一个转折。[1] 美国学者马林·瓦尔瑟·珀瑞拉于1997年秋在《美国的多种族文学》(*MELUS*)杂志上发表了一篇题为"从《最蓝的眼睛》到《爵士乐》"的文章，作者认为"《柏油娃娃》这部作品对读者把握莫里森的早期作品向后期作品的过渡起到了关键性的作用"[2]。作品涉及一个非常切近的话题，即当代美国黑人身份及文化选择问题。主人公吉丁接受了西方精英教育并获得了职业上的成功，这致使她在"黑"与"白"的社会身份之间有了明显的犹疑。在加勒比海居住的美国白人资助者家中，吉丁有意展现出文化身份错位，选择与瓦莱里安一致的立场和行为方式。在误入者儿子的爱情和象征性的"拯救"下，她在纽约经历了黑人文化身份的重建。当游历至儿子位于美国南部小镇的老家埃罗时，吉丁建构的黑人身份遭到了质疑，不太正宗的身份让她感受到了"局外人"的尴尬。吉丁最终选择前往欧洲与身份漫游。吉丁身份的流动和"居间"状态实际上是后现代社会的一种常态。

2008年巴克拉·奥巴马成为美国历史上第一位少数族裔总统，他上任不久后《恩惠》出版。在这部作品中，作家以极大的热情回溯了美洲新大陆时期的历史，展示了17世纪美洲弗吉尼亚地区的种族景观以及种族主义的产生。由于海外殖民，帝国时期的弗吉尼亚地区是一个杂糅的文化空间。来自欧洲的穷白人雅各布在奴隶贸易的基础上完成了资本积累和身份转变，由一个欧洲白人移民变成了美洲地主，逐渐跻身

---

[1] John N. Duvall, "Descent in the 'House of Chloe': Race, Rape, and Identity in Toni Morrison's *Tar Baby*", *Contemporary Literature*, Vol. 38, No. 2, 1997.

[2] Maline Walther Pereira, "Periodizing Toni Morrison's Work from *The Bluest Eye* to *Jazz*: The Importance of *Tar Baby*", *MELUS*, Vol. 22, No. 3, 1997.

权力阶层。美洲印第安人的家园遭到殖民者的入侵和霸占，失去了主体权利，逐渐依附于欧洲白人，成为"本土的背井离乡者"。被贩卖至美洲的非洲人及其后代沦为奴隶，成为与白人相对的"他者"。与之相应地，种族主义话语开始通过法律、宗教等途径广泛地进入美洲社会生活中。回溯历史是为了更好地前行，《恩惠》对种族主义生产进行了深刻的形象化剖析，艺术地呈现了17世纪美洲大陆政治格局的形成。可以说，这种回溯是对当代政治状况的回应，包括黑人群体在内的少数族裔群体需要从美国社会普遍的种族和政治话语实践中认识清楚这种历史逻辑，并在日常生活中更新自我和群体认知，与民族文化和现代社会发展保持良好的互动。

在20世纪初期的两次移民潮中，非裔美国人大量涌入城市，造成了美国人口格局的巨大变化，同时也给他们自身带来了巨大的问题。长期生活在南部农业社会的黑人，其文化传统和价值观遭到了前所未有的挑战。"现在，我的人，也就是我们'农民'，来到城市，这就是说，我们和它的价值生活在一起。部落旧的观念和新的城市价值观之间存在着冲突，令人困惑。"①《爵士乐》集中体现了这种冲突并试图提供某种解决路径。20世纪前后，黑人布鲁斯作为核心文化资源进入了爵士乐，形成了20世纪初期爵士乐迅速发展和繁荣的局面。爵士时代以性放纵为突出表征的个性解放进入爵士乐并塑造了其强烈的、充满情欲的艺术面貌。黑人青年部分地受其影响，通过音乐来排解在都市里经历的苦难和伤痛。与此同时，爵士乐展现出严肃而忧伤的面貌，这与都市黑人的南部经验有关。在某种程度上，这种音乐又成为与现代社会抗衡的一种文化形式，黑人移民通过音乐来抵御都市带来的负面影响。

出版于2012年的《家》可以说是对这种现代化进程观察结果的一个突出推进。对照1977年的《所罗门之歌》，这部作品似乎完成了对黑人民族历史书写的轮回，黑人青年再一次南归。小说依旧写到僻远、

---

① [美]托马斯·勒克莱尔：《"语言不能流汗"：托妮·莫里森访谈录》，少况译，《外国文学》1994年第1期。

落后的南方乡村洛特斯,主人公为了实现个人价值而选择了走出此处的唯一机会——参加朝鲜战争。战争带来的创伤时刻在生活中发酵,而他的妹妹在弥漫于整个社会的种族歧视逻辑下被实施了医学活体实验。弗兰克南下救出妹妹并回到洛特斯,两人在当地的文化氛围中恢复了身体和心理健康。无论是战争还是种族迫害,都是现代社会的权利角逐的产物。莫里森以其惯有的立场,突出了南部地理及其文化对当代黑人的深刻意义,让两人在对非裔美国文化的象征性回归中得到救赎。

二 南方与非裔美国人的家园

海德格尔说,诗人的天职就是返乡,返乡就是切近本源。真正的"故乡"是回不去的,只有无限接近,在这个过程中获得喜悦。家园本身是一个悖论,只有客居他乡时才能深刻地体会到故乡的意义。非裔美国人虽然没有客居,但他们在政治上的无权及"他者"状态使他们对家园的追求有着迫切的实际意义。对非裔美国人来说,家园有两个方面的所指:一个是明确的、物质的家园,他们真正需要一个地方作为他们的传统之源,一个明确的地理固着点,用以安放和纪念;另一个是建立在这个基础上的,是所有非裔美国人的精神家园。在保守主义思潮再次侵袭世界的时候,人们的家园诉求会更加强烈。莫里森基于基本历史史实,把南方作为物质和精神家园,符合非裔美国作家惯常的做法。

对许多当代非裔美国作家来说,美国南方开始成为一种传统之源,成为自己熟悉的家园。[①] 当代著名非裔美国女性作家,如班巴拉(Bambara)、马歇尔(Marshall)与内劳特(Naylot)等把美国南方沿海地区作为疗救与恢复自己传统的中心。[②] 莫里森的叙事与这些作家不谋而

[①] William M. Ramsey, "Knowing Their Place: Three Black Writers and the Postmodern South", *The Southern Literary Journal*, Vol. 37, No. 2, 2005.

[②] Gay Wilentz, "Civilizations Underneath: African Heritage as Cultural Discourse in Toni Morris's *Song of Solomon*", *African American Review*, Vol. 26, No. 1, 1992.

合，对黑人民族的"位置"的思考近乎一种"返乡"，而这也是作家最诗意的事业。无论是体验南方还是表达历史与政治诉求，抑或是超越地域的全球化伦理关怀，核心问题都是弱势群体如何在当前的历史境遇下良好地生存。这从根本上是一种突出的伦理关怀，而叙事也呈现出鲜明的文化立场。对于当代非裔美国人来说，家园诉求是否具有特殊的意义？美国南方是否真的可以作为理想家园？

很多学者注意到了美国种族化空间现象。斯坦顿在其研究中指出，种族的空间化在美国更为极端，"城市从概念上只剩下了穷人和边缘族群……对于作为国家意识气压计的媒体来说，美国城市现在就是黑人城市"①。他提供了一个例子来说明黑人化城市现象及城市的贬值。"运河街是新奥尔良富饶多元的市中心，当我到达这个城市的时候，它已经被白人居民描绘为'死亡之地'。那里有精力充沛的'第三世界'和非洲美国人的商业，但并未表明这就是一个可生活的地方。"②斯坦顿的研究揭示出在城市化构成中族群比例的突出变化，但这并不影响白人作为权力阶层的事实。阿拉斯泰尔·邦里特和阿诺普·纳亚卡认为斯坦顿的评价有些偏颇和过时，他们认为，"这种叙事远不是普遍的，而且永远不应该认为是某种范式：将城市描绘为'城市丛林'的企图，在西方某些国家以外并没有市场。而且，甚至那些'城市丛林'已经成为普遍话语的国家，白人从来就是而且现在依然是城市生活的主流"③。邦里特和纳亚卡的研究揭示了黑人在城市中的处境，他们并没有因为数量的增加而获得应有的权力和地位。著名的政治正确规则就说明了他们依旧处于弱势和被支配者地位。尽管近些年种族问题在美国的发展颇具吊诡之势，美国黑人作为少数族裔，在某些方面却获得了超过白人的权益

---

① M. Standon, "The Rack and The Web: The Other City", in L. Lokko, ed., *White Papers, Black Masks: Architecture, Race, and Culture*, London: Athlone Press, 2000, p. 129.

② M. Standon, "The Rack and The Web: The Other City", in L. Lokko, ed., *White Papers, Black Masks: Architecture, Race, and Culture*, London: Athlone Press, 2000, p. 129.

③ ［英］阿拉斯泰尔·邦里特、［英］阿诺普·纳亚卡：《种族化的文化地理学——种族的领土》，载［英］凯·安德森、莫娜·多莫什等编《文化地理学手册》，李蕾蕾、张景秋译，商务印书馆2009年版，第446页。

（这也就是为什么白人总在抱怨，为什么他们辛苦工作却要为懒惰的黑人提供免费的救助），但这并不能说明黑人处于权力的支配端。相反，白人掌权者通过某些"善举"或者对自我利益的牺牲来弥合美国突出的种族矛盾，是权力阶层刻意为之的政治行为。

以上的研究实例表明，在城市化进程中，黑人群体在城市中虽然占据了相当的规模，但总体处境远差于白人群体，《爵士乐》和《家》就清晰地展示了黑人的这种历史境遇。该研究有两方面的突出意义：一方面，在城市白人拥有绝对的支配权；另一方面，它反向证实了非裔美国人突出的家园诉求。（尽管他们对美国的现代化和城市化进程做出了突出的贡献，但其政治地位并没有得到显著提升。）我们看到，莫里森关于南方家园的塑造基本上是基于乡村的，大部分是农业社会形态，具有鲜明的传统文化特征。这些地方包括梅德林、沙理玛、埃罗、黑文、鲁比、维也纳（位于弗吉尼亚地区）、洛特斯等。这些地方共有的特点就是，交通不便、经济落后，以农业生产为主，保留了良好的黑人文化传统和伦理观念，外界干预较少，处于世界现代化进程的末端。问题是，这些地方真的可以作为非裔美国人的家园吗？黑人读者能否认同？

萨义德在评价康拉德时说："在揭露帝国自我肯定和自我欺瞒的海外统治的腐朽时，他是进步的；而当他承认，非洲或南美洲本来可能有自己的文化和历史，这个历史和文化被帝国主义者粗暴地践踏，但最终被他们自身历史和文化所打败时，他是极为反动的。"[①] 几乎莫里森所有的叙事作品都会选择一个贫穷、落后得近乎前现代的南部乡村并着力发掘它的美，这对广大黑人民众来说是否意味着某种否定：你们是落后的种族，只配待在落后的地方，大城市不是你们该待的地方？在一定程度上，这样的观念和白人主流社会对黑人的歧视达成了共谋。在对待黑人群体方面，他们已有的历史经验（南北战争前后，美国政府曾将黑人集体迁移至非洲并建立利比里亚国。后因黑人人口过多，难以实现，

---

① ［美］爱德华·W. 萨义德：《文化与帝国主义》，李琨译，生活·读书·新知三联书店 2016 年版，第 12 页。

计划流产）昭示出白人群体的政治立场和策略。西方与现代性是一致的，非西方仅仅在迎头赶上欧洲和北美模式的意义上，才能够进入现代世界。① 叙事重回前现代式的生产和生活，显得有些无力和苍白。那么，如何看待莫里森的这种地理思维？能否说莫里森的策略具有一定的反动性呢？

显然，作家遭到了质疑。她在 2017 年出版的散文集《他者的起源》中做了一些辩护。该集子收录了莫里森自己关于其写作问题的部分阐述以及就其关心的问题给予说明，其中的第三篇文章《色彩崇拜》显然是在其最后一部作品《上帝救助孩子》（2015）之后发表的。文章列举了美国文学中的颜色崇拜，诸如福克纳、海明威等作家的作品中都可以找到这种文学表现。作家也在其部分作品中表达了彩色崇拜带来的问题，比如《最蓝的眼睛》。然而，莫里森更多地强调了她的"去色彩化"的努力。她说道："我的努力可能不会受到其他黑人作家的钦佩，也不会引起其他黑人作家的兴趣。几十年来，他们一直在努力撰写强有力的故事，描绘出明显的黑人角色，他们可能会怀疑我是否在从事文学的洗白工作。我没有。我未被要求这么做。但是，我决定通过自己的写作消灭廉价的种族主义，消灭和降低那些日常的、容易的、现成的色彩崇拜，这些让人容易想起奴隶制本身。"② 她同时列举了在《天堂》《恩惠》《家》《上帝救助孩子》中所做的去色彩化的努力。尽管作家借助流行于美国文学中的色彩主义来阐明自己的创作思路，但这实际上是在试图回应他人的质疑并表明自己的文化立场。

上文中提到，南方作为象征，它更是一个黑人文化的贮留地和鲜活的实体样本。与其说书写地理，毋宁说是强调文化，只有保有和发扬传统文化，黑人群体才能在现代化浪潮中保持自身的特色，从而在未来进一步获得政治权益。唯其如此，个体才有可能在纷繁复杂的世界中获得

---

① ［美］马丁·W. 刘易士、卡伦·E. 魏根：《大陆的神话：元地理学批判》，杨瑾、林航等译，上海人民出版社 2011 年版，第 6 页。

② Toni Morrison, *The Origin of Others*, Cambridge: Harvard University Press, 2017, p. 53.

心灵的安宁。同时，我们也看到了作家在《柏油娃娃》《恩惠》《外来者的家园》等小说或文章中透露出的深切的人文关怀，这种关怀超越了地理范畴，历史地、辩证地呈现了人类各个群体尤其是黑人群体的命运浮沉。在《他者的起源》的序言中，非裔美国作家塔纳西斯·科茨（Ta-Nehisi Coates）认为托尼·莫里森的作品扎根于美国历史并从一些怪诞的表现中发掘出美。但这种美不是幻想，因此也不应该令人惊讶。她是那些了解历史对我们所有人会产生影响的人中的一员。[1] 科茨从冷战讲到黑人总统之争以及美国黑人频繁被害的案件，这背后有着深刻的历史原因，而莫里森无疑是认识到这种深刻性的人物之一，而她的创作正传递了这种认识和洞见。

三 保守退避抑或野心勃勃？

亨廷顿在《文明的冲突和世界秩序的重建》中所透露出来的对世界政治秩序的思考和深深的恐惧是基于对美国现实状况的深切体验。作者对文明"范式"的构建实际上来自以文明—宗教—种族三位一体的结构，其中作为主要因素的是宗教，然而他却有意回避了种族问题。种族问题显然是一个美国国内最重要的政治问题。亨廷顿说："文明的范式也许能适用于美国……美国已经变成了一个肤色意识强烈的社会……美国正变成族群和种族问题上越来越特殊的社会。根据国情调查局估计，到 2050 年，美国人口中将有 23% 是拉美裔人，16% 是黑人，10% 是亚裔人。"换言之，2050 年是欧裔白人从多数变成少数的临界点。亨廷顿担心，"如果新的移民不能融入迄今为止支配美国的欧裔文化……那么美国人口的非西方文化是否会意味着它的非美国化"。如果那样，"我们所知道的美国，将不再存在，而将随历史上其他思想体系不同的大国被扔进了历史的垃圾桶了"。[2] 显然，亨

---

[1] Toni Morrison, *The Origin of Others*, Cambridge: Harvard University Press, 2017, p. 18.
[2] 李慎之：《数量优势下的恐惧》，《太平洋学报》1997 年第 2 期。

廷顿意识到种族问题对美国的重要意义，一方面表达了他对未来的恐惧，另一方面想借研究唤起当局在人口、种族方面的注意，尽管他不愿透露出其种族主义的立场。

亨廷顿害怕的事情已在其他西方国家出现苗头。学者谢奇和哈吉斯（Schech and Haggis）讨论了特定时空白人的后殖民形式，以波林·汉森（Pauline Hanson）的澳大利亚单一民族党（One Nation Party）为例，论述了全球化过程同时也给单一文化的自卫开辟了道路。他们的研究利用汉森在布里斯班工人阶级郊区的压倒性胜利，评估单一民族党的受欢迎程度及其对白种性的诉求，谈到了澳大利亚人的身份挑战如何并非来自外部即太平洋地区"动力机房"经济，而是来自内部土著居民对原著民土地权利的要求。单一民族党通过成功地宣称白人现在已经成为社会的边缘受害者，厘清了白人的不安全感。在这样的背景中，作者们得出结论说"也许后白种性"（postwhiteness）是后殖民性必不可少的组成部分。[①] 谢奇和哈里斯的研究在某种程度上是亨廷顿观点的一种实践，虽然有一定的区别，但关键点是一致的：白人的权威地位遭遇到了挑战。

理查德·罗蒂进一步阐述了存在于美国社会的潜在分裂可能。"可是，在处于二十世纪终点的美国，却没有人为我们提供激动人心的形象和故事。美国大众文化所能激发的民族自豪感，只是一种头脑简单的军事大国沙文主义。可连这种大国沙文主义，也在一种传播甚广的观念的阴影笼罩下。这种观念认为民族自豪感在当今已经不合时宜了。无论我们的通俗文化还是精英文化，在描绘美国下个世纪的景象时，都带着自嘲（self-mockery）和自憎（self-disgust）的腔调。"罗蒂以两部畅销书来说明这种状况，其中，"席尔科（Leslie Marmon Silko）的《死者的皇历》（Almanac of the Dead）不但把美国的民主描写成一出闹剧，最后政府垮台，暴乱蜂起，食品短缺，结局还想象美国白人被逐回欧洲，北美

---

① S. Schech, J. Haggis, "Post Colonialism, Identity and Location: Being White Australian in Asia", *Environment and Planning D: Society and Space*, Vol. 16, No. 5, 1998.

终于成了印第安人、玛雅人、阿兹德克人和非洲黑奴后裔的家园"①。

包括亨廷顿和罗蒂在内的美国白人精英看到了美国社会存在的问题,担心人口构成的变化将导致美国步入一种危险的境地。显然,这都是在白人中心主义逻辑下的一种顾虑,担心在此基础上建立的美国从此进入万劫不复之境。然而,作为少数族裔精英,包括非裔的马丁·路德·金、犹太裔的史蒂芬·怀斯等,都不遗余力地为少数族裔争取政治权益和社会地位,他们的努力为少数族裔和美国民主进程做出了贡献。作为当代非裔美国精英,莫里森强调了黑人群体的基本权益——对土地和家园的诉求,但这种诉求是基于现代国家框架的,她是认同美国的,同时强调了一直以来被忽视的非裔美国人的重要性。"不论是宪法的制定,还是争取无产者、妇女和文盲的选举权的斗争中,都可以看到黑人的存在。在公共义务教育体制的建立过程中,在立法机构代表权的平衡中,在正义的法理和法律上的定义中,神学话语中,在银行的备忘录上,在'天命论'的观念中,在伴随着每个移民加入美国籍的动因的叙述中。都可以见到黑人的存在。"②尽管黑人是以一种被压抑的身份存在着的,但他们确实构成了"美国性"的一部分,美国身份不可忽视。

因此,与马丁·路德·金和杜·波伊斯等人相比,莫里森把美国南方作为黑人的家园显示了作家相对保守的政治立场,这无异于给美国黑人群体开出了一剂"止痛片",这种做法在一定程度上契合了官方或主流群体的导向。作家把来自美国社会根深蒂固的种族问题用"现代性"的话题取代,从根本上转移了美国黑人面临的现实问题,诸如种族歧视、权力缺失,取而代之的是整个社会所面临的现代性的负面影响。白

---

① 张旭东:《知识分子与民族理想——评理查德·罗蒂所作〈为美国理念的实现——二十世纪左翼思想〉》,https://www.guancha.cn/ZhangXuDong/2017_07_17_418522_1.shtml。其中罗蒂对美国社会的认识,来自张旭东对原文的引用。席尔科《死者的皇历》内容是张旭东的转述。

② [美]托马斯·勒克莱尔:《"语言不能流汗":托妮·莫里森访谈录》,少况译,《外国文学》1994年第1期。

人从"他者"文化中寻找心灵抚慰，而黑人也被导向这个方向和路径，他们被鼓励建立民族和文化自信并最终以这种方式抵御现代人所共有的焦虑，这确实是有益的，也是文化精英惯常的做法之一。包括亨廷顿和福山在内的知识分子，都强调文化对于民族的重要意义，从这个角度来看，作为少数族裔的精英，莫里森对民族文化的强调也是具有长久战略意义的。少数族裔群体需要保留和传承其文化，才有可能在浩瀚的历史进程中留下印记并获得趋向未来的可能。

美国南方与黑人群体的关系是个历史问题，也终将在历史的潮流中变化和发展。莫里森有意选择美国南方乡村作为黑人家园，这是历史发展的必然阶段，人们需要在现代化进程中获得某种庇护，这种庇护是以空间和种族为其表现形式的。但从人口结构变化的趋势来看，这种庇护在未来的必要性会大幅降低。包括非裔在内的少数族裔人口的增加，将会改变美国政治生态。长久来看，人口的增加使得他们不再是"少数"，这会从根本上改变其政治地位，因而固守一地的必要性大大降低。与此同时，后现代的流动状态使得人们不再严格禁锢于某个地方或某个群体或者某种文化形态，就像《柏油娃娃》中的吉丁一样，在诸多复杂身份中游弋和在不同地理空间漫游将成为常态。莫里森一方面认识到这种历史的必然性，另一方面则以文学形象预见了未来的多种可能性。这种融合了激进或是保守的立场乃是一个知识分子同时捍卫族群和民族国家利益的复杂心态的展现。

参考文献

中文专著

丁铌：《爵士乐：美国的古典音乐》，对外经济贸易大学出版社 2012 年版。

刘鸿武：《黑非洲文化研究》，华东师范大学出版社 1997 年版。

刘凯、谢彤编著：《爵士音乐史》，上海文化出版社 2007 年版。

罗钢、刘象愚编：《文化研究读本》，中国社会科学出版社 2011 年版。

宁骚：《非洲黑人文化》，浙江人民出版社 1993 年版。

彭兆荣：《人类学仪式的理论与实践》，民族出版社 2007 年版。

汪民安、陈永国等编：《现代性基本读本》，河南大学出版社 2005 年版。

王玉括：《莫里森研究》，人民文学出版社 2005 年版。

曾梅：《托尼·莫里森作品的文化定位》，山东人民出版社 2010 年版。

张京媛：《后殖民理论与文化批评》，北京大学出版社 1999 年版。

张友伦：《美国西进运动探要》，人民出版社 2005 年版。

朱小琳：《回归与超越》，中国社会科学出版社 2010 年版。

中文译著

[德] 阿莱达·阿斯曼：《回忆空间》，潘璐译，北京大学出版社 2016 年版。

[德] 马克斯·韦伯：《学术与政治》，钱永祥等译，上海三联书店 2019 年版。

［德］马克斯·韦伯：《新教伦理与资本主义精神》，康乐、简惠美译，广西师范大学出版社 2016 年版。

［德］齐美尔：《桥与门——齐美尔随笔集》，涯鸿、宇声译，上海三联书店 1991 年版。

［俄］巴赫金：《陀思妥耶夫斯基诗学问题》，白春仁、顾亚铃译，生活·读书·新知三联书店 1988 年版。

［法］德勒兹、加塔利：《资本主义与精神分裂：千高原》，姜宇辉译，上海书店出版社 2010 年版。

［法］吉尔·德勒兹：《游牧思想——吉尔·德勒兹、费利克斯·瓜塔里读本》，陈永国编译，吉林人民出版社 2011 年版。

［法］皮埃尔·诺拉：《记忆之场》，黄艳红等译，南京大学出版社 2015 年版。

［法］雅克·朗西埃：《文学的政治》，张新木译，南京大学出版社 2014 年版。

［古希腊］亚里士多德：《亚里士多德全集》第 9 卷，苗力田主编，中国人民大学出版社 1994 年版。

［美］埃里克·方纳：《美国历史：理想与现实》，王希译，商务印书馆 2017 年版。

［美］爱德华·W. 萨义德：《文化与帝国主义》，李琨译，生活·读书·新知三联书店 2016 年版。

［美］伯纳德·W. 贝尔：《当代非裔美国小说》，外语教学与研究出版社 2007 年版。

［美］大卫·哈维：《希望的空间》，胡大平译，南京大学出版社 2006 年版。

［美］段义孚：《空间与地方：一个经验的视角》，王志标译，中国人民大学出版社 2017 年版。

［美］格雷厄姆·瓦里美：《爵士乐》，王秋海译，生活·读书·新知三联书店 1992 年版。

［美］古拉尔尼克等：《蓝调的百年之旅》，李佳纯等译，中国人民大学出版社2005年版。

［美］赫伯特·马尔库塞：《单向度的人》，刘继译，上海译文出版社1989年版。

［美］理查德·赖特：《土生子》，施咸荣译，上海译文出版社1983年版。

［美］刘禾：《帝国的话语政治》，杨立华译，生活·读书·新知三联书店2014年版。

［美］马丁·W. 刘易士、卡伦·E. 魏根：《大陆的神话：元地理学批判》，杨瑾、林航等译，上海人民出版社2011年版。

［美］马泰·卡林内斯库：《现代性的五副面孔》，顾爱彬、李瑞华译，译林出版社2015年版。

［美］乔安妮·格兰特：《美国黑人斗争史》，郭瀛、伍江等译，中国社会科学出版社1987年版。

［美］乔舒亚·蔡茨：《摩登女》，张竝译，上海人民出版社2008年版。

［美］塞缪尔·亨廷顿：《文明的冲突和世界秩序的重建》，周琪等译，新华出版社2010年版。

［美］苏珊·斯坦福·弗里德曼：《图绘：女性主义与文化交往地理学》，陈丽译，译林出版社2014年版。

［美］托马斯·索威尔：《美国种族简史》，沈宗美译，中信出版社2011年版。

［美］托妮·莫里森：《柏油娃娃》，胡允桓译，南海出版公司2014年版。

［美］托妮·莫里森：《宠儿》，潘岳、雷格译，南海出版公司2013年版。

［美］托妮·莫里森：《恩惠》，胡允桓译，南海出版公司2014年版。

［美］托妮·莫里森：《家》，刘昱含译，南海出版公司2014年版。

［美］托妮·莫里森：《爵士乐》，潘岳、格雷译，南海出版公司2013

年版。

［美］托妮·莫里森：《所罗门之歌》，胡允桓译，南海出版公司 2013 年版。

［美］托妮·莫里森：《天堂》，胡允桓译，南海出版公司 2013 年版。

［美］托妮·莫里森：《秀拉》，胡允桓译，南海出版公司 2014 年版。

［美］威廉·迪安：《美国的精神文化》，袁新译，商务印书馆 2013 年版。

［美］詹姆斯·M. 麦克弗森：《火的考验：美国南北战争及重建南部》，陈文娟等译，商务印书馆 1993 年版。

［美］朱迪斯·巴特勒：《身体之重：论"性别"的话语界限》，李钧鹏译，上海三联书店 2011 年版。

［美］朱迪斯·巴特勒：《性别麻烦：女性主义与身份的颠覆》，宋素凤译，上海三联书店 2009 年版。

［印］霍米·巴巴：《全球化与纠结：霍米·巴巴读本》，张颂仁、陈光兴等编，上海人民出版社 2013 年版。

［英］安东尼·吉登斯：《现代性的后果》，田禾译，译林出版社 2000 年版。

［英］本尼迪克特·安德森：《想象的共同体》，吴叡人译，上海人民出版社 2005 年版。

［英］布莱恩·特纳：《身体与社会》，马海良、赵国新译，春风文艺出版社 2000 年版。

［英］法拉、帕特森编：《记忆》，户晓辉译，华夏出版社 2006 年版。

［英］凯·安德森、莫娜·多莫什等编：《文化地理学手册》，李蕾蕾、张景秋译，商务印书馆 2009 年版。

［英］鲁思·列维塔斯：《乌托邦之概念》，李广益、范轶伦译，中国政法大学出版社 2018 年版。

［英］麦克·克朗：《文化地理学》，杨淑华、宋慧敏译，南京大学出版社 2003 年版。

［英］斯图亚特·霍尔、保罗·杜盖伊：《文化身份问题研究》，庞璃

译,河南大学出版社 2010 年版。

中文期刊

陈杰:《爵士乐精神与"垮掉的一代"的本真追求》,《西南民族大学学报》2009 年第 11 期。

董雯婷:《Diaspora:流散还是离散?》,《华文文学》2018 年第 2 期。

高卫红、张旭华:《解析〈宠儿〉及其南方文学特征》,《吉林师范大学学报》2007 年第 3 期。

哈旭娴:《历史的重现,当下的共鸣——论莫里森〈恩惠〉的历史书写》,《福建师范大学学报》2016 年第 4 期。

胡亚敏:《托尼·莫里森〈家〉中的民族空间与黑人战争书写》,《当代外国文学》2018 年第 2 期。

荆兴梅:《创伤、疯癫和反主流叙事——〈秀拉〉的历史文化重构》,《南京师范大学文学院学报》2013 年第 3 期。

荆兴梅、虞建华:《〈天堂〉的历史编码和政治隐喻》,《外国文学研究》2013 年第 5 期。

李美芹:《"伊甸园"中的"柏油娃娃"——〈柏油孩〉中层叠叙事原型解析》,《外国文学评论》2007 年第 1 期。

李明夏:《勒克莱齐奥与爵士乐》,《外国文学》2016 年第 3 期。

刘炅:《〈所罗门之歌〉:歌声的分裂》,《外国文学评论》2004 年第 3 期。

卢敏:《黑白之间:爱伦·坡的种族观》,《解放军外语学院学报》2011 年第 6 期。

马丽荣:《托尼·莫里森小说〈柏油孩〉的双重意识》,《四川外语学院学报》2002 年第 6 期。

马艳、刘立辉:《第三空间与身份再现:〈柏油孩子〉中后殖民主义身份建构》,《湖南大学学报》2017 年第 3 期。

生安锋:《后殖民主义、身份认同和少数人化——霍米·巴巴访谈录》,

《外国文学》2002 年第 6 期。

孙冬:《英雄与英雄之旅——评托尼·莫里森的〈所罗门之歌〉的神话模式》,《学术交流》2001 年第 3 期。

谭惠娟:《布鲁斯音乐与黑人文学的水乳交融——论布鲁斯音乐与拉尔夫·埃利森的文学创作》,《文艺研究》2007 年第 5 期。

托马斯·勒克莱尔:《"语言不能流汗":托妮·莫里森访谈录》,少况译,《外国文学》1994 年第 1 期。

托妮·莫里森:《黑人的存在不可忽视》,陈陆鹰、汪立新译,《当代外国文学》1994 年第 2 期。

王守仁:《爱的乐章——读托妮·莫里森的〈爵士乐〉》,《当代外国文学》1995 年第 3 期。

王守仁、吴新云:《国家·社区·房子——莫里森小说〈家〉对美国黑人生存空间的想象》,《当代外国文学》2013 年第 1 期。

王维倩:《托尼·莫里森〈爵士乐〉的音乐性》,《当代外国文学》2009 年第 3 期。

王秀梅:《历史记忆与现实世界的冲突——威廉·福克纳与托妮·莫里森的对比研究》,《山东外语教学》2009 年第 6 期。

王玉括:《非裔美国文学中的地理空间及其文化表征》,《外国文学评论》2009 年第 2 期。

翁乐虹:《以音乐作为叙述策略——解读莫里森小说〈爵士乐〉》,《外国文学评论》2000 年第 2 期。

叶舒宪:《反现代性与艺术的"复魅"——全球寻根视野中的朝戈、丁方绘画》,《文艺研究》2005 年第 3 期。

曾利红、黎明:《南方哥特小说中的幽灵意象——兼评〈押沙龙,押沙龙!〉和〈宠儿〉》,《当代外语研究》2010 年第 5 期。

曾艳钰:《〈所罗门之歌〉的现代主义神话倾向》,《厦门大学学报》2000 年第 1 期。

曾竹青:《〈所罗门之歌〉中的记忆场所》,《当代外国文学》2015 年第

1期。

赵莉华:《莫里森〈天堂〉中的肤色政治》,《外国文学评论》2012年第4期。

周宪:《审美现代性的四个层面》,《文学评论》2002年第5期。

外文专著

Aoi Mori, *Toni Morrison and Womanist Discourse*, New York: Peter Lang Publishing Inc, 1999.

Barbara Christian, *Black Feminist Criticism: Perspectives on Black Women Writers*, New York: Pergamon, 1985.

Bernard W. Bell, *The Afro-American Novel and Its Tradition*, Amherst: The University of Massachusetts Press, 1987.

Bernard W. Bell, *The Contemporary African American Novel*, Shanghai: Foreign Language Teaching and Research Press, 2007.

Carolyn C. Denard, ed., *Toni Morrison: Conversations*, Jackson: University Press of Mississippi, 2008.

C. Shilling, *The Body and Social Theory*, London: Sage Publications Ltd, 1993.

Danille Taylor-Guthrie, ed., *Conversations with Toni Morrison*, Jackson: University Press of Mississippi, 1994.

David E. Stannard, *American Holocaust*, New York: Oxford University Press, 1992.

D. Harvey, *Justice, Nature, and the Geography of Difference*, Oxford: Blackwell, 1996.

Franco Morretti, *Atlas of European Novel 1800–1900*, London and New York: Verso, 1998.

Gayle Greene and Coppelia Kahn, eds., *Making a Difference: Feminist Criticism*, London: Methuen, 1985.

Gloria Grant Roberson, *The World of Toni Morrison: A Guide to Characters* and Places in Her Novels, London: Greenwood Press, 2003.

Herman Beavers, Geography and the Political Imaginary in the Novels of Toni Morrison, Cham: Palgrave Macmillan, 2018.

Houston A. Baker, Workings of the Spirit: The Poetics of Afro-American Women's Writing, Chicago: University of Chicago Press, 1991.

Howard Zinn, A People's History of the United States, New York: Harper Perennial, 1995.

James Clifford and George E. Marcus, eds., Writing Culture: The Poetics and Politics of Ethnography, Berkeley: University of California Press, 1986.

James Cone, The Spirituals and the Blues: An Interpretation, New York: Orbis Books, 1992.

James Olney, ed., Afro-American Writing Today: An Anniversary Issue of the Southern Review, Baton Rouge: Louisiana State University Press, 1989.

Jennifer Rae Greeson, Our South: Geographic Fantasy and the Rise of National Literature, Cambridge: Harvard University Press, 2010.

Kimberley L. Phillips, War! What is it Good For?: Black Freedom Struggles and the U.S. Military from World War II to Iraq, Chapel Hill: University of North Carolina Press, 2012.

Leighly J., ed., Land and Life: A Selection from the Writings of Carl Ortwin Sauer, Berkeley: University of California Press, 1963.

Linda Wagner, Toni Morrison: A Literary Life, New York: Palgrave Macmillan, 2015.

Linden Peach, ed., Toni Morrison, New York: St. Martin's Press, 1998.

L. Lokko, ed., White Papers, Black Masks: Architecture, Race, and Culture, London: Athlone Press, 2000.

Mari Evans, ed., Black Women Writers 1950 – 1980: A Critical Evaluation, New York: Anchor Press, 1984.

Mary Rowlandson, The Sovereignty and Goodness of God, Boston: Bedford/

St. Martin's, 1997.

Maryse Conde, *I, Tituba, Black Witch of Salem*, Trans. Richard Philcox, Charlottesville: University Press of Virginia, 1992.

Milton Gorden, *Assimilation in American Life: The Role of Race, Religion and National Origins*, New York: Oxford University Press, 1964.

Moore Gilbert, *Postcolonial Criticism*, New York: Addison Wesley Longman, 1997.

Nellie Y. Mckay, ed., *Critical Essays on Toni Morrison*, Boston: G. K. Hall & Co, 1988.

Nicholas P. Carpenter, *Why Have You Come Here?: The Jesuits and the First Evangelization of Native America*, New York: Oxford University Press, 2006.

Paul Gilroy, *Small Acts: Thoughts on the Politics of Black Cultures*, London: Serpent's Tail, 1993.

Paul Gilroy, *The Black Atlantic*, Cambridge: Harvard University Press, 1993.

Robyn R. Warhol and Diane Price Herndl, eds., *Feminisms: An Anthology of Literary Theory and Criticism*, New Brunswick: Rutgers University Press, 1997.

Roderick Nash, *Wilderness and the American Mind*, New Haven and London: Yale University Press, 1967.

Ruth Levitas, *The Concept of Utopia*, London: Philip Allan, 1990.

Sharon Rose Yang and Kathleen Healey, *Gothic Landscapes*, Cham: Palgrave Macmillan, 2016.

Susan Willis, *Specifying: Black Women Writing the American Experience*, Madison: University of Wisconsin Press, 1987.

Teresa O'Neill, *Immigration: Opposing Viewpoints*, San Diego: Greenhaven Press, 1992.

Toni Morrison, *Paradise*, New York: Vintage Books, 2014.

Toni Morrison, *Playing in the Dark*, New York: Vintage Books, 1992.

Toni Morrison, *The Origin of Others*, Cambridge: Harvard University

Press, 2017.

Trudier Harris, *Fiction and Folklore: The Novels of Toni Morrison*, Knoxville: University of Tennessee Press, 1991.

Virginia Hamilton, *The People Could Fly: American Black Folktales*, New York: Knopf, 1985.

West Cornel, *Keeping Faith: Philosophy and Race in America*, New York: Routledge, 1993.

Wilfred D. Samuels and Clenora Hudson-Weems, *Toni Morrison*, Boston: Twayne, 1990.

William Andrews and Nellie Y. McKay, eds., *Toni Morrison's Beloved: A Casebook*, New York: Oxford University Press, 1999.

Zygmunt Bauman, *Modernity and Ambivalence*, Cambridge: Polity, 1991.

外文期刊

Aitor Ibarrola, "The Challenges of Recovering from Individual and Cultural Trauma in Toni Morrison's *Home*", *International Journal of English Studies*, Vol. 14, No. 1, 2014.

Angelyn Mitchell, "'Sth, I Know That Woman': History, Gender, And the South in Toni Morrison's *Jazz*", *Studies in the Literary Imagination*, Vol. 31, No. 2, 1988.

Anne-Marie Paquet-Deyris, "Toni Morrison's *Jazz* and the City", *African American Review*, Vol. 35, No. 2, 2001.

Candice L. Pipe, "The Impossibility of *Home*", *War, Literature & the Arts: An International Journal of the Humanities*, Vol. 26, No. 1, 2014.

Carolyn M. Jones, "Southern Landscape as Psychic Landscape in Toni Morrison's Fiction", *Studies in the Literary Imagination*, Vol. 31, No. 2, 1998.

Carolyn M. Jones, "Traces and Cracks: Identity and Narrative in Toni

Morrison's *Jazz*", *African American Review*, Vol. 31, No. 3, 1997.

Catherine Carr Lee, "The South in Toni Morrison's *Song of Solomon*: Initiation, Healing, and Home", *Studies in the Literary Imagination*, Vol. 31, No. 2, 1998.

Charles Moore, "Southerness", *Perspecta*, No. 15, 1975.

Christopher J. Walsh, "Dark Legacy: Gothic Ruptures in Southern Literature", *Critical Insights: Southern Gothic Literature*, No. 4, 2013.

Claude Pruitt, "Circling Meaning in Toni Morrison's *Sula*", *African American Review*, Vol. 44, No. 1-2, 2011.

David Cosca, "Is 'Hell a Pretty Place'? A White-Supremacist Eden in Toni Morrison's *Beloved*", *Interdisciplinary Humanities*, Vol. 30, No. 2, 2013.

D. Gregory, "Imaginative Geographies", *Progress in Human Geography*, Vol. 19, No. 4, 1995.

Don DeLillo, "The Power of History", *New York Times Magazine*, Vol. 103, No. 7, 1997.

Emma Parker, "A New Hystery: History and Hysteria in Toni Morrison's *Beloved*", *Twentieth Century Literature*, Vol. 47, No. 1, 2001.

Erin Penner, "For Those 'Who Could Not Bear to Look Directly at the Slaughter': Morrison's *Home* and the Novels of Faulkner and Woolf", *African American Review*, Vol. 49, No. 4, 2016.

Gay Wilentz, "Civilizations Underneath: African Heritage as Cultural Discourse in Toni Morris's *Song of Solomon*", *African American Review*, Vol. 26, No. 1, 1992.

Geneva Cobb Moore, "A Demonic Parody: Toni Morrison's *A Mercy*", *The Southern Literary Journal*, Vol. 44, No. 1, 2011.

Hisao Tanaka, "Modes of 'Different' Time in American Literature", *The Japanese Journal of American Studies*, Vol. 15, 2004.

Jeanna Fuston-White, " 'From the Seen to the Told': The Construction of

Subjectivity in Toni Morrison's *Beloved*", *African American Review*, Vol. 36, No. 3, 2002.

Jennifer E. Henton, "Sula's Joke on Psychoanalysis", *African American Review*, Vol. 45, No. 1 – 2, 2012.

Jennifer L. Holden-Kirwan, "Looking into the Self That No Self: An Examination of Subjectivity in *Beloved*", *African American Review*, Vol. 32, No. 3, 1998.

Jennifer Terry, "Buried Perspectives: Narratives of Landscape in Toni Morrison's *Song of Solomon*", *Narrative Inquiry*, Vol. 17, No. 1, 2007.

John N. Duvall, "Descent in the 'House of Chloe': Race, Rape, and Identity in Toni Morrison's *Tar Baby*", *Contemporary Literature*, Vol. 38, No. 2, 1997.

Johnny R. Griffith, "In the End is the Beginning: Toni Morrison's Post-Modern, Post-Ethical Vision of *Paradise*", *Christianity and Literature*, Vol. 60, No. 4, 2011.

John Updike, "Dreamy Wilderness: Unmastered Women in Colonial Virginia", *New Yorker*, Vol. 35, No. 3, 2008.

Jürgen E. Grandt, "Kinds of Blue: Toni Morrison, Hans Janowitz, and the Jazz Aesthetic", *African American Review*, Vol. 38, No. 2, 2004.

Judylyn S. Ryan and Estella Conwill Majozo, "*Jazz*... on 'The Site of Memory'", *Studies in the Literary Imagination*, Vol. 31, No. 2, 1998.

Kimberly Chabot Davis, "'Postmodern Blackness': Toni Morrison's *Beloved* and the End of History", *Twentieth Century Literature*, Vol. 44, No. 2, 1998.

Lauren Lepow, "Paradise Lost and Found: Dualism and Edenic Myth in Toni Morrison's *Tar Baby*", *Contemporary Literature*, Vol. 28, No. 3, 1987.

Maline Walther Pereira, "Periodizing Toni Morrison's Work from *The Bluest Eye* to *Jazz*: The Importance of *Tar Baby*", *MELUS*, Vol. 22, No. 3, 1997.

Marilyn E. Mobley, "Narrative Dilemma: Jadine as Cultural Orphan in Toni Morrison's *Tar Baby*", *The Southern Review*, Vol. 23, No. 4, 1987.

Mark A. Tabone, "Rethinking *Paradise*: Toni Morrison and Utopia at the Millennium", *African American Review*, Vol. 49, No. 2, 2016.

Martha J. Cutter, "The Story Must Go On and On: The Fantastic, Narration, and Intertextuality in Toni Morrison's *Beloved* and *Jazz*", *African American Review*, Vol. 34, No. 1, 2000.

Maxine L. Montgomery, "Re-memory the Forgotten War: Memory, History and the Body in Toni Morrison's *Home*", *CLA Journal*, Vol. 55, No. 4, 2012.

Melanie R. Anderson, "'What Would Be on the Other Side?': Spectrality and Spirit Work in Toni Morrison's *Paradise*", *African American Review*, Vol. 42, No. 2, 2008.

Missy Dehn Kubitschek, "Toni Morrison: A Critical Companion", *African American Review*, Vol. 35, No. 2, 2001.

Oumar Ndongo, "Toni Morrison and Her Early Works: In Search of Africa", *Sciences Sociales et Humaines*, Vol. 9, No. 2, 2007.

Rebecca Balon, "Kinless or Queer: The Unthinkable Queer Slave in Toni Morrison's *Beloved* and Robert O'Hara's *Insurrection*: *Holding History*", *African American Review*, Vol. 48, No. 1-2, 2015.

Richard Perez, "The Debt of Memory: Reparations, Imagination, and History in Toni Morrison's *Beloved*", *Women's Studies Quarterly*, Vol. 42, No. 1-2, 2014.

Robert L. Broad, "Giving Blood to the Scraps: Haints, History, and Hosea in *Beloved*", *African American Review*, Vol. 28, No. 2, 1994.

Robert Stepto, "'Intimate Things in Place': A Conversation with Toni Morrison", *The Massachusetts Review*, Vol. 18, No. 3, 1977.

Sandy Alexandre, "Lovesick in the Time of Smallpox: Romancing the State of Nature in Toni Morrison's *A Mercy*", *Criticism*, Vol. 59, No. 2, 2017.

Shari Evans, "Programmed Space, Themed Space, and the Ethics of Home in Toni Morrison's *Paradise*", *African American Review*, Vol. 46, No. 2-

3，2013.

Sima Farshid，"The Composing Mode of Jazz Music in Morrison's *Jazz*"，*Journal of African American Studies*，Vol. 16，No. 2，2012.

S. Schech，J. Haggis，"Post Colonialism，Identity and Location：Being White Australian in Asia"，*Environment and Planning D：Society and Space*，Vol. 16，No. 5，1998.

Susan Edmunds，"Houses of Contention：*Tar Baby* and *Essence*"，*American Literature*，Vol. 90，No. 3，2018.

Toni Morrison，"Memory，Creation and Writing"，*Thought*，Vol. 59，No. 4，1984.

Vashti Crutcher Lewis，"African Traditionin Toni Morrison's *Sula*"，*Phylon*，Vol. 48，No. 1，1987.

William M. Ramsey，"Knowing Their Place：Three Black Writers and the Postmodern South"，*The Southern Literary Journal*，Vol. 37，No. 2，2005.

Yogita Goyal，"The Gender of Diaspora in Toni Morrison's *Tar Baby*"，*MFS Modern Fiction Studies*，Vol. 52，No. 2，2006.

学位论文

荆兴梅：《托妮·莫里森作品的后现代历史书写》，博士学位论文，上海外国语大学，2012。

王旭峰：《解放政治与后殖民文学》，博士学位论文，南开大学，2009。

Tessa Kate Roynon，Transforming America：Toni Morrison and Classical Tradition，Ph. D. dissertation，University of Warwick，2006.

报纸及互联网文献

张旭东：《知识分子与民族理想——评理查德·罗蒂所作〈为美国理念的实现——二十世纪左翼思想〉》，https：//www. guancha. cn/ZhangXuDong/2017_ 07_ 17_ 418522_ 1. shtml。

Emily Langer, "Toni Morrison: Nobel Laureate Who Transfigured American Literature, Dies at 88", *Washington Post*, August 6, 2019.

Toni Morrison, "Toni Morrison on Bondage and a Post-Racial Age", December 10, 2008, https://www.npr.org/templates/story/story.php?storyId=98072491.

后　　记

　　托尼·莫里森是一位在国内很受欢迎的作家,她的绝大部分作品都被翻译引进,包括零散的演讲稿或采访记录等,还有随时可以在网上获取到的相关资讯及研究文献,这些书籍和信息共同为读者勾勒出一位可敬的女性文学家的形象。最早阅读莫里森小说是在自己二十出头的时候,一度深深地着迷于她的《所罗门之歌》,作品强烈的诗意给我留下了深刻的印象。故事有着明显的事件和线索,主人公的形象也颇为鲜明,你的阅读不会在后现代小说种种炫目的艺术手法中迷失。小说一开始就写到了一个充满了美感的飞翔仪式,一位男性保险经纪人戴了一副蓝色的翅膀意欲从楼顶飞翔,在飞翔的瞬间地面撒满了各色的丝绒花瓣……作品充满了想象的力量,叙事设定人物具备飞翔的能力并在一个晴好的午后按计划飞翔。浪漫而残忍。浪漫的地方在于,作家对人类飞行的能力抱有幻想,充分地表达了对人类的某种期待,这种期待背后则是对生活的热情和对某种文化的认同,只有在这个文化逻辑中,飞翔才是有意义的;残忍之处则在于这种幻想的破灭,以现实的逻辑去考量,像鸟儿一样飞翔只能是人类的美好愿景。尽管小说对坠落后的场面做了仪式化的处理,但我们仍旧为这个试图飞翔的男人感到惋惜和同情。

　　对作品的诗意感知就这样种在了心里,文学就是要有理想的情怀和浪漫的想象,这是彼时我对文学的期待。后来,持续地细读之下,发现莫里森作品诗意的表象下有着突出的理性力量,她通过戏拟、互文、时序错乱等鲜明的后现代小说的艺术手法来处理诗意化的故事,而这些并不十分妨碍阅读的技法让她的故事更加生动有力。于是，热爱在心理扎根。持续地阅读了作家的多部作品，在她的小说里发现了《圣经》里的故事，发现了福克纳式的意识流动和诸多相似的场景描写，发现了海明威式的充满力量的对话，简短而意味深长。无论如何，这是一位会讲故事的老奶奶，有着慈祥的目光和稳定的力量，故事就像她手里的线团，不疾不徐地被一段一段扯出，最后均匀而缓慢地织成一张有意义的网。所以，一直以来，我认为族裔又是最方便的说法和标签，在此之下隐藏着的是一位颇会讲故事的女性作家。

2015年9月，而立之年的我再次回到校园，开始了博士阶段的学习。此时，少了本硕时期的稚嫩，多了几分成熟和责任，需要在几个角色之间努力平衡，但专心学习的时光使自己心里充满了久违的静谧之感，甜蜜而温暖。再次拿起莫里森的小说，强大的力量感扑面而来。不止一次地试图总结莫里森写作的特点，语言绵密，有一种深沉的力量感？对这个结论自然是不满意的。多次安静地细思之后，不解的地方似乎有一点解了，就是关于作家所构筑的文学形象。

首先是语言。莫里森在其访谈中提起了一个读者对她作品的反馈，读者的意思大致是，副词很少，对话很短，但能够用想象补充。确实不错，小说里的对话数量较少且非常简短，读一遍，可以知道他们在说什么话题；第二遍，第三遍……慢慢地就会发现她的对话有如绵里藏针，绵密有质地，且信息量巨大；而且当你发现里面的"机密"的时候，你的心会为之一动，继而会发现文字表象下的残忍，为人物的遭遇和痛苦叹息。言不尽意、戛然而止远比精准絮叨的大篇幅讲述更有力量。对话如此，其他的叙述亦然，没有解释和争先恐后的文字排布，依然不疾不徐，掷地有声。

其次是强烈的历史意识和浓重的忧患感。莫里森的小说会给人一种大气的感觉，正如她本人一样。年龄和阅历会赋予人不一样的眼光和审美趣味，现在的阅读更倾向于选择融个人情感于宏大历史中的作品。莫里森的"历史三部曲"及《恩惠》就符合这样的特点。谈到这个方面，莫里森作为族裔作家的方面是绕不过去的。这位黑人女性持续地写黑人个体、群体的故事和经历，探究他们在大的历史进程中的情感和遭遇、他们的困惑和诉求，是一位有着鲜明文化立场和政治站位的作家。通过对历史的回顾和仔细摹写，作家还原了彼时黑人群体遭到的不公平待遇，为读者展现了黑人被奴役和他们努力争取自由的形象画面。她的写作让读者感受到这是一位有情怀的作家。

最后是作品呈现出作家宽广和包容的心态。能进入历史，也能跳出历史，回到当下。作家如同我们普通人一样，她遇到的问题也是所有人会遇到的问题，作家会用形象的方式来展现她对人们和社会的观察。当20世纪下半叶美国少数族裔群体通过一系列的运动争取到更多的平等权利后，社会也出现了一些奇怪的现象，"以黑为美"的口号和实践一度成为流行，真的是黑人群体的胜利吗？还是白人的猎奇心理起了作用？我们可以天真地相信两者都有，那么问题来了，身处其中的黑人群体该如何取舍？在《柏油娃娃》中，吉丁的困境大概是多数黑人都会有的问题，小说形象地呈现了这一历史截面并以开放和包容的心态让人物游走于她的难题之中。

概言之，莫里森作品呈现的历史和忧患，传递的力量和包容都与作家本人的体量相称——一个有着深邃目光和较大身形的会讲故事的黑人女性形象。在我作博士论文的最后一个暑假，也就是2019年8月，这位黑人奶奶与世长辞，离开了她所热爱的世界和人们，但她的精神永远地留在了世间，通过她的文字传递并延续。正如华盛顿邮报所评论的，她的写作在一定程度上改变了美国文学的面貌。不仅如此，我相信，作为一位获得诺贝尔文学奖的世界性作家，她的写作一定是超越地域和国界的，也是超越种族和民族的，读者定能从字里行间感知到作品里每个个体的情感、他所处的历史和未来。文学不是物，不具有实用功能，但一定可以让人的精神有所归处，让人的心灵得到滋养。

继续莫里森的研究是我博士阶段主要从事的事情，本书是在博士论文的基础上进一步修改而成的。博士阶段的学习难度超出了以往，科研之路并不容易。幸运的是，我遇到了裴亚莉老师，找到了一个可及、可触的榜样。在四年多的学习中，时常能感受到裴老师对我们的爱，这令我一个已届成年的人时常有表达的冲动。因生性内敛讷言，无法言说，这种感激之情便化为一股温暖而积极的力量，照亮了我前行的道路。裴老师文艺学出身，学识渊博，兴趣广泛，对我们学习上遇到的问题往往能直击要害，颇有"四两拨千斤"的气度，令人折服。在论文写作过程中，老师数次指导，但我往往不能尽得其要，过后需要仔细揣摩，才能获其一二。在师大读博的这几年，我近距离接触到了老师的日常，看到了她在诸多角色之间的转换和为之付出的努力，敬佩之情油然而生。裴老师总是以开放的心态观察和理解生活，然后全身心地热爱它，把生活之"重"变得轻盈而美好。再次回到校园，除了学业上的推进，我也在努力塑造自己，裴老师的胸怀、真诚、勤勉和专业，都是我需要努力学习的。

从初步的想法，到最终成型，很多老师为本书付出了智慧。感谢陕西师范大学的尤西林教授、李西建教授、王荣教授、吕国庆副教授，西北大学的段建军教授、梅晓云教授、雷武锋副教授、张碧副教授，西安外国语大学的韩伟教授，西安文理学院的唐健君教授，各位老师在论文的开题及预答辩环节都给予了宝贵的意见。感谢中国人民大学的曾艳兵教授，南开大学的王志耕教授，四川大学的易丹教授、张怡教授，陕西师范大学的苏仲乐教授，先生们百忙之中拨冗参加我的论文答辩，这份关怀让我非常感动。先生们渊博的学识和严谨高效的做事风格更是令人渴慕和钦佩。特别感谢我的硕导易丹老师，在他的指导下我开始了初步的研究学习。更重要的是，易老师的学者魅力和工作状态为我展现了一幅理想画卷。信念常在，我将孜孜以求。

裴门是一个快乐、进取的群体，在这里，我收获了许多友谊。博士师姐管丽峥，师妹张文琪、石燕、王拓、张晓娟、白海瑞，师弟黄金雷，大家在共同学习的这几年，无论是读书会还是一起畅谈时，总会有各种奇思妙想，酣畅淋漓，启人心智。还有硕士师妹吴英、邬敏、聂晴、张苗、闪晴、娄金林等，师弟郭昆仑、杨晨等，每个人身上都有闪闪发光的地方。还有我的同学巢玥、马静、陈强、曲经纬、谭诗民、黑金福、包玲小、冯超、姜卓、韩团结、慕生炜等，大家携手度过了一段辛苦而美好的时光。

  在四年外出求学的路上，家庭是我坚实的后盾。感谢我的父母，他们永远在无条件地支持我、鼓励我；感谢公公婆婆，在我外出期间他们不辞辛劳地帮我照顾孩子；我的女儿，从四岁到八岁，终于盼到了妈妈再次回到她身边。她让我体会到了为人母的喜悦与责任，未来我将尽力陪伴，共同成长。还有我即将出生的二宝，愿你一如我般坚强，热爱生活且奋进不息。还要感谢我的爱人李毅，他共享了我所有的喜怒哀乐，他的包容和有趣是我前进路上不可缺少的良药。

  书稿总有完成之时，但学习和进步并不会止步。这一事情即将告一段落，但心中多有遗憾。自己能力有限，无法尽得老师们的传授；努力不够，未能将其做得更好。感谢所有老师、同学和家人的帮助与陪伴，感谢中国社会科学出版社及刘艳女士的信任和帮助，只言片语未能尽意，但情谊长存。在以后的日子里，我将携之砥砺前行。

张银霞
2022 年 3 月 5 日